Heike Fröhling
Der Gesang des Nordlichts

AF196340

## Das Buch

Claudia hat sich endlich ihren Traum vom eigenen Verlag erfüllt und kann durchstarten. Da erfährt sie, dass sie wieder schwanger ist. Mitten in ihr Gefühlschaos platzt die Einladung ihres Vaters Gerhard zu einem Familienurlaub mit ihren Schwestern in sein Haus in Schweden. Obwohl ihr der Sinn gar nicht nach Schlittschuhlaufen und gemeinsamen Abenden steht, will Claudia ihm diesen Herzenswunsch nicht abschlagen.

Als sich schließlich alle in Schweden versammeln, stellt sich heraus, dass nicht nur Claudia etwas zu verbergen hat. In der Vergangenheit ihres Vaters gibt es ein Geheimnis, das ihn auf schmerzvolle Weise an dieses Haus bindet. Bald wird klar, dass keiner unverändert zurückkehren wird.

## Die Autorin

Mit ihrem Wunsch, Schriftstellerin zu werden, schaffte es Heike Fröhling immer wieder, sich das Leben selbst schwer zu machen. Warum nicht einfach nach dem abgeschlossenen Germanistik- und Musikwissenschaftsstudium etwas »Vernünftiges« arbeiten? Doch das Leben ist nicht dafür da, um das zu tun, was alle tun. Man kann die Sterne nicht vom Himmel holen. Aber wenn Heike Fröhling einmal alt ist und über das Meer blickt, möchte sie sich sagen können, dass sie es wenigstens versucht hat.

Doch bei einem Versuch ist es nicht geblieben. Jahrelang war Heike Fröhling als Journalistin für Frauenzeitschriften tätig. Sie veröffentlicht seit 1999 als Verlagsautorin, seit 2012 auch als Selfpublisherin. Bei Tinte & Feder sind bisher ihre Romane »Das Leben ist nur ein Moment«, »Die Zärtlichkeit des Augenblicks« und »Winterfrau und Frühlingsmädchen« erschienen.

Mit ihrem Mann, drei Kindern, drei Katzen und zwei Hunden lebt Heike Fröhling in Wiesbaden.

Mehr über die Autorin erfahren Sie auf der Webseite www.auf-lose-blaetter.de.

# Heike Fröhling

# Der Gesang des Nordlichts

Roman

Deutsche Erstveröffentlichung bei
Tinte & Feder, Amazon Media EU S.à r.l.
5 Rue Plaetis, L-2338 Luxembourg
November 2018
Copyright © der deutschsprachigen Ausgabe 2018
By Heike Fröhling

Umschlaggestaltung: semper smile, München, www.sempersmile.de
Umschlagmotiv: © Vibrant Image Studio / Shutterstock; © BigganVi /
Shutterstock; © dugdax / Shutterstock; © trabantos / Shutterstock; © jakov
kolesnikov / Shutterstock
Lektorat: Marketa Görgen | www.lektorat-goergen.de
Korrektorat: Manuela Tiller/DRSVS
Gedruckt durch:
Amazon Distribution GmbH, Amazonstraße 1, 04347 Leipzig /
Canon Deutschland Business Services GmbH, Ferdinand-Jühlke-Str. 7,
99095 Erfurt /
CPI books GmbH, Birkstraße 10, 25917 Leck

ISBN: 978-2-91980-344-6

www.tinte-feder.de

# 1

Jemand hämmerte von außen an die geschlossene Tür der Kaufhaustoilette. Das Stimmengewirr, das vom Vorraum zu ihr herüberdrang, wurde lauter.

»Alles in Ordnung mit Ihnen? Beeilen Sie sich mal!«

Claudia betrachtete die zwei Streifen auf dem Plastikstäbchen. Himmelblau – Babyblau – Tränenblau. Sie schüttelte den Kopf. Doch trotz aller Logik sah Claudia in ihrer Vorstellung weiterhin blaue Tränen, wenn sie die beiden Linien betrachtete.

»Was machen Sie so lange da drin? Hier ist eine endlose Schlange bis vor den Waschraum!« Wieder ein Hämmern an der Tür und Gemurmel von aufgebrachten Frauen.

»Lassen Sie mich in Ruhe, verdammt!«

»So eine Frechheit. Ich hole jetzt den Geschäftsführer.«

Claudias Beine fühlten sich taub an, als wären sie vom Körper abgetrennt – unfähig, einem Befehl zu gehorchen.

Zwei Streifen in Blau, wie konnte ihr das nur passieren? Sie kannte die Antwort nur zu gut, denn es war genau das eingetreten, wovor sie ihre eigene Tochter regelmäßig warnte: Eine einzige Unvorsichtigkeit reichte aus. Das hatte sie nun davon, dass sie in einem Anflug von Wut über die tägliche Hormoneinnahme beschlossen hatte, auf natürliche Verhütung zu setzen. Sie hatte einer App vertraut und darauf, dass die Wahrscheinlichkeit, mit über vierzig Jahren überhaupt noch schwanger zu werden, generell sehr gering war.

Draußen steigerte sich das Gemurmel zu lautem Schimpfen. Sie warf den Schwangerschaftstest in den Mülleimer und verdeckte ihn mit zusammengeknülltem Toilettenpapier.

Wäre ihr dasselbe vor zehn Jahren passiert, hätte sie sich noch über ein drittes Kind freuen können. Doch nun half kein Konjunktiv. Sie brauchte einen Termin beim Gynäkologen. Und zwar so bald wie möglich. Wollte sie das Kind? Oder wollte sie es nicht? Was, wenn es nicht gesund war? War ihre Blutung im letzten Monat so leicht und kurz gewesen, weil sie bereits schwanger gewesen war? Unzählige Fragen gingen ihr durch den Kopf. Claudia richtete sich auf und strich ihren Rock gerade. *Nur mit niemandem sonst darüber sprechen*, sagte sie sich. Gute Ratschläge konnte sie jetzt nicht ertragen und auch keinen erhobenen Zeigefinger. Zuerst musste sie versuchen, das innere Chaos für sich selbst zu ordnen. Sie schloss die Tür auf, ging an der Reihe wartender Frauen vorbei zum Waschbecken. Sie öffnete den Wasserhahn, drückte Seife aus dem Spender und spülte ihre Hände ab.

»Wissen Sie, wie lange ich hier schon stehe?«, fragte eine ältere Dame.

»Jetzt ist es ja frei.«

Claudia schüttelte die Feuchtigkeit ab, dann schaltete sie den Handtrockner ein.

»Sie blockiert die einzige Toilette. Seit mindestens einer Viertelstunde.« Zwei Stimmen näherten sich, die einer Frau und die eines Mannes, beide im aufgeregten Wortgefecht, doch darum kümmerte sie sich nicht.

»Wie oft habe ich Ihnen gesagt, dass Sie die zweite Toilette nicht mit den Reinigungsutensilien zustellen sollen?«

Claudia drängte sich an dem Mann im dunkelblauen Anzug vorbei in die Spielwarenabteilung. Die Stofftiere mit den übergroßen Kulleraugen schienen sie anzustarren. An einem Ständer hingen Baby-Kuscheltücher mit unterschiedlichen Tierköpfen. Schnell richtete sie ihren Blick auf die Rolltreppe.

Während sie auf den Ausgang zueilte, holte sie ihr Handy aus der Manteltasche, suchte die eingespeicherte Nummer der Frauenarztpraxis heraus und drückte die Wahltaste. Das Freizeichen erklang. Claudia öffnete die Glastür und ging die Fußgängerzone entlang. Als sich am anderen Ende der Leitung die Sprechstundenhilfe meldete, lehnte sie sich an einen Fahrradständer. Nun zitterten ihr die Knie und ihre Hände waren so schwitzig, dass es ihr schwerfiel, das Handy sicher festzuhalten.

»Es ist ein Notfall. Ich brauche einen Termin, heute noch.«

»Worum geht es denn? Sind Sie schon bei uns in der Praxis gewesen? Wir haben zurzeit so viel zu tun, dass wir keine neuen Patientinnen aufnehmen können, auch in Notfällen nicht.« Dabei sprach die Sprechstundenhilfe jedes Wort gedehnt aus. Hatte sie vor, das Gespräch bis zur Geburt des Kindes auszuweiten, damit die Zuständigkeit von der Arztpraxis auf eine der Kliniken überging? Claudia erklärte, sie sei bereits Patientin der Praxis, und erzählte von dem positiven Schwangerschaftstest.

Neben Atemgeräuschen war das Umblättern von Papier zu hören. »Wir haben wegen der kommenden Weihnachtsferien erst in einem Monat wieder etwas frei. Donnerstag in der zweiten Januarwoche um acht Uhr?«

Claudia merkte noch rechtzeitig, dass ihr das Handy zwischen den Fingern hindurchrutschte. Sie konnte den Sturz verhindern, doch bei dem Versuch, das Gerät aufzufangen, unterbrach sie die Verbindung.

Es war ihr gleichgültig, dass die Pflastersteine eiskalt und hart waren. Sie setzte sich auf den Boden und lehnte sich an die

Hauswand. Zum ersten Mal war sie froh, dass Holger zu ihrem Geburtstag ihr altes Klapphandy, das für ihn ein »Steinzeitgerät« war, durch eines dieser modernen Smartphones ersetzt hatte. Üblicherweise konnte sie auf all die Zusatzfunktionen verzichten. Nun atmete sie auf, als es ihr gelang, den Browser zu öffnen und eine Liste von weiteren Arztpraxen aufzurufen.

Nach dem vierten Anruf hatte sie einen Termin bei einem anderen Frauenarzt, gleich am folgenden Vormittag. Anstatt – wie mit Holger verabredet – zum Treffpunkt am Rathaus zu gehen, um mit ihm zusammen nach Hause zu fahren, schrieb sie ihm eine SMS:

*Bin schon zu Fuß auf dem Rückweg, warte nicht auf mich. LG C.*

Claudia knöpfte den Mantel auf. Es war, als würde sich eine innere Hitze vom Bauch ausgehend bis zu den Haarwurzeln ausbreiten. Daran änderte weder die Bodenkälte etwas noch der eisige Wind. Sie richtete sich auf, tauchte in die Menge der Passanten ein und überquerte den Marktplatz. Es begann zu schneien. Die Flocken landeten auf Stirn und Nase, schmolzen und hinterließen eine angenehme Kühle.

Ihr Weg führte sie durch den Park stadtauswärts. Zuerst blieb der Schnee auf den Wiesen liegen, bald war auch der Asphalt von einer weißen Schicht bedeckt. Der erste Schnee des Jahres!

Nach einer einstündigen Wanderung öffnete Claudia die Haustür. Aus der Küche roch es nach gebratenem Hühnchen und Estragon. Niklas' Schritte waren auf der Treppe zu hören.

»Hast du das neue Heft?«, fragte er.

Der neu erschienene Donald-Duck-Sammelband! Sie schlug sich an die Stirn. »Den habe ich ganz vergessen.«

»Ist ja klar, dass du immer nur deine Scheißarbeit und deinen Verlag im Kopf hast. Seit du ihn gegründet hast, denkst du an überhaupt nichts anderes mehr! Immer nur Verlag, Verlag, Verlag!«

»Du vergreifst dich im Ton, Bürschchen. Jetzt lass deine Mutter erst mal reinkommen!«

Holger kam mit einem Handtuch um die Hüften in den Flur und blickte sich um. Claudia wich seinem Blick aus. Es war ihr unangenehm, wie er sie musterte. Unwillkürlich glitten ihre Finger zu ihrem Bauch. Claudia zwang sich, die Hände in die Manteltaschen zu stecken.

»Und wo sind die Einkäufe?«, fragte Holger.

»Es gibt keine.« Weihnachtsgeschenke, das Heft für Niklas, Mittagessen – all das schien einer anderen Welt anzugehören, die nicht mehr die ihrige war.

Sosehr sie Holgers Angewohnheit hasste, bei Problemen oder Unklarheiten einfach zur Tagesordnung überzugehen, anstatt darüber zu sprechen, so dankbar war sie ihm heute dafür. Mit einer Armbewegung deutete er zum Tisch. Er fragte nicht, was sie in der Stadt denn so Wichtiges erledigt hatte.

»Essen!«, rief er ins Obergeschoss. »Antonia!«

»Keinen Hunger«, kam es zurück.

»Du kommst trotzdem zu uns!« Holger zog das umgebundene Handtuch ab und warf es die Kellertreppe hinunter.

Claudia hängte ihren Mantel auf und ging ins Gäste-WC, um sich die Hände zu waschen und die Haare zu trocknen. Der Schnee begann nun in der Wärme des Hauses zu schmelzen und lief als kühles Rinnsal über ihr Gesicht. Sie schloss für ein paar Atemzüge die Augen und hoffte, dass Antonia diesmal wirklich in ihrem Zimmer blieb. Die üblichen Diskussionen über gemeinsame Familienmahlzeiten, über Kalorien und Essen insgesamt – sie ertrug es nicht. Jetzt nicht. Doch kurz darauf waren Antonias Schritte auf der Treppe zu hören.

Als die Stimmen am Tisch beruhigter klangen und auch Antonia in einem beiläufigen Plauderton sprach, setzte Claudia sich dazu.

»Bei dem Wetter fällt die Motorradtour übermorgen aus«, sagte Holger. »Wie blöd, dabei habe ich schon das Hotelzimmer gebucht. Der Winter könnte diesmal ruhig ausbleiben, wenn es nach mir ginge. Ach ja, Gerhard hat angerufen. Und tu dir wenigstens Salat auf den Teller, Antonia. Vom Fingernägelkauen wird niemand satt.« Er gab Antonia Salat und einen Hähnchenschenkel.

Antonia rümpfte die Nase. »Der Salat schwimmt ja in Öl. Und dann hast du noch Mayo in die Soße mit reingetan. Das ist eklig! Und megaungesund.«

»Opa hat uns eingeladen.« Niklas sah von einem zum anderen.

Holger zuckte mit den Schultern und sah Claudia mit gerunzelter Stirn an. »Gerhard wünscht sich ein Familientreffen am See in Schweden, wo ihr früher immer Urlaub gemacht habt. Was für eine Idee! Schweden. Im Winter. Wo hier die Tage schon dunkel genug sind. Und das so kurzfristig. Stell dir das mal in der Realität vor: fast eine Woche mit deinen beiden Schwestern samt Anhang zusammengepfercht. Und das auf so engem Raum. Und wenn Gerhard wieder mit seiner Hypochondrie anfängt … Aber wir können wohl nicht absagen. Immerhin ist es sein Geburtstag. Und wie er betont hat: Etwas anderes wünscht er sich nicht.«

»Mit Opa zusammen, das gibt doch Spaß«, sagte Niklas.

Claudia schloss für ein Moment die Augen und sofort tauchten Bilder aus ihrer Erinnerung auf. Das zweistöckige Holzhaus am See, der Wald in der Nähe, Schlittschuhlaufen auf dem Eis. Der Weihnachtsbaum in der Wohnküche. Wie sie mit ihren beiden Schwestern Papiersterne bastelte und damit die Fenster schmückte. Ob Schule, Liebeskummer, die Angst vor dem nächsten Zeugnis oder Alltagshektik – alles war während der Weihnachtsferien am See damals immer weit weggerückt. Auch wenn sie in den Sommerferien dort gewesen waren, hatte sie die Zeit jedes Mal genossen. Es war eine ganz andere Welt. Wenn es schneite, war es, als senkte sich ein Flockenvorhang zwischen das Haus, den See und den Rest der Erde. Ein Vorhang aus Schnee, der Streitigkeiten und Konflikte abtrennte und bei der Rückkehr nach Hause alles in einem neuen Licht erscheinen ließ. Das Seehaus war in Claudias Kindheit immer eine Arche Noah gewesen, die »Zeit zwischen den Jahren«, wie Gerhard sie nannte, ein wahr gewordenes Märchen.

»Eine Woche?«, fragte Antonia. »Das ist sieben Tage zu lang. Ohne mich!«

»Es sind sechs Tage. Mit Hin- und Rückfahrt eigentlich nur vier. Außerdem gibt es doch Geschenke! Und bestimmt dreimal so viel wie sonst, wenn auch noch Tante Simone und Tante Alex dabei sind.« Niklas, der schon aufgegessen hatte, zog Antonias Teller zu sich heran und schob sich einen vollgehäuften Löffel in den Mund.

»Schmatz nicht so! Das ist megaekelig. Aber so was von!« Antonia rümpfte die Nase. »Ich will sowieso nur Geld. Das könnt ihr mir auch vorher geben. Oder nachher. Da brauche ich kein Megaevent in Schweden mit großem Tamtam drumherum.«

»Bescherung ist am See. Punkt. Das ist hiermit beschlossen«, sagte Claudia. »Und alle kommen mit. Ansonsten überlege ich mir das mit dem Zuschuss für deinen Führerschein noch einmal, Antonia.« Claudia hasste es, wenn sie auf diese Art und Weise reagierte. Sie war zu der geworden, die sie früher nie hatte sein wollen. Doch heute fehlte ihr die Kraft für weitere Diskussionen oder Überzeugungsarbeit. Nach dem Schock mit dem Schwangerschaftstest genügte ihr die Vorstellung, nicht kontrollieren zu können, wen Antonia ins Haus ließ. Noch eine heimliche »Megaparty« in Abwesenheit der Eltern würde Claudia nicht ertragen. Sie erinnerte sich noch gut an das

Putzen und Scherbenkehren beim letzten Mal, als plötzlich alle Gäste verschwunden gewesen waren.

»Das ist Erpressung!« Antonia stand auf und lief zur Treppe. Claudia verkniff sich einen Kommentar, als Antonia im Vorbeigehen Niklas' Schulranzen aus dem Weg trat. Geräuschvoll trampelte sie die Stufen hoch. Ein Elefant hätte nicht lauter aufstampfen können. Auch mit siebzehn verhielt sich Antonia manchmal noch wie eine trotzige Vierzehnjährige.

»Heute habe ich leider kein Foto für dich«, rief Niklas ihr nach. »Dein Walk ist eine Enttäuschung. Wo bleibt die Eleganz von Haute Couture?«

»Niklas!«, mahnte Holger. »Du brauchst nicht noch einen draufsetzen.« Er wandte sich an Claudia. »Vielleicht sollte sie wirklich zu Hause bleiben. Alt genug ist sie.«

Aus Antonias Zimmer dröhnte Hardrock durchs Haus.

Claudia schüttelte den Kopf. »So, ist sie das? Hört sich nicht danach an. Abgesehen davon und von der Party, die sie im Sommer in unserer Abwesenheit veranstaltet hat: Ja, ich verstehe sie. Mir ging es früher nicht anders. Manchmal wollte ich auch einfach nur allein sein, meine Ruhe haben und vor allem von meinen Eltern nichts wissen. Aber im Nachhinein war ich jedes Mal froh, mitgekommen zu sein. Jedes Mal. Ohne Ausnahme. Wir fahren. Alle zusammen! Nicht nur, weil mein Vater seinen Neunundsiebzigsten feiert.«

# 2

Gerhard drückte den Telefonhörer auf die Gabel und blickte aus dem Fenster. Obwohl ihm im Krankenhaus gesagt worden war, die Nachwirkungen der Vollnarkose wären nach vierundzwanzig Stunden verschwunden, und nun schon fast achtundvierzig Stunden vergangen waren, fühlte er sich benommen und erschöpft. Allein die drei Anrufe bei seinen Töchtern hatten ihn so angestrengt, dass er sich aufs Sofa legte. Hunger spürte er auch nicht, auch wenn es zwei Stunden nach seiner üblichen Mittagessenszeit war.

Dicke Flocken tanzten vor dem Fenster – genauso, wie er es so häufig in Schweden erlebt hatte. Nur dass dort, beim Haus am See, der Schnee liegen blieb, während sich die weiße Pracht hier oft schon innerhalb weniger Stunden in ein schmutzig braunes Gemisch aus Streusalz, Schmutz und Matsch verwandelte. Seit zwei Jahren war er nun nicht mehr in Schweden gewesen, immer war etwas dazwischengekommen. Auch dieses Weihnachten hatte er eigentlich nicht verreisen wollen, weil die Strecke so weit und anstrengend zu fahren war und weil er wusste, dass seine Töchter eigene Pläne hatten. Doch nach dem Aufwachen aus der Narkose war ihm durch den Kopf gegangen:

Was, wenn es kein nächstes Weihnachten gäbe? Wenn er keine Chance mehr hätte, jemals den Ort zu besuchen, der für ihn zu einer zweiten Heimat geworden war? Was, wenn die Gewebeuntersuchung des Tumors wirklich auf etwas Bösartiges hinwies? Die Gewebeprobe war vorgestern entnommen worden. Nun konnte er auf seinem Sofa sitzen bleiben und Trübsal blasen, sich von der Unsicherheit lähmen lassen. Oder er konnte die Zeit bis zum Vorliegen der Untersuchungsergebnisse nutzen, das zu tun, was ihm wirklich wichtig war. Ein großes Vermächtnis konnte er seinen Kindern nicht hinterlassen, dafür hatte er in seinem Beruf als Tischler und später als Restaurator zu wenig zurücklegen können. Trotzdem wollte er seinen drei Töchtern und seinen Enkeln etwas mit auf den Weg geben. Dabei ging es nicht um das Haus am See, das sie erben würden und vermieten oder verkaufen konnten. Es war ihm wichtig, ihnen vor Augen zu führen, was im Leben bedeutend war.

Vom Verdacht der Ärzte hatte er ihnen nichts erzählt. Er wollte kein Mitleid, kein Bedauern.

Gerhard lachte laut auf, wenn er daran dachte, wie er sich bei Familientelefonaten immer am Telefon gemeldet hatte: »Bin ich froh, dass ich dich noch einmal höre.«

Wenn das Sterben mit einem Mal wirklich in greifbare Nähe rückte, war es nicht mehr etwas, das man in einen Nebensatz packte. Mit dem Lachen löste sich all die Anspannung, die sich vor der geplanten Operation in ihm aufgebaut hatte. Er stand auf, ging in die Küche und begann, sich Bratkartoffeln mit Spiegelei und Spinat zuzubereiten.

Im Grunde war es nicht wichtig, was bei der Untersuchung herauskam. Er hatte lange gelebt. Und wie er gelebt hatte! Er hatte das Leben in all seiner Brutalität und Grausamkeit, aber auch unglaublichen Schönheit gesehen. Was ihm nun vorschwebte, war zwar nicht einfach zu erreichen, aber machbar.

Der Anfang war getan: Er hatte allen mitgeteilt, dass er sich dieses Jahr kein materielles Geschenk zu Weihnachten und zum Geburtstag wünschte, sondern nur, dass sich die Familie noch einmal an dem Ort traf, der für ihn der schönste auf der Welt war – einerseits. Über das Andererseits hatte er bisher immer geschwiegen. Ob er das ändern wollte? Er wusste es nicht.

# 3

## SMÅLAND, TAG 1

»Wow!«, rief Antonia, als der See und das von Schnee bedeckte Haus mit rauchendem Schornstein zwischen den Bäumen sichtbar wurden. Das dunkle Holz über zwei Etagen bildete einen Kontrast zur verschneiten Umgebung und ließ das Weiß auf dem Dach im Sonnenschein noch mehr glänzen – als bestünde es aus riesigen Parabolspiegeln.

»Stopp! Halt mal an. Ich will ein Foto machen.«

Claudia stoppte den Wagen. Beim Bremsen klapperte Antonias Nähmaschine im Kofferraum, wie in jeder Kurve. Das sperrige Ding hatte unbedingt mitgemusst, sonst wäre Antonia nicht zum Einsteigen zu bewegen gewesen. Obwohl Claudia bezweifelte, dass Antonia überhaupt Zeit finden würde, sich mit ihren Modeentwürfen zu befassen. Wenn die ganze Familie zusammen war, konnte gar keine Langeweile aufkommen. Im Rückspiegel beobachtete sie den konzentrierten Blick ihrer Tochter, die erst die Scheibe herunterließ und durch die Handykamera sah, dann ausstieg. Nun war auch bei Claudia die Müdigkeit verflogen und sie war froh, dass sie sich entschieden hatten, bereits nach dem Abendessen aufzubrechen und die Nacht durchzufahren, um noch bei Helligkeit anzukommen.

Niklas sah von seinem Comic auf und hielt inne. Er warf das Heft beiseite und sprang seiner Schwester hinterher.

»Weiter geht's. Einsteigen!«, rief Holger nach ein paar Minuten.

Niklas kam um den Wagen herum. »Toni und ich, wir gehen zu Fuß. Wer eher da ist!«

Die zwei rannten los, ohne eine Antwort abzuwarten – in einer Ausgelassenheit, die Claudia in der Form bei ihnen jahrelang nicht mehr erlebt hatte. Sie startete den Motor.

»Warte einen Moment.« Holger drehte den Zündschlüssel wieder um und das Motorengeräusch stoppte.

Claudia sah ihn fragend an.

»Wegen gestern Abend.« Er stockte.

»Lassen wir das Thema.« Sie versuchte vergeblich, sich zu erinnern, was der Anlass für den Streit gewesen war. Es war diese Mischung aus Krümeln und Flusen auf dem Teppich, unaufgeräumten Tischen und beruflichen Projekten mit zu eng gesetzten Terminen, die sich immer wieder zu einem Shitstorm entwickelte. Sie verstand ihn. Im Grunde ging es ihr nicht anders als ihm. Der Alltag war eine Dampfwalze, die alles andere platt bügelte. Und sie war überempfindlich und gereizt wegen der Schwangerschaft, dem Besuch in der Frauenarztpraxis mit der ersten Hiobsbotschaft, dass sie trotz ihrer regelmäßigen Periode bereits in der fünfzehnten Woche schwanger war. Dass sie noch vor der Abfahrt eine Fruchtwasseruntersuchung hatte durchführen lassen können, beruhigte sie nicht im Geringsten. Üblicherweise dauerte es zehn bis vierzehn Tage bis zum Ergebnis, nun musste sie sich wegen der Feiertage auf eine Wartezeit von drei Wochen einstellen. Sie bereute es, sich nicht für den Schnelltest entschieden zu haben, der noch vor der Abfahrt Gewissheit gebracht hätte, jedoch nicht von der Kasse bezahlt wurde. Zu ihren bisherigen Sorgen – wie sie selbst zur Schwangerschaft stand, wie die Zukunft werden würde, wie sie es Holger erklären sollte – kam nun noch die Erinnerung an den nachdenklichen Blick der Ärztin und deren Ausführungen über Wahrscheinlichkeiten, Messwerte, Nackenfaltentransparenz, Chromosomenschädigungen und andere Fehlbildungen. Ihr eigenes Gefühl, das ihr sonst immer sehr schnell Sicherheit gab, war wie weggeblasen.

»Es war nicht so gemeint«, sagte Holger. »Ich will mich entschuldigen.«

Claudia schaltete den Motor ein, damit die Heizung lief. Sie fror. Daran änderte auch die warme Luft, die ihr entgegenströmte, nichts. Sie wollte etwas erwidern, brachte aber nichts heraus. In den letzten Tagen konnte ein einziger Satz bewirken, dass sie die Fassung verlor. Sie hatte mehr als eine Ahnung, warum sie so dünnhäutig reagierte, doch darüber wollte sie mit Holger nicht sprechen – nicht, bevor sie sich selbst im Klaren darüber war, wie sie zu dem Thema Baby stand. Seine Unsicherheit zusätzlich zu ihrer eigenen würde sie nicht ertragen.

»Wenn ich Antonia und Niklas ansehe …« Holgers Stimme wurde sanft. »Wenn ich an all das denke, was wir schon zusammen erlebt haben, weiß ich, was ihr mir bedeutet. Vielleicht sollten wir beide beruflich etwas kürzertreten. Wir stecken in dieser Mühle fest und kommen nicht raus. Dabei sind die Kinder alt genug, dass wir endlich wieder anfangen könnten, an uns zu denken.«

»Der Verlag, die Arbeit mit den Autoren, die Organisation des Stands auf der Buchmesse – das ist genau das, was ich mir gewünscht habe.«

»Ich meine … hast du nicht auch das Gefühl, an einem Wendepunkt angekommen zu sein?«

Claudia war froh, dass ein Hupen Holgers Erklärungen unterbrach. Das Reden erschöpfte sie. Sie konnte gut nachvollziehen, was er meinte. Aber bei der Überlegung, wieder an sich und an ihre Partnerschaft zu denken, krampfte sich ihr Bauch zusammen, als hätte sie etwas Verdorbenes gegessen.

Ein dunkelblauer Mercedes, der an eine Regierungslimousine erinnerte, stoppte neben ihnen. Ihre Schwester Alexandra stieg auf der Beifahrerseite aus. Claudia ließ das Fenster herunter.

»Habt ihr eine Panne?«, fragte Alexandra.

»Wir haben nur die Kinder rausgelassen«, sagte Holger. »Wollten gerade weiterfahren.«

Hinter dem Steuer des Mercedes' saß Alexandras neuer Freund. Er sah mindestens zehn Jahre jünger aus als Alexandra und wirkte wie ein Student, der am liebsten mit dem Fahrrad unterwegs war. Claudia zwang sich, ihn nicht anzustarren mit seinem hellblauen Hemd und dunkelblauen Jackett, mit dem Dreitagebart, der Föhnfrisur und dem Blick, als wäre er eine Mischung aus Diplomat und Model für Männerparfüm. Was verband Alexandra mit ihm?

»Seit wann bist du zurück aus Hawaii?«, fragte Claudia.

»Schon eine Woche. Sebastian und ich – wir sind ja so glücklich. Wir haben euch Fotos mitgebracht von unserem Trip. Aber lasst uns später reden.« Alexandra kicherte, winkte und stieg wieder in den Wagen.

Claudia fuhr an.

»Geld scheint er ja zu haben«, sagte Holger. Er klappte den Sonnenschutz herunter, betrachtete sich im Spiegel und strich sich durch die Haare. Dann warf er den Pony zurück, der inzwischen so lang war, dass er ihm in die Augen hing.

»Findest du eigentlich, dass ich sehr alt aussehe?«, fragte er.

»Antonia ist siebzehn, hat ihre erste Verliebtheit und erste Trennung schon hinter sich. Dann sind wir wohl alt.« Claudia dachte an ihre grauen Strähnen, die kaum auffielen, ihr Blond nur heller erscheinen ließen – und doch waren sie da.

»So meine ich das nicht.«

»Wärst du wie er, wären wir garantiert nicht verheiratet.«
Sie lachte.

Vorsichtig, als hätte er Angst, dass sie ihn zurückwies, legte er eine Hand auf ihren Oberschenkel. Sie fühlte seine Wärme durch die Kleidung und dachte, dass es genau diese Kleinigkeiten waren, die sie vermisste. Es waren gar nicht die großen Veränderungen, die sie herbeisehnte – ein schuldenfreies Haus oder einen Luxusurlaub –, sondern die kleinen Berührungen, die netten Worte zwischendurch, die Blicke, die sie sich zuwarfen. Claudia legte ihre Hand auf seine, bis er seine Hand wieder wegzog.

»Danke«, sagte sie.

»Wofür?«

»Dass du da bist.«

Weil die Zufahrtsstraße durch einen umgestürzten Baum versperrt war, kamen beide Wagen nach dem Umweg einer Seeumrundung erst eine Stunde später am Ferienhaus an. Vom See her war Lachen zu hören und Gerhards Beifallsbekundungen.

Vom Vorplatz aus hatte Claudia einen guten Blick auf den See. Antonia und Niklas jagten über die gefrorene Fläche. Gerhard drehte in der Mitte eine Pirouette. Sie fragte sich, wie es möglich war, dass sein Alter mit Kufen unter den Füßen von ihm abzufallen schien, wie staubige Luft mit einem Regenguss abgewaschen wurde – trotz der Schwerfälligkeit seiner Bewegungen an Land. Der Anblick war so schön, dass es schmerzte. Noch immer gab es anscheinend im Keller ein Sortiment von Schlittschuhen aller Größen, das aus ihrer eigenen Jugendzeit stammte. Claudia rief und winkte, doch weder Gerhard noch die Kinder nahmen Notiz von ihr, zu versunken waren sie in ihr Tun. Claudia lehnte sich an den alten Brunnen und sah ihnen zu. Sie weinte und wusste nicht, warum. Da die anderen schon ins Haus gegangen waren, störte sie sich nicht daran und versuchte auch nicht, gegen das Gefühl von Sehnsucht und Wehmut anzukämpfen, das sich in ihr ausbreitete.

»Die Männer sind noch mal losgefahren, holen Briketts und Kaminanzünder.«

Claudia erschrak. Sie hatte nicht gehört, wie sich Alexandra genähert hatte. Sie nickte, räusperte sich und tat so, als hätte sie sich verschluckt, um dann unauffällig die Tränen abzuwischen. Die Schwestern standen eine Weile nebeneinander und sahen zu, wie Gerhard sich mit den Kindern vergnügte, als wäre er selbst noch ein Kind. Alexandra trug eine Samtjacke, die aussah, als hätte sie dafür ein Vermögen ausgegeben, und auch ihr Parfüm roch nach Luxus. Claudia wurde bewusst, wie sehr sich ihre Schwester verändert hatte. Die braunen Locken, die ihr oft den Vergleich mit Julia Roberts einbrachten, hatte sie nun mit einem Glätteisen gerade gezogen, doch der Schnee, der sich auf ihren Kopf legte und dort schmolz, kräuselte die Haare langsam in den Ursprungszustand zurück. Mit einem Mal registrierte Claudia die Kälte, die vom Boden ausgehend durch die dünnen Ledersohlen ihre Beine aufwärtskroch. Die Stille, die sich zwischen ihnen ausbreitete, erschien ihr von Minute zu Minute schmerzhafter, sodass sie dankbar war, als Alexandra das Gespräch wieder aufnahm.

»Wir hatten so eine schöne Zeit auf Hawaii. Vor allem die vielen Wasserfälle! Schade, dass es vorbei ist.«

Claudia nickte.

»Vielleicht bleibt uns ja eine lebendige Erinnerung.« Alexandra lächelte. »Wenn du weißt, was ich meine. Wenn es geklappt hat, dann soll es sein Gesicht und seine blauen Augen haben – und nicht meine braunen Locken, die sich nie bändigen lassen. Das würde einiges an morgendlicher Kämmarbeit vor dem Kindergarten ersparen, falls es denn ein Mädchen wird.«

»Du bist schwanger?« Claudia schluckte.

»Noch nicht, aber seit drei Monaten besorgen wir uns in der Apotheke diese Ovulationstests. Eine Unverschämtheit, wie teuer die sind. Hoffentlich haben wir diesmal Glück. Wir haben es von Anfang an gespürt, direkt bei der ersten Begegnung. Zwischen uns passt einfach alles.«

Claudia schüttelte den Kopf. Wir. Uns. Wir. Konnte sie überhaupt noch »ich« sagen? Vor ihrem inneren Auge tauchte die Alexandra auf, die gerade ihr Abitur gemacht hatte, die stolz auf ihre langen Locken war, auf ihre Klarinette, die davon träumte, als Musikerin die Welt zu entdecken.

»Und was ist mit deinen Schülern an der Musikschule, deinem Job bei der Philharmonie? Du warst so froh, mit deiner Klarinette als regelmäßige Aushilfe einspringen zu können. Sie haben dir doch sogar Hoffnungen gemacht, dass du beim nächsten Probespiel dabei sein kannst. Abgesehen davon: Wollt ihr nicht erst einmal heiraten?« Sie kam sich spießig vor, das auszusprechen, gleichzeitig konnte sie die Sorge um ihre Schwester nicht beiseiteschieben.

»Man muss Prioritäten setzen.«

»Das sind die letzten Jahre, in denen du beruflich noch etwas bewegen kannst.«

»Sebastian und ich, wir sind beide erwachsen! Wo liegt dein Problem, dass du diese Große-Schwestern-Nummer nicht mal beiseitelassen kannst? Abgesehen davon gibt es nie eine Garantie. Eine Heirat ändert erst einmal gar nichts. Jedenfalls nicht innerlich. Warum versuchst du zwanghaft, anderen ihr Glück madigzumachen? Gönnst du es uns nicht? Bist du so frustriert? Was soll daran seltsam sein, dass wir uns Kinder wünschen, wenn wir uns lieben?«

Claudia stellte sich vor, Alexandra zu schütteln. Sie überlegte, wie sie am besten erklären sollte, was in ihr vorging, ohne von ihrer Schwangerschaft zu erzählen. Oder hatte Alexandra recht, dass sie sich zu viel einmischte, dass sie in ihrer jüngeren

Schwester noch immer das Nesthäkchen sah? Claudia wollte ihre Hand auf Alexandras Schulter legen, doch bevor sie sie berühren konnte, lief Alexandra los in Richtung des Sees.

»Alexandra! Warte!«

»Lass mich einfach nur in Ruhe! Wir brauchen deine Ratschläge und deine Zweifel nicht. Hast du dir eigentlich mal Gedanken darüber gemacht, dass es für mich für ein Baby längst zu spät sein könnte mit meinen sechsunddreißig? Außerdem: Was weißt du schon von uns?«

Claudia wollte ihr folgen, als ein Motorengeräusch sie innehalten ließ. Sie drehte sich um. Ihre Schwester Simone fuhr in ihrem alten Golf vor. Claudia zuckte von dem lauten Hupen zusammen.

»Und, alles gut bei euch?«, rief Simone in einer Lautstärke, als versuchte sie, die Aufmerksamkeit einer Horde lärmender Erstklässler zu gewinnen.

»Du brauchst nicht so zu brüllen, ich bin nicht taub.«

»Wow, dicke Luft, was?«

Claudia seufzte. Sie dachte an Antonias Kommentar in Bezug auf die geplante Reise nach Schweden. *Eine Woche, das ist sieben Tage zu lang.* Auf jeden Fall konnte die Woche, auch wenn es nur sechs Tage waren, mehr als turbulent werden, wenn sie bei ihren Schwestern nur wenige Minuten oder Sekunden brauchte, um mit ihnen in Streit zu geraten.

# 4

Das Stimmengewirr vor dem Haus ließ Gerhard innehalten. Seine drei Mädchen waren noch immer wie damals als Teenager, sie waren wie Kalisalpeter, Holzkohle und Schwefel. Wenn sie zusammentrafen, vereinten sich die einzelnen Bestandteile zu Schwarzpulver und es kam erst einmal zu einer Explosion. Genau das war der Grund, warum er sich dieses Geburtstagsgeschenk und kein anderes gewünscht hatte. Gerhard atmete bewusst die kühle, klare Winterluft ein.

Dann wandte er sich wieder Antonia und Niklas zu. Es war verrückt, wie lebendig er sich fühlte, zum ersten Mal seit Jahren. Immer hatte er sich über all die Beschwerden aufgeregt, die nun zu belanglosen Zipperlein geworden waren: seine schnelle Ermüdbarkeit, der hohe Blutdruck, der manchmal erhöhte Blutzucker, das nächtliche Zucken der Beine, die Schlaflosigkeit. Er konnte mit seinen beiden Enkeln auf den Schlittschuhen mithalten. Sie übertrafen ihn zwar mit ihrer guten Kondition, aber das machte Gerhard mit Technik wett. Die Kufen waren wie mit seinem Körper verwachsen, die Geschwindigkeit schien die Schwerkraft aufzulösen. Er fühlte sich frei wie ein Vogel, lebendig wie damals, als ihn das Eislaufen mit Sessa an diesem See das Grauen des Krieges und seine Entwurzelung hatte vergessen lassen.

# 5

»Noch mal auf Anfang.« Simone reichte Claudia zur Begrüßung die Hand. »Also: Schön, dass wir uns mal wieder treffen.«

Claudia schmunzelte und drückte Simone an sich. Trotzdem hatte der Gruß etwas Förmliches, dachte Claudia – was aber auch an Simones Outfit liegen konnte: schwarze Jeans und schwarzes Jackett mit Einstecktuch. Simones Zopf war so stramm gebunden, dass Claudia glaubte, ein Ziehen an ihrer eigenen Kopfhaut zu spüren.

»Die Zwillinge« waren sie früher genannt worden, doch das war längst Vergangenheit. Claudia merkte, wie ihr der Gedanke daran den Brustkorb zuschnürte. Irgendwann in der Grundschule hatte es begonnen, dass alle, die auf Claudia und Simone trafen, sie für Zwillinge hielten. Zwei Mädchen mit der gleichen Statur und den gleichen schulterlangen Haaren, die sich allerdings nur Simone allmorgendlich zu einem ordentlichen Zopf flechten ließ. Obwohl sie altersmäßig zweieinhalb Jahre auseinander waren, gingen beide in dieselbe Schulklasse. Claudia überragte ihre jüngere Schwester kaum, die auf ihr eigenes Drängen ein Jahr früher eingeschult worden war – und Claudia ein Jahr später als üblich, nachdem sie zwei Tage vor ihrem geplanten Schulbeginn versucht hatte, mit einem Schraubenzieher ein Radio auseinanderzubauen. Der Stecker war noch am Strom angeschlossen gewesen. So hatte sie nach der Aktion drei Monate im Krankenhaus verbracht und ein weiteres halbes Jahr einen Gips am rechten Arm tragen müssen.

»Kommst du gerade aus der Schule?«, fragte Claudia und zeigte auf den Jutebeutel, der mit Schulheften gefüllt war und im Kofferraum auf den beiden Reisetaschen lag. »Es sind doch schon seit ein paar Tagen Ferien.«

»Ich will die Tage fürs Korrigieren nutzen. Für irgendwas muss die Abgeschiedenheit ja gut sein.«

»Es sind Ferien, mach mal Pause.« Claudia nahm ihrer Schwester den Beutel ab und trug ihn ins Wohnzimmer. Simone folgte mit dem restlichen Gepäck.

»Wenn du wüsstest. Als Lehrerin hast du nie richtig frei. Du kannst dir nicht vorstellen, was ich zu tun habe. Unterrichtsvorbereitungen. Übergangsgespräche mit den Eltern, wenn im Sommer meine Vierer auf die weiterführende Schule wechseln. Aber lassen wir das. Mir macht das nichts aus. Wie läuft es denn mit Niklas? Ist er in Englisch und Deutsch besser geworden? Ich kann auch mit ihm lernen. Wenn wir hier schon mal zusammen sind.«

»Das ist wohl keine gute Idee.« Claudia wandte sich um, als sie aus dem Flur ein Aufstöhnen von Niklas hörte, der mit seinen Schlittschuhen gerade zur Tür hereinkam, als ahnte er, dass über ihn gesprochen wurde.

»Hast du sie noch alle?«, fragte er. »Es sind Ferien!«

»Du hast draußen gelauscht?« Simone zog die Augenbrauen hoch.

»Brauchte ich gar nicht. Wenn du dich wie ein Marktschreier über mein Zeugnis auslässt, damit es bloß die ganze Familie mitkriegt. So was von Panne!«

»Kommt ihr Erwachsenen jetzt endlich auch?«, rief Antonia von draußen. »Schlittschuhlaufen. Bevor es dunkel wird. Wir haben echt Spaß!«

»Hey. Das Lernen war als nettes Angebot gemeint. Nicht mehr und nicht weniger«, sagte Simone augenzwinkernd. »Nehmt ihr mich mit zum Schlittschuhlaufen?«

»Okay. Du kannst mit an den See. Solange du nicht wieder von Schule, Lernen oder irgendetwas Überpädagogischem anfängst, kein Problem.« Niklas grinste. »Schwör!«

Simone hob Daumen, Zeige- und Mittelfinger der rechten Hand. »Großes Indianerehrenwort!«

Eine Viertelstunde später trafen sie sich am zugefrorenen See. Auch die beiden Männer kamen noch vor Einbruch der Dunkelheit vom Einkaufen zurück und schlossen sich dem Schlittschuhlaufen an. Gerhard saß inzwischen dick in eine Wolldecke eingewickelt mit einer dampfenden Tasse Tee in der Hand auf einem umgekippten Ruderboot und schaute zu.

Sobald Claudia auf der Eisfläche war, fühlte sie sich, als hätte sie die Schlittschuhe nie ausgezogen. Sie nahm Tempo auf, konzentrierte sich auf den Absprung vom rechten Fuß und landete nach einer Umdrehung wieder auf dem Fuß, mit dem sie abgesprungen war, als hätte sie jahrelang nichts anderes getan, als auf einer Eisbahn zu trainieren. Ihr ging es wie ihrem Vater: Es gab Dinge, die verlernte man nie. Sie hörte Applaus um sich herum und verneigte sich. Ihre Wangen prickelten vor Kälte. Niklas hielt seinen rechten Daumen in die Höhe und Antonia starrte sie mit offenem Mund an. Claudia lachte.

»Das war ein Salchow«, sagte sie. Und wenn sie ein paar Tage weiterübte, würde sie auch noch die zweite Umdrehung schaffen.

Sogar Simone ließ sich von der Ausgelassenheit anstecken. Sie nahm Antonias Hände und beide glitten auf der Seemitte im Kreis. Es kam Claudia vor, als wären seit dem letzten Familienurlaub am See nicht zwei Jahrzehnte, sondern höchstens zwei Monate vergangen. Hier an diesem Ort hatte sich nichts verändert. Wie früher war die Luft klar und die

Schneedecke so dick, dass auch alle Gerüche unter dem Schnee verschwanden. Es waren Bäume da, aber es roch nicht nach Holz und nicht nach Wald. Auch das Gras unter dem Weiß war so tief verborgen, dass man es weder sehen noch riechen konnte. Der Wind kam aus Richtung des Sees, sodass sogar das Kaminfeuer vom Haus keinen Geruch von Zivilisation verbreitete. Für einen Moment war es, als hätte sie zwischen all dem Scherzen und Rufen das Lachen ihrer Mutter gehört. Doch als sie sich umdrehte, war dort nur das Ruderboot, auf dem Gerhard saß – festgefroren im Eis und mit Schnee bedeckt. Durch das Innehalten merkte sie, wie ihr Magen knurrte. Sie dachte an Pizza und Sahnetorte, Chili con Carne und Vanilleeis. Am liebsten würde sie von alledem etwas essen.

»Soll ich anfangen zu kochen?«

»Nicht nötig«, sagte Gerhard. »Für die erste Mahlzeit ist der Lieferservice bestellt. So etwas gab es früher nicht. Aber wenn wir schon die Möglichkeiten haben mit der Technik, können wir sie auch nutzen. Ich wusste ja nicht, wann ihr ankommt und wie lange es mit dem Einkaufen dauert.«

»Du bist verrückt.« Sie umarmte ihren Vater. An das Geld, das er dafür ausgegeben hatte, wollte sie lieber nicht denken. Stattdessen kehrte sie noch einmal auf die Eisfläche zurück und nahm Anlauf. Sie schloss kurz die Augen, dann sprang sie ab. Ihr Körper reagierte instinktiv, doch anstatt der erhofften zwei Drehungen gelangen ihr nur eineinhalb.

Bald waren in der einsetzenden Dunkelheit die am Ufer aus dem Eis herausragenden Äste kaum mehr zu erkennen. Gemeinsam kehrten sie erhitzt vom Schlittschuhlaufen mit eiskalten und roten Wangen ins Haus zurück. Claudias Gesicht brannte von der Wärme, die ihr aus dem Kamin entgegenschlug, doch das störte sie nicht. Es war, als hätte jemand eine Last von ihrer Seele genommen. Alles fühlte sich genau richtig an, wie es war. Auch die Gesichtszüge der anderen waren nun entspannt, die Spannungen zwischen den Schwestern vergessen. Gerhard hatte immer gesagt, der Frieden, der sich an diesem Ort ausbreitete, komme vom See und vom Himmel, der hier in Schweden mehr Weite habe. Sie lächelte beim Gedanken an die alten Legenden, die er ihnen in ihrer Kindheit vor dem Einschlafen erzählt hatte. Den Erzählungen nach gab es vom See aus einen direkten Zugang zum Himmel, der sich nur einmal in hundert Jahren öffnete. Die Energie dieses Zugangs sei aber ununterbrochen spürbar, deshalb könne man sich an diesem Ort so unbeschwert fühlen.

»Woher kennst du eigentlich all die Sagen und Mythen um den Ort hier?«, fragte Claudia.

»Meinst du mich?« Gerhard sah auf.

Claudia lachte. »Wen denn sonst?«

Gerhard ließ sich wieder in seinen Sessel zurücksinken, als wäre bereits alles gesagt.

»Ich kann mich nicht erinnern, dass du uns aus Märchenbüchern vorgelesen hast. Du kanntest all die Geschichten auswendig«, begann Claudia erneut und mit einem Mal erschien es ihr so seltsam, dass sie nicht begreifen konnte, warum es ihr nicht schon eher aufgefallen war. Sie hatte es immer als eine Selbstverständlichkeit hingenommen, dass es diese Geschichten gab und dass ihr Vater sie allesamt kannte. »Wo hast du von dem Märchen mit dem sprechenden Elch und der Prinzessin gehört? Wer hat dir von dem Zugang zum Himmel erzählt, der am See ist und wo sich alle hundert Jahre das Wasser auseinanderteilt? Dann die Geschichte von dem …« Claudia hielt inne. Gerhards Gesichtsausdruck irritierte sie. Er schien ganz in sich versunken, sein Blick ging durch sie hindurch, sodass sie begann, sich Sorgen um ihn zu machen. Ob die Fahrt doch zu lang und zu anstrengend für ihn gewesen war?

Gerhard räusperte sich. Er schnappte nach Luft, öffnete den Mund, als wollte er etwas sagen, schloss ihn dann aber wieder.

Mit einem Mal war es ganz still im Raum geworden. Alle Augen waren auf Gerhard gerichtet und es breitete sich eine Spannung aus, die wie Elektrizität zu schwirren schien. Sogar Niklas legte seinen Comic beiseite und Simone blickte von ihren Korrekturen auf. Alexandra und Sebastian rückten ein Stück voneinander ab.

»Ihr wisst, dass ich das Haus von Mats geerbt habe«, durchbrach Gerhard schließlich die Stille. Er schaute zur Tür, als wartete er darauf, dass jemand hereinkäme. »Mats war nicht nur der schrullige Vermieter, der in den oberen Räumen lebte und die unteren Zimmer für Gäste bewirtschaftete. Er war auch nicht nur ein Freund, der sonst niemanden mehr hatte auf der Welt. Er war … Ach, ich will euch nicht mit den Geschichten aus der Vergangenheit langweilen. Nichts ist schlimmer als die Alten, die nur im Gestern leben und dabei die Gegenwart und die Zukunft völlig ausblenden. So wollte ich nie werden.«

»Erzähl mehr, Opa«, rief Niklas. »Bitte! Ich will es hören.«

»Ja, Opa«, stimmte Antonia mit ein.

»Na gut, da muss ich aber etwas ausholen.« Gerhard goss sich ein Glas Rotwein ein, obwohl es noch recht früh war und er sonst genau darauf achtete, wegen seiner Zuckerwerte beim Alkohol ganz besonders maßvoll zu bleiben. Dann sprach er weiter: »Im Januar 1945 habe ich in Ostpreußen gekämpft.«

Claudia rechnete. »Du im Krieg?« Sie rechnete ein zweites Mal. »Bei Kriegsende warst du gerade mal sechzehn Jahre alt. Ein Kind. Da kann es doch gar nicht sein, dass du …«

»Wenn ihr mich laufend unterbrecht, kriege ich das alles gar nicht mehr sortiert! Also noch einmal. Der Januar 1945 in Ostpreußen …«

# 6

## JANUAR 1945, OSTPREUSSEN

Weiß wie Schnee. Rot wie Blut. Schwarz wie Ebenholz. Der Text eines Märchens, das mir Großmutter so oft vorgelesen hat, doch ich kann mich nicht genau erinnern, worum es ging, wie das Märchen hieß. Es spielt keine Rolle mehr. Alles, wirklich alles würde ich dafür geben, um jetzt in meinem eigenen Bett zu liegen und nicht irgendwo auf den Feldern zwischen Ortschaften, aus denen die Menschen längst geflohen sind. Niemand schreit. Niemand kommt, weil wohl niemand mit Überlebenden rechnet.

Doch noch lebe ich, sehe das Blut, das sich um mich herum ausbreitet, auch wenn es nicht mein eigenes ist – dunkel wie das von frisch geschlachteten Ochsen. Mein Körper ist kalt geworden. Die Müdigkeit ist wie ein Rausch, nimmt die Angst und alle Sorgen. Schmerzen habe ich nicht. Trotzdem gelingt es mir nicht einmal, einen Finger zu bewegen. Irgendetwas an mir ist kaputt. Ich bin gelähmt. Oder längst tot und begreife es nur nicht. Vielleicht ist so der Tod? Dass das Liegen wie ein Schweben ist, die Welt entrückt, aber die Sinne nach wie vor ihren Dienst tun, wenn auch verlangsamt?

Mein Kopf ist zum Himmel gerichtet. Dort ist es schwarz. Der Rauch verdunkelt noch immer das Schlachtfeld, obwohl seit Stunden nicht mehr gekämpft wird. Doch es braucht Zeit, bis sich der dunkle Nebel auflöst. Der Iwan hat uns geschlagen. Gegen die Überlegenheit an Soldaten, Geschützen, Panzern und Flugzeugen kamen wir nicht an. Es war nichts zu machen.

Es beginnt zu schneien. Flocken tanzen vor meinen Augen, weiß, dick, schwer, wie eine flimmernde Decke aus Helligkeit, obwohl durch all den Rauch kein Sonnenlicht dringt. Es sind die Schneeflocken selbst, die strahlen.

In Gedanken formuliere ich einen letzten Brief nach Hause. Will ihnen sagen, dass sie sich nicht sorgen sollen, dass es mir gut geht, dass wir alles tun, uns dem Feind zu widersetzen, dass wir ihr Leben schützen, immer an sie denken. Gleichzeitig frage ich mich, ob ich verrückt bin. Ob wir alle verrückt sind. Warum tun wir das alles?

Viel zu viele dieser Briefe voller Lügen habe ich schon geschrieben, damit ich in ihren Augen derjenige bleiben kann, den sie in mir sehen wollen: ihr Junge, kräftig, mutig, kein Kind mehr, sondern ein Erwachsener, ein Soldat, der Verantwortung tragen kann. Obwohl ich bereits alles verloren habe, mein Leben hier auf diesem Feld wohl enden wird, möchte ich nicht, dass sie mich als den in Erinnerung behalten, der ich wirklich bin: jemand, der den Glauben und die Hoffnung aufgegeben hat.

Ja, könnte ich, würde ich es rückgängig machen. Dann hätte ich mich nicht freiwillig gemeldet, wäre nicht stolz in die Kaserne eingezogen, hätte darauf verzichtet, mit fünfzehn Jahren als Erwachsener gesehen zu werden. Ich wäre kein Flakhelfer geworden, hätte mir die lächerliche Eitelkeit erspart, als Richtkanonier den Abzug zu betätigen. Die Stärke liegt nicht darin zu kämpfen, sondern in den Luftschutzkellern auszuharren und nicht zu verzweifeln.

Jemand rüttelt mich, packt mich unter den Armen. Ich stöhne. Doch es sind keine Sanitäter, es gibt keine Bahre. Dem einen Kameraden fehlt die Nase. Der andere röchelt. Zu zweit schleifen sie mich über das verschneite Feld, über die Leichen hinweg in eines der verlassenen Häuser.

Sie machen ein Feuer aus Möbeln, ziehen mir die nasse Kleidung aus, schaffen Decken herbei, obwohl sie selbst dringend Hilfe bräuchten.

Ich schlafe.

Und wache auf.

Und schlafe.

Und lebe noch immer.

»Gerhard«, sage ich.

»Klaus.« Es ist der ohne Nase. Das Loch in seinem Gesicht ist verkrustet und blutet nicht mehr.

»Wilhelm«, röchelt der andere.

Wie wir da sitzen um das Feuer, wie Klaus weitere Stühle zerschlägt und in die Flammen wirft, ist es wie ein Eingeständnis.

Es ist alles viel zu viel. Es gibt keinen Rückweg und gleichzeitig keinen Weg voran, weil wir nicht weitermachen können. Ich lese es in ihren Augen und sie wohl auch in meinen. Wir sind nicht nur äußerlich getrennt von der Heeresgruppe und von unseren Familien in der Heimat, sondern wir befinden uns in einem Niemandsland.

»Wenn wir uns nicht melden, ist das Desertieren«, sagt Klaus, als könnte er meine Gedanken lesen.

Ich sehe von Wilhelm zu Klaus und frage mich, ob sie mich deswegen gerettet haben, weil sie nicht älter sind als ich.

»Das ist es«, flüstere ich. Meine Stimme klingt fremd. Sie drückt in ihrem Klang das aus, was sich nun nicht mehr leugnen lässt. Es ist zu viel. Zu viel Krieg. Zu viel Tod. Zu viel Leid. Niemand in der Heimat würde es verstehen. Das Grauen erleben sie auch, aber sie kennen den Geruch so vieler Toter nicht, der die Erde metallisch riechen lässt. Sie kennen nicht die Schattierungen von Rot, das erst hell wird und dann schwarz, weil keiner mehr da ist, der es aufwischt. Sie kennen das innere Loch nicht, das sich auftut und einen selbst aufsaugt, in Leere verwandelt. Sie würden es nicht verstehen.

»Wir müssen die Uniformen loswerden«, sagt Klaus.

»Das ist Feigheit vor dem Feind! Abscheulich. Wir können uns nirgends blicken lassen. Was ist mit eurer Tapferkeit und dem Mut? Aufopfern und Kämpfen für das Vaterland ist unsere Pflicht.« Wilhelm richtet sich auf, strafft die Schultern.

»All das habe ich auch einmal geglaubt. Und kann es nicht mehr glauben. Sollen wirklich alle Kinder aufwachsen, wie wir aufgewachsen sind?« Die beiden anderen sehen mich nicht an. Ich weiß nicht einmal, ob sie mir zuhören, aber das ist mir gleichgültig, weil ich aussprechen muss, was in Gedanken immer klarer wird, um es begreifen zu können. »Sollen wir unseren Kindern wieder beibringen, sich aufzuopfern, zu kämpfen, tapfer zu sterben? Mögen wir Feiglinge sein! Bei all dem Leid, das uns die verdammte Tapferkeit und das Aushalten gebracht hat, ist es da nicht eine Auszeichnung, ein Feigling zu sein? Dürfen wir das alles klaglos hinnehmen und später an unsere Kinder weitergeben? Ihnen von den Heldentaten großer Kämpfer erzählen? Oder müssen wir dafür einstehen, dass diese Tapferkeit das Schlimmste ist, was es je gegeben hat? Was ist mit dem Weinen und Lachen, dem Lieben und Versöhnen? Was mit dem Träumen? Mit uns?« Ein Ruck geht durch meinen Körper. »Desertieren. Ja. Aber so leicht ist es nicht. Gedanken sind das eine. Nur, wie soll das gehen? Über die Ostsee raus aus dem Reich?«

Wilhelm hält sich die Hände vor die Augen.

Es wird nicht leicht werden, das ist unbestreitbar. Vielleicht sterben wir an Hunger oder Kälte oder werden verurteilt und hingerichtet. Aber zum ersten Mal seit Wochen nehme ich die bunten Farben um mich herum wahr, etwas anderes als das Rot, das Schwarz und das Weiß. Das Feuer ist gelb und orange. Die Kommode ist grün. Der Tisch ist braun. Der zerbrochene Teller auf dem Boden ist blau bemalt.

# 7

»Seid ihr dann zu dritt geflohen?«, fragte Niklas.

Gerhard nickte.

»Aber was hat das mit diesem Haus zu tun?«

Ein Läuten unterbrach das Gespräch. Gerhard stand auf, ging zur Tür und öffnete. Claudia lauschte der Unterhaltung an der Tür, so sanft und melodisch im Klang, wie sie es oft in ihrer Kindheit gehört hatte, ohne nachzufragen, woher Gerhard die Sprache so gut verstand und sich so gut in ihr ausdrücken konnte. Sie begriff, dass nicht nur sie etwas vor den anderen verheimlichte, sondern dass es auch einiges gab, was ihr Vater ihnen nie erzählt hatte.

Das Essen wurde in vier großen Metallschalen und drei Töpfen gebracht. Holger und Sebastian bauten das Büfett in der Küche auf, während Claudia und Simone den Tisch deckten und Gerhard mit den Kindern eine Kiste mit alten Postkarten durchsah. Alexandra suchte in Schubladen und Regalen nach Kerzen für die Kerzenständer. Die Anspannung und Konzentration, die sich bei Gerhards Erzählung ausgebreitet hatte, war nun wieder vollständig verschwunden. Es war ein Kommen und Gehen, ein Wuseln und Plappern wie im Speiseraum einer Jugendherberge.

So viel Essen, das reichte für mindestens zwei Mahlzeiten, schätzte Claudia. Antonia, die zuerst je einen kleinen

Löffel Gemüse und Salat nahm, gönnte sich als Nachschlag Kartoffelgratin mit Fisch. Sogar den Puddingnachtisch ließ sie nicht stehen. Auch Claudia spürte, wie hungrig sie nach dem Schlittschuhlaufen in der Kälte war. Ihr Magen knurrte laut.

Eine ungewohnte Ruhe breitete sich während der Mahlzeit aus. Nur das Krachen der Holzscheite im Kamin gemischt mit dem leisen Klappern von Tellern und Besteck war zu hören.

Gerhard legte als Erster Messer und Gabel beiseite. Dann klopfte er mit dem Löffel gegen sein Glas. »Ich freue mich, dass ihr gekommen seid. In meinem Alter weiß ich ja nie, wie viel Zeit mir bleibt, ob ich meinen nächsten Geburtstag noch erleben darf.«

»Papa!«, rief Claudia. Sie dachte an die Pirouette, die ihr Vater auf dem Eis gedreht hatte. Er war kerngesund – all seinen von ihm säuberlich notierten Blutdruckschwankungen zum Trotz. Und wenn er sich weiterhin wie bisher mit seinen Wanderungen und Radtouren fit hielt, brauchte er sich um seine Gesundheit keine Sorgen machen.

»Leider kann Annemarie nicht bei uns sein«, sagte Gerhard, »aber ihrem Andenken möchte ich diese Tage widmen. Ihr wisst, dass ich keine großen Reichtümer sammeln konnte, dass mir bei meinem Beruf die Freude am Tun wichtiger war als das Geld. Annemarie hat diesen Ort geliebt. Obwohl wir mit unseren Töchtern in manchen Jahren die Gürtel enger schnallen mussten, teilweise kaum genug Geld für die Wagenreparaturen und den Sprit hatten, hat sie immer zu einer Fahrt hierher gedrängt. Weihnachten und das Haus am See, das gehörte einfach zusammen. Und wie knapp wir auch bei Kasse waren, die Benzinkosten für den Weg konnten wir immer irgendwie aufbringen. Dieses Jahr solltet ihr mir keine Geschenke zu Weihnachten oder zum Geburtstag mitbringen, doch Weihnachten ganz ohne Präsente, das wäre ja ein schlechtes Fest.«

Antonia und Niklas klatschten Beifall.

»Ich bin noch nicht fertig«, fuhr Gerhard fort. »Niklas, du bist zu jung, um dich an das Spiel zu erinnern, das Annemarie sich zur Adventszeit immer gewünscht hat. Aber Antonia, du warst schon fünf Jahre alt und hast aus einem knorrigen Ast einen Waldgeist gebastelt, der bei mir auf dem Nachttisch steht. Weißt du, was ich meine?«

Antonia nickte. »Das Weihnachtswichtelspiel.«

Die Erinnerung an das letzte Weihnachtsfest mit ihrer Mutter in diesem Haus war so lebendig, dass Claudia schlucken musste. Auch sie wusste noch genau, wie sie Antonia geholfen hatte, aus zerbrochenen Streichhölzern Waldgeisthaare zu kleben. In den letzten Jahren hatte sie nur noch selten an ihre Mutter gedacht, sich daran gewöhnt, dass nun nicht mehr allabendlich kurz vor den Nachrichten im ZDF das Telefon klingelte und Annemarie anrief, um ihnen allen eine gute Nacht zu wünschen. Jetzt vermisste sie ihre Mutter so stark, dass es schmerzte. Was hätte ihre Mutter wohl zu der Schwangerschaft und ihren Zweifeln gesagt? Claudia blinzelte, um nicht zu weinen. Wie sie die Sentimentalität hasste, die sich in den letzten Tagen in ihr ausbreitete, so plötzlich, dass es schwer war, dagegen anzukämpfen.

»Das wünsche ich mir«, sagte Gerhard. »Das Wichtelspiel.«

Sebastian sah fragend zu Alexandra.

»Wir losen«, erklärte Antonia. »Also, jeder schreibt einen Zettel mit seinem Namen. Die Zettel werden gefaltet, zusammengeworfen, durcheinandergeschüttelt und dann zieht jeder einen Zettel. Darauf steht dann der Name dessen, der das Geschenk bekommt. Jeder beschenkt damit einen anderen. Das klingt jetzt vielleicht wirr. Aber es ist ganz einfach. Du wirst sehen. Schreib erst mal deinen Namen auf den Zettel.«

»Und niemand darf für seine Überraschung mehr als fünfzehn Euro ausgeben, am besten gar nichts. Die gesamten viereinhalb Tage, die uns verbleiben, habt ihr dafür Zeit«, beschloss Gerhard. Er holte eine Keksdose hervor und reichte sie herum. Darin befanden sich acht gefaltete Stück Papier, die identisch aussahen. »Die Lose habe ich schon vorbereitet.«

Claudia griff zuerst in die Dose. Sie zog Holgers Namen und dachte sofort daran, ihm einen bunt verpackten Schwangerschaftstest oder einen Babyschuh zu überreichen, obwohl sie es in Wirklichkeit nie über sich brächte. Sie zog ihr Handy aus der Hosentasche. Ob eine Nachricht der Arztpraxis wegen der Blut- und Fruchtwasseruntersuchung eingegangen war? Die angekündigte Wartezeit bis zum Vorliegen der Ergebnisse war zwar noch lange nicht um. Trotzdem hoffte sie auf ein Wunder, dass die Auswertung bereits da wäre. Auf dem Display war kein Empfangsbalken zu sehen.

»Niklas«, sagte Simone. »Ich habe dich gezogen und weiß schon, was ich dir schenke. Wir fahren zusammen ins Buchantiquariat im Dorf und suchen dir einen richtigen Schmöker aus.«

Niklas' Augen weiteten sich. »Ich hab mich wohl verhört?«

»Das ist das perfekte Geschenk. Dort hab ich früher immer etwas zum Lesen gefunden. Die Bildbände sind unglaublich! Nirgends wirst du etwas zu diesen Preisen bekommen ...«

Beim Aufstehen kippte Niklas' Stuhl um. Das Donnern, mit dem die Lehne gegen den Schrank prallte, ließ Claudia zusammenzucken.

»Das ist also dein großes Indianerehrenwort. Du kannst einfach nicht anders, oder? Das ist krank!«, schrie er. »Nie sind wir dir gut genug, immer musst du an uns rumerziehen oder die Lehrerin raushängen lassen. Du kannst mich mal mit deinem Geschenk.«

Holger versuchte, Niklas aufzuhalten und zu beruhigen. Claudia war froh, dass er sich darum kümmerte und sie selbst sich in den Streit nicht einmischen musste. Doch Niklas stieß seinen Vater von sich und rannte die Treppe hoch. Die Tür fiel mit einem solchen Krach gegen den Rahmen, dass Claudia glaubte, die Erschütterung als ein Beben des Bodens unter sich zu spüren. Als sie aufstand, um Niklas zu folgen und die Emotionen etwas zu beruhigen, bedeutete Holger ihr mit einer Handbewegung, sich zu setzen.

»Der kriegt sich wieder ein«, sagte er. »Lass ihn.«

Alexandra hatte den Ausbruch mit geöffnetem Mund beobachtet. Sie war die Erste, die das Schweigen brach, das sich im Anschluss ausgebreitet hatte. »Also ich würde mir so was von meinen Kindern verbitten!«

»Du hast ja auch keine.« Claudia spürte, wie ihre Nasenflügel bebten.

»Und deshalb sollen wir uns von deinem Nachwuchs so ein Theater bieten lassen? Wenn sie eine Begabung haben, ist es die, uns allen die Stimmung zu verderben. Herzlichen Glückwunsch zur geglückten Erziehung.« Alexandra presste die Lippen aufeinander.

»Kinder?«, fragte Antonia. »Erstens bin ich in nicht mal einem Jahr volljährig und zweitens habe ich gar nichts gemacht. Wenn schon, dann bleiben wir bei der Sache. Es war ein blöder Geschenkvorschlag, Niklas hat sich aufgeregt, gut ist. Können wir uns jetzt wieder wie Erwachsene aufführen und nicht so ein Riesentheater deswegen veranstalten?«

»Stimmt.« Claudia saß nah genug an Antonia, um ihre Hand nehmen und drücken zu können, doch sie wusste, dass ihre Älteste eins nicht ausstehen konnte: unerwartete mütterliche Zuneigungsbekundungen. So verzichtete Claudia auf die Berührung. »Ich denke, wir sollten Niklas' Ausbruch wirklich nicht überbewerten.«

Simone machte eine Handbewegung, als wollte sie eine Fliege verscheuchen.

Claudia sah von einem zum anderen. »Er ist halt wie die meisten Dreizehnjährigen in der Pubertät, das ist wegen der Hormone ...«

»Hör dir mal selbst zu, was für einen Quatsch du redest!«, rief Antonia. »Du kapierst gar nicht, worum es geht. Niklas hatte sich beim Eislaufen gerade von dem Schulthema abgeregt und jetzt fängt Simone wieder damit an!«

»Kinder!«, versuchte Gerhard, sich Gehör zu verschaffen. »Kinder, Kinder!«

Claudia stand auf und ging ins Dachgeschoss. Vorsichtig klopfte sie an die verschlossene Tür.

»Bin nicht da«, kam es zurück. Sie hörte, wie Niklas sich die Nase putzte.

»Bitte mach auf.« Claudia lehnte sich an den Türrahmen.

»Ich bleibe hier drin, bis wir abfahren. Macht ihr doch euren Scheiß allein.«

»So war das von Simone nicht gemeint.«

Das Licht, das unter der Tür hindurchschien, wurde unterbrochen. Niklas musste genau vor der Tür stehen. Claudia rieb sich die Stirn.

»Ich bin es leid, dass alle auf meinen Schulnoten rumhacken. Ich bin einfach nicht wie Toni. Die liest sich die Vokabeln nur durch und hat sie schon im Kopf. Einmal will ich an was anderes denken als an Schule, Noten, Bücher. Das ist doch nicht so schwer zu kapieren? Und wie daneben ist das überhaupt, mir als Weihnachtsgeschenk eine reinzuwürgen? Ist das fair? Buchhandlung! Am besten noch irgendein Wörterbuch oder Lexikon kaufen!«

Claudia konnte förmlich spüren, wie Niklas vor Anspannung den Atem anhielt. Dann wurde der Schlüssel herumgedreht. Claudia öffnete die Tür. Als sie Niklas sah, schien sich die Luft im Raum zu einer zähen Masse zu verdicken, die das Atmen fast unmöglich machte. Sein Gesicht war gerötet, seine Augen verquollen. Sie bückte sich und breitete die Arme aus. Niklas ließ sich in die Umarmung fallen und schluchzte.

»Alles ist gut«, sagte sie in einem Ton der Beschwörung, mit dem sie schon den Schmerz nach Stürzen vom Dreirad gemindert und über ausgebliebene Geburtstagseinladungen von Klassenkameraden hinweggetröstet hatte. »Alles ist gut!« Sie sagte es nicht nur zu Niklas, sondern auch zu sich selbst und wünschte sich so sehr, ihre Mutter wäre da und würde sie auf diese Art und Weise in den Arm nehmen und in den Schlaf wiegen. Doch die gemeinsame Nähe beruhigte nicht nur ihren Sohn, auch Claudia merkte, wie ihre Gedanken langsamer flossen. Unten hatten die Gespräche wieder den üblichen Plauderton angenommen.

»Komm, gehen wir nach unten«, sagte Claudia und löste die Umarmung. »Hier oben ist es ja eisig kalt.«

»Das ist es.« Niklas drückte ihr einen Kuss auf die Wange – etwas, was er schon jahrelang nicht mehr getan hatte. Er ging aus dem Zimmer in den Flur und weiter die Treppe hinunter.

# 8

Vier Tage blieben noch für das Wichtelspiel und das Zusammensein, der sechste Tag würde durch die Abreise geprägt sein, der erste Tag war bereits vorbei. Mit der Dunkelheit und der Nacht senkte sich eine Ruhe über das Haus, wie er es nur in Schweden erlebte. Das Fehlen der üblichen Geräusche von Flugzeugen und vorbeifahrenden Wagen war auch diesmal so irritierend für ihn, dass er erst einmal wach lag und nicht einschlafen konnte – obwohl er diesen Ort so gut kannte. Gerhard schüttelte sein Kopfkissen auf, um bequemer zu liegen. Irgendetwas zwickte am Nacken, aber er wollte sich nicht darum kümmern, zu häufig hatte er schon mit dieser Art von Zipperlein Bekanntschaft gemacht: Es dauerte meistens ein paar Tage, dann waren sie von selbst wieder verschwunden. Aus dem Erdgeschoss, wo Claudia mitsamt ihrer Familie in der gro-ßen Wohnküche übernachtete, hörte er das leise Schnarchen von Holger. Im Nebenraum begannen Alexandra und Sebastian wie Teenager zu flüstern und zu kichern. Nur aus der frühe-ren Werkstatt, wo Simone schlief, drang kein Laut. Wieder dachte er daran, dass es Zeit war, seine alte Schlafkammer wie-der herzurichten, um Platz zu schaffen, all die Kisten mit den alten Gegenständen und Kleidungsstücken von Mats zu sortie-ren, die Möbel zu entrümpeln und die Gartengeräte auf ihre

Funktionsfähigkeit zu prüfen. Doch es war nicht nur die Zeit, die er dafür benötigen würde, die ihn davon abhielt, sondern auch das Gefühl, dadurch die Verbindung zu Mats und auch zu Sessa vollständig zu verlieren.

Vorsichtig, um ein Knarren der Bodendielen zu vermeiden, setzte Gerhard die Füße vor dem Bett auf und wuchtete seinen Körper in die Senkrechte. Er zog den zusammengeknüllten Zettel aus seiner Hose. »Claudia« stand darauf. Insgeheim hatte er gehofft, gerade Claudias Namen zu ziehen, denn Claudia war die Einzige, für die er schon ein fertiges Geschenk hatte. Ein bisschen fürchtete er sich aber auch davor. Es konnte einerseits die beste Überraschung des Jahres werden, andererseits eines der größten Fettnäpfchen, in das er je getreten war.

Gerhard ging zum Schrank, um den Sack mit Kleidung zu betrachten, der dort seit mehr als einem Jahrzehnt lagerte. Es war nicht geplant gewesen, eigentlich ein Zufall, dass der Sack überhaupt hier gelandet war. Es war nur seiner Schusseligkeit zu verdanken. Eigentlich hatte er die Kleider längst für Claudia in den Container werfen wollen, doch nachdem die alte Kleidung monatelang in Gerhards Kofferraum unter der Abdeckung gelagert hatte, hatte Annemarie sie irgendwann herausgeholt und in diesen Schrank gelegt. Damals hatte Claudia eine Phase gehabt, in der sie viel von »Reduktion« und »auf das Wichtigste konzentrieren« gesprochen hatte. Alles war ihr in diesen Jahren über den Kopf gewachsen, besonders die Zerreißprobe zwischen Haushalt, Arbeit und kleinen Kindern. Helfen lassen wollte sie sich nicht, stattdessen glaubte sie, dem Zuviel an Verpflichtungen durch ein Wegwerfen von Gegenständen beikommen zu können.

Nun registrierte er bei Claudia wieder eine Veränderung. Sie war nachdenklicher, melancholisch. Bei seinem letzten Besuch bei ihr hatten die alten Fotoalben aufgeschlagen auf dem Wohnzimmertisch gelegen, obwohl sie sich sonst nur selten die Zeit nahm, Erinnerungen nachzuhängen.

Gerhard betrachtete die Kleidungsstücke. Besonders das rückenfreie blaue Abendkleid war nur wenige Male getragen, sah wie neu aus und war ein Modell, wie man es auch heute noch in den Schaufenstern finden konnte, jedenfalls seiner Ansicht nach.

Doch Niklas' Reaktion auf Simones Vorschlag gab Gerhard zu denken. Kannte er überhaupt den wirklichen Grund hinter Claudias damaligem Wegwerfdrang? Warum hatte sie nicht zumindest das Abendkleid bei einer Onlineauktion eingestellt, um es zu Geld zu machen?

Er strich mit den Fingern über die Kleidungsstücke: den kühlen blauen Stoff des Abendkleides, das starre und fleckige Leder der Arbeitshandschuhe, den farbenfrohen Rosenstoff der Tunika, so dünn wie Blütenblätter. All das war Claudia: das Harte der Arbeitshandschuhe, das Weiche des Kleides und der Tunika. Inzwischen trug sie überwiegend praktisch-funktionale Kleidung: Jeans, Shirts und Pullover. Als wären mit der extravaganten, bunten und so vielfältigen Kleidung auch innerlich alle Ecken und Kanten abgeschliffen. Sie hatte sich so sehr verändert, dass er sie sich in dem Abendkleid gar nicht mehr vorstellen konnte. Wann hatte er sie überhaupt das letzte Mal in einem Kleid gesehen?

Manchmal kam ihm seine Familie so fern vor! Es waren seine Kinder, seine Schwiegersöhne, seine Enkel – die einzigen Menschen, die ihm geblieben waren auf der Welt. Zwischenzeitlich wagte er es nicht einmal mehr, die Lokalzeitung aufzuschlagen, weil fast jedes Mal bei den Todesanzeigen Namen auftauchten, die er kannte. Klassenkameraden, alte Freunde, Nachbarn, Bekannte, so viele waren inzwischen tot. Und doch waren sie sich in der Familie so fremd geworden, dass es schmerzte. Was wusste er schon von seinen Töchtern?

Ihre Sorgen und Nöte machten sie mit sich selbst aus, seit Annemarie nicht mehr unter ihnen war. Annemarie war die Trösterin gewesen, die alle Geheimnisse erfahren hatte. Er hatte immer am Rand gestanden.

Doch auch er hatte seine Geheimnisse, über die er nicht sprechen wollte. Niklas hatte mit seinen Fragen an diesem Tag zum ersten Mal begonnen, das Schweigen aufzubrechen, bis der Lieferservice gekommen war und das Gespräch unterbrochen hatte.

Gerhard löschte das Licht und zog den Vorhang ein Stück auf, sodass er die Sterne und den Mond sehen konnte. Hier war es ein Leuchten und Funkeln, viel intensiver als zu Hause, als hätten sich die Sterne vervielfacht und an Energie gewonnen. Inzwischen war es im Nebenraum ruhig geworden und auch Holger schnarchte nicht mehr. Gerhard kroch wieder ins Bett und blickte zu den Sternen. Noch ein Tag bis zu seinem Geburtstag. Zwei Tage bis Heiligabend. Er hatte nach dem heutigen Tag genug Gründe, skeptisch wegen des weiteren Verlaufs des Familientreffens zu sein. Es könnte Streit geben, sie waren alle verschieden und jeder hatte sein eigenes Leben, sodass ein Aufeinandertreffen auf so engem Raum konfliktgeladen war. Trotzdem freute sich Gerhard wie ein Kind. Sein Geburtstag! Weihnachten! Er sah auf die Sterne, bis ihm die Augen so schwer wurden, dass sie von selbst zufielen.

# 9

## SMÅLAND, TAG 2

Claudia wachte so erfrischt auf wie lange nicht mehr. Sie sog den Geruch von frisch Gebackenem ein. Nicht ein einziges Mal war sie aufgewacht in dieser Nacht, nicht einmal von dem Tellerklappern und dem Gewusel der anderen, die sich neben der Schlafcouch, auf der sie lag, hin- und herbewegten. Sie zog ihr Handy hervor, um nach der Uhrzeit zu sehen, doch der Akku war leer. Ihr altes Klapphandy hätte problemlos eine Woche ohne Anschluss an eine Steckdose gehalten, dieses hier war ohne Ladekabel schon nach einem Tag nicht mehr nutzbar. Claudia legte es zurück und drehte sich auf die andere Seite. Das hieß, dass es unmöglich war, Nachrichten aus der Frauenarztpraxis oder berufliche Mails zu empfangen, weil sie das Ladekabel nicht eingesteckt hatte. Doch seltsamerweise beunruhigte sie das nicht, im Gegenteil. Mit dem Blick auf das schwarze Display waren mit einem Mal all die Nervosität und die Anspannung verschwunden. Sie legte sich die Hand auf den Bauch und versuchte, etwas zu spüren, obwohl sie rational wusste, dass dort in einem so frühen Zustand der Schwangerschaft kaum etwas zu spüren sein konnte.

»Aufgewacht?«, fragte Holger. Er setzte sich zu ihr, küsste sie in den Nacken.

Sie nahm die Hände vom Bauch, spürte weiterhin seine Wärme neben sich, wie er sitzen blieb, wie er einfach da war. Früher, als es die Kinder noch nicht gab, hatten sie sich nach dem Aufwachen noch aneinandergekuschelt oder zusammengesetzt. Bis dann irgendwann immer so viel zu tun gewesen war, dass sie sich angewöhnt hatten, nach dem Aufwachen so zügig wie möglich auf die Beine zu kommen, unabhängig davon, ob es Wochenende war oder ein Arbeitstag. Selbst in den Ferien sprangen sie aus den Betten wie Sprinter nach dem Startschuss, in Gedanken bei ihren To-do-Listen, die sowieso zu lang waren, um sie jemals abzuarbeiten. Claudia dachte an all die Beschwichtigungen, auf die sie sich geeinigt hatten, ohne sich je abzusprechen. Es war ihre Übereinkunft, die Hektik nur als Übergangszustand zu bezeichnen, »bis die Kinder groß sind«, »bis sich im Verlag die Abläufe eingespielt haben«, »bis die großen Projekte im Architekturbüro abgeschlossen sind«. Doch größere Kinder machten nicht unbedingt weniger Arbeit als kleine, die Abläufe im Verlag mussten immer wieder neu mit den Entwicklungen der Branche standhalten. Und im Architekturbüro schloss sich ein Mammutprojekt an das andere an.

»Die Motorradtouren …«, begann Claudia und stockte. Das war das einzige Hobby, das Holger sich in den letzten Jahren aufgebaut hatte, wenn er allein oder mit Freunden unterwegs war. Wenn noch ein Baby käme … Ihr Bauch krampfte sich bei dem Gedanken zusammen. »Sie sind dir sehr wichtig, oder?«

»Warum fragst du das?«

»Nur so.« Der Mut verließ sie schneller, als sie aussprechen konnte, dass lange Motorradtouren und ein Baby schlecht zu vereinbaren wären.

»Nein, sag schon.« Er strich ihr durch die Haare.

Sie suchte nach den richtigen Worten.

»Du weißt, dass du jederzeit mitkommen kannst.«

»Das ist es nicht. Abgesehen davon: Als Frau würde ich in eurer Männerclique nur stören.«

»Quatsch. Ihr Frauen seid es doch, die nicht mitwollen. Ich würde mich freuen. Wirklich. Täte dir gut. Nichts als Fahren, der Wind, die Landschaft. Anhalten und absteigen, wenn einem danach ist, ansonsten weiterfahren. Am Morgen nicht wissen, wo man am Abend landet. Das hat was. Warum machst du nicht selbst einen Motorradführerschein? Hast du darüber mal nachgedacht? Dann können wir auch zu zweit los.«

Sie stellte sich mit Babybauch auf einer der großen Maschinen vor. Das Bild war grotesk.

»Lass nur«, sagte sie und stand auf. Sie ging die Treppe hoch ins Bad, um ein paar Minuten allein zu sein.

»Wann machen wir eigentlich das Wichtelspiel?«, fragte Antonia, die gerade aus dem Bad kam und fast mit Claudia zusammengestoßen wäre. »An Opas Geburtstag oder an Weihnachten?«

Claudia wurde klar, wie wenig Zeit ihnen blieb, die Geschenke zu organisieren. Es blieb nur dieser Tag, um in den Geschäften in Kalmar oder Karlskrona etwas zu besorgen, dann hatte Gerhard bereits Geburtstag. Und direkt darauf folgte Heiligabend. Und sie hatte noch keine Idee, was sie Holger schenken könnte.

»Frag am besten Opa, wie er es geplant hat«, antwortete sie, ging ins Bad und verriegelte die Tür.

Das Gespräch zwischen Gerhard und Antonia war trotz der geschlossenen Tür deutlich zu hören. Wegen seiner Hellhörigkeit war das Haus nichts, in dem es gelang, Geheimnisse zu bewahren.

»Irgendwann an einem der vier Tage, die wir noch hier sind«, meinte Gerhard auf die Frage nach dem Zeitpunkt für das Wichtelspiel vage. »Wann es passt, das hängt ja auch vom Geschenk ab.«

Claudia hielt den Kopf unter den Wasserhahn, um sich die Haare zu waschen. Dadurch wurde der Rest des Gespräches zwischen Enkelin und Großvater vom Wasserrauschen überlagert. Anschließend betrachtete sie sich mit Handtuchturban im Spiegel. Sie versuchte, irgendeine Veränderung durch die Schwangerschaft zu sehen, aber da war keine, genauso, wie sie auch körperlich nichts spürte. Ihr war nicht übel gewesen wie bei den zwei Schwangerschaften zuvor. Zugenommen hatte sie auch noch nicht. Es war, als versuchte das Kind, seine Existenz zu verbergen.

Anstatt des üblichen Pflegerituals mit ausgiebiger Dusche beschränkte sich Claudia auf eine Katzenwäsche, um das Bad so schnell wie möglich wieder freizugeben, da sie nur ein Bad für alle Personen hatten.

Als sie aus dem Bad heraustrat, warteten auch schon Simone, Niklas und Sebastian in einer Reihe. Claudia grüßte und ging an ihnen vorbei nach unten, wo für das gemeinsame Frühstück schon alles hergerichtet war.

»Ist es okay, wenn ich gleich den Wagen nehme? Ich muss noch etwas in der Stadt erledigen«, sagte Claudia und setzte sich an den Tisch. Sie wusste zwar nicht, ob sie überhaupt ein Geschenk für Holger kaufen wollte, aber sie musste ein paar Stunden allein sein, um ihr Gefühlschaos wegen der Schwangerschaft wenigstens so weit zu sortieren, dass die anderen ihr weiterhin nichts anmerkten.

»Ich bin dann gleich weg, einmal um den See joggen, und esse später«, sagte Holger.

Claudia nickte gedankenverloren.

»Gute Idee, da schließen wir uns doch gleich an und verschieben das Frühstück auch.« Alexandra nahm Sebastians Hand, der sie aber sofort wegzog.

»Was ist denn?«, fragte Alexandra.

»Geht ihr ruhig joggen, ich kläre währenddessen hier noch etwas ab.« Sebastian schüttelte sein Handy, schaltete es aus und wieder an.

»Hier ist kein Empfang. Dafür musst du in die Stadt. Oder auf die andere Seite des Sees, auf den Hügel. Oder das Festnetz nehmen«, sagte Claudia.

Sebastian stöhnte. Er presste die Lippen aufeinander und zog die Augenbrauen hoch. »Dann breche ich so zügig wie möglich in die Stadt auf.«

Alexandra stand auf, ging betont locker zu Holger und legte einen Arm über seine Schulter, aber Claudia kannte ihre Schwester gut genug, um zu merken, wie sehr ihr Sebastians frustrierte und angespannte Stimmung die Laune verdarb. *So schnell löst sich die Harmonie der Frischverliebten auf*, dachte Claudia und schwieg. Es bereitete ihr keine Genugtuung, im Gegenteil. Am liebsten wäre sie aufgestanden und hätte Sebastian geschüttelt. Es waren Ferien! Was konnte jetzt so wichtig sein, dass es nicht warten konnte?

»Ich bleibe den Vormittag über hier, ruhe mich oben etwas aus«, sagte Gerhard.

»Wir fahren auch in die Stadt«, verkündete Simone mit Blick auf Niklas.

Niklas verzog mürrisch das Gesicht, nickte aber. Den geplanten Besuch des Antiquariats schien er über sich ergehen lassen zu wollen wie eine Englisch-Klassenarbeit.

»Und dich stört es wirklich nicht, wenn du allein hierbleibst?«, wandte sich Claudia an ihren Vater. Er wirkte melancholischer als sonst. Möglicherweise lag der Eindruck aber auch daran, dass er gerade erst aufgestanden war.

»Ich bin doch da. Ich bin bei Opa. Oder bin ich etwa niemand?«, fragte Antonia patzig. »Ich nähe.«

»Lass mal. Alles ist gut. Fahrt ihr nur oder joggt um den See«, sagte Gerhard, was nicht überzeugend klang. Irgendetwas bedrückte ihn, da war sich Claudia nun absolut sicher. Sie ging zu ihm und strich ihm über den Rücken.

»Es ist wirklich nichts.« Gerhard schenkte sich Kaffee nach. »Es ist nur so, dass das Haus mit so vielen Erinnerungen verbunden ist. Ich denke daran ... ach, schon gut.«

Nun war es still im Raum. Vergessen war die Frustration von Alexandra, weil Sebastian nicht mit joggen gehen wollte und mit den Gedanken ganz woanders war. Auch die Enttäuschung von Niklas, weil er sich Besseres vorstellen konnte als einen Antiquariatsbesuch, spielte keine Rolle mehr. Sogar Claudias Grübelei wegen der Schwangerschaft rückte in den Hintergrund.

»An was denkst du denn?«, fragte Niklas. »Wie du hier zum ersten Mal angekommen bist?«

Gerhard nickte. Seine Augen glänzten wässrig. »Ich kann mich noch genau an den Tag erinnern. Es war im März '45 ...«

# 10

## MÄRZ 1945, BEI PATAHOLM, SMÅLAND

Seit Sonnenaufgang, seit kurz vor sieben bin ich auf den Beinen, laufe von Pataholm aus westwärts, weg vom Meer, weiter ins Landesinnere. Wie ein riesiger Wächter kreist über mir ein Seeadler, als würde er mich beobachten. Seine schrillen Schreie lassen mich immer wieder aufwärtsblicken in einer Mischung aus Staunen, Faszination und auch Furcht. Dann dreht er ab in Richtung Küste.

Der Boden unter meinen Füßen beginnt zu tauen, die Wiesen verwandeln sich in eine Moorlandschaft. Jeder Schritt ist mit einem Schmatzen verbunden. Der Geruch von Feuchtigkeit, Erde und alten Pflanzen ist allgegenwärtig. Kurz streift mein Blick ein Hermännchen, das aber sofort Deckung hinter einem Steinhaufen sucht. Immer wieder sehe ich einen Dachsbau, doch die scheuen Tiere selbst bleiben verschwunden. Das Leder der Schuhe ist längst zu porös und durchweicht, um der Nässe auch nur in Ansätzen zu trotzen, der rechte Schuh hat an der Sohle unter dem Ballen ein Loch. Ohne Feldflasche – sie wurde mir in der Nacht gestohlen, als ich in dem Bretterverschlag am Hafen von Kalmar geschlafen habe – und ohne Decke – sie ist bei der Flucht vor der

Polizei ins Wasser gefallen – werden die Möglichkeiten immer begrenzter. Bisher war Betteln meine Strategie, um mich von einem Tag zum nächsten zu retten. Heute ist es an der Zeit, alles zu wagen, aus meiner Deckung zu kommen und irgendwo gegen Arbeit Unterschlupf und Verpflegung zu bekommen. Erzählungen und Warnungen vor Bären, Wölfen und Elchen gehen mir durch den Kopf, doch bisher ist mir noch keines der Tiere begegnet, was aber daran liegen kann, dass ich während der letzten Monate die Hafenstädte nicht verlassen habe. Mehr als an die Gefahren von Tieren glaube ich an die Bedrohlichkeit der Menschen, trotzdem sind in der Einsamkeit alle meine Sinne wachsam.

Die Knie zittern vor Erschöpfung und Hunger, die Gelenke sind steif vor Kälte, obwohl die Sonne hoch am Himmel steht und es warm ist im Vergleich zu der Temperatur, die ich nachts ertragen musste. In der Ferne taucht etwas Dunkles, Großes am Horizont auf, eingerahmt von Laubbäumen, die ohne Blätter wie Gerippe in die Wolken ragen. Zuerst denke ich, es handelt sich um eine alte verlassene Scheune einsam in der Landschaft. Als ich mich weiter nähere, erkenne ich das Gebäude genauer. Es ist ein zweistöckiges Wohnhaus aus Holz mit Ziegeln gedeckt, das Holz verwittert und moosbedeckt. Die fünf Fenster sind wie dunkle Höhlen ohne Gardinen oder Schmuck. Vor dem Haus steht ein steinerner Brunnen, an der Holzwinde hängt ein Eimer. Der Ort scheint unwirklich, mehr wie eine Erinnerung an frühere friedliche Zeiten. Von irgendwoher ist ein leises Summen zu hören. Ein Mädchen kommt hinter dem Brunnen hervor, hockt sich hin, zupft am Gras und bläst auf einem Halm. Die quietschenden Töne in den unterschiedlichen Tonhöhen ergeben fast eine Melodie. Es ist viel zu kalt angezogen für die Temperatur knapp über dem Gefrierpunkt: Socken, die aus den knöchelhohen Schuhen hervorschauen, nackte Beine, ein bunt gemusterter Sommerrock, darüber eine Strickjacke und eine Wollmütze. Die weißblonden schulterlangen Haare bedecken ihren Hals wie ein Schal. Ich beobachte sie und komme mir dabei schäbig vor, obwohl ich nichts Verbotenes tue. In ihrer Konzentration und Entrücktheit hat sie etwas Elfenhaftes. Für sie gibt es nur den Halm und ihre Töne. Dann hält sie inne, erstarrt, der Halm gleitet ihr aus den Händen. Sie blickt auf eine Stelle, die ich nun auch betrachte. Ein Fuchs lugt hinter einem Baumstamm hervor, fixiert das Mädchen, wie das Mädchen den Fuchs nicht aus den Augen lässt. Es ist, als würden die beiden ein stummes Gespräch führen. Plötzlich springt der Fuchs mit einem Satz davon und ist nicht mehr zu sehen. Das Mädchen nimmt einen dünnen Ast vom Boden, bricht ein Stück Holz ab und fährt damit über die Erde. Wieder ist sie völlig konzentriert, weltabgewandt.

Langsam nähere ich mich dem Mädchen, schätze ihr Alter auf zwölf Jahre. Zwölf Jahre, vier Jahre jünger als ich es bin, und doch ist sie ein Kind und ich bin während der letzten Monate zum Greis geworden, gichtgeplagt, ausgezehrt, resigniert, mit Bildern im Kopf, von denen niemand etwas erfahren sollte.

»God dag!«, rufe ich ihr aus der Distanz entgegen, um sie nicht zu erschrecken.

Sie zuckt trotzdem zusammen, fängt sich aber schnell wieder. Sie grüßt zurück, wirft den Stock weg, sieht mich mit ihren großen blauen Kinderaugen an. In ihrem Blick liegt keine Angst. Etwas an ihr irritiert mich noch immer und ich brauche ein paar Sekunden, um zu begreifen, was es ist: Eines ihrer Augen ruht auf mir, das andere geht zur Seite in die Richtung, in die der Fuchs verschwunden ist, oder irgendwo anders hin. Sie ist da und weg zugleich, in dieser Welt und in einer anderen. An meinem verwilderten Äußeren mit der abgerissenen Kleidung und dem Bart scheint sie sich nicht zu stören. Ihr

Gesichtsausdruck und die Körperhaltung bleiben entspannt, als kämen hier stündlich verlorene Gestalten vorbei, an die sie sich schon gewöhnt hat.

Sie redet so schnell, dass ich kein Wort verstehe. Es klingt freundlich, ein hoher Singsang. Ihr Blick, dieses leichte Schielen, irritiert mich noch immer. Es ist, als gehörte sie gar nicht wirklich hierhin, sondern in einen Traum oder in ein Märchen. Dann läuft sie ins Haus, winkt mir, zu kommen. Und ich stehe unschlüssig da, gebe mir einen Ruck, will ihr folgen, als ich fast stolpere, weil ich sehe, worauf ich getreten bin: auf eine Zeichnung. Das Mädchen hat gemalt. Und wie es gemalt hat! Erst als mir schwindelig wird, merke ich, dass ich gar nicht mehr atme vor Bewunderung. Es ist unverkennbar ein Fuchs, den sie skizziert hat, das Bild deutlich wie eine Fotografie. Da sind die schlanke, lange Schnauze, die spitzen Ohren, die Nase plastisch hervorgearbeitet. Die Schnurrhaare so klar, als könnten sie jeden Moment aus dem sandigen Boden hervortreten und zucken. Aber am faszinierendsten sind die Augen. Während der Körper und der Kopf mit dem Untergrund eine farbliche Einheit bilden, hat sie für die Augen rötliche Erde genommen. Dadurch ist der Blick des gezeichneten Fuchses so lebendig und feurig, dass es unglaublich ist. Ich suche nach dem Ursprung der roten Erde, entdecke neben dem Brunnen Erdhäufchen in unterschiedlichen Färbungen, mal mehr gelblich, dann rot, eines grün und eines schwarz und pulvrig. Nur etwas Blaues fehlt. Ich frage mich, ob sie nie den Himmel zeichnet und nie den See, der von diesem Standpunkt aus wie auf einem Postkartenmotiv aussieht.

Sie kommt kurz darauf mit einem Mann und einer Frau zurück und mit zwei weiteren Mädchen, die zwar jünger und kleiner sind, aber aussehen wie sie: die gleichen fast silbrig blonden schulterlangen Haare, die gleichen roten Lippen, die gleichen Mützen, die gleichen Röcke, die gleichen Strickjacken. Die Frau hält Strickzeug in der Hand. Wie sie sich an den Händen fassen und sich die beiden kleineren Mädchen hinter den Erwachsenen verstecken und vorsichtig hervorlugen, beneide ich die Familie um die selbstverständliche Nähe, mit der sie miteinander umgehen. Keiner von ihnen sieht aus, als würde er Hunger leiden. Sie sind wie Boten aus einer anderen Welt, so weit weg vom Krieg, dass bei diesem harmonischen Anblick all das Grauen selbst zu einem Märchen wird und das Märchen dieses einsamen friedlichen Hauses zur Realität. Fast schreie ich vor Erschrecken auf, als sie über das Fuchsbild laufen und es damit zerstören.

Sie grüßen.

Ich grüße freundlich zurück.

»Kommer från«, höre ich aus dem Wortschwall der Frau heraus. Woher ich komme?

»Romandie. Genf. Jag heter Gérard«, lüge ich und werde unterbrochen.

Wie ein bedröppelter Hund stehe ich da, versuche, aus der Unterhaltung einzelne Begriffe zu verstehen, während Frau und Mann diskutieren und sich das ältere Mädchen einmischt. Es geht um mich, das ist unverkennbar. Immer wieder sieht sie mich an und ich begreife, dass sie mich verteidigt. Sie tut es, ohne mich zu kennen. Sie lächelt mich an. Ich lächle unbeholfen zurück. Möglich, dass auch sie sich vorgestellt hat und ich es nicht mitbekommen habe oder dass sie voraussetzen, ich würde ihre Namen wissen. Doch ich ahne, dass ein Nachfragen unangebracht wäre. Wie selbstverständlich gehen sie davon aus, dass ich sie verstehe.

Der Mann läuft einen Schritt auf mich zu und gerade, als ich begreife, dass er nicht mehr mit seiner Frau, sondern mit mir redet, dass er mich hereinbittet, packt er mich am Arm und schiebt mich ins Haus wie ein störrisches, dummes Kind. Ich hasse Berührungen, schrecke davor zurück und bin erst ruhig, wenn Distanz zwischen mir und den anderen herrscht. Doch dieser Mann meint es gut, das ist offensichtlich. Es ist keinerlei Härte oder Aggression in seinem Griff, es liegt eher Beiläufigkeit darin.

Sie weisen mir den Weg zum Tisch, rücken mir einen Stuhl zurecht, geben mir Essen, gekochten Haferbrei mit geriebenem Apfel und einer Schicht dunklem Zucker – das Beste, was ich seit Jahren bekommen habe. Noch begreife ich nicht, wie mir geschieht. Warum tun sie das? Warum sind sie so gut zu mir? Was erwarten sie nun von mir? Ist es etwa eine Herberge und sie gehen davon aus, dass ich zahle? Der Geschmack explodiert in meinem Mund und lässt mich alle Zweifel vergessen. Sie schenken mir Milch in eine Tasse ein. Das Warum spielt keine Rolle mehr. Ich wünsche mir, für den Rest meines Lebens mit den drei Mädchen, dem Mann und der Frau an diesem Tisch sitzen zu bleiben.

»Arbetaren«, höre ich mehrfach aus den Worten des Mannes heraus. Er zeigt auf seine Arme, dann auf mich, scheint einerseits enttäuscht von mir, andererseits bleibt die Erwartung in seinem Blick bestehen.

Ich als Arbeitskraft? Meint er das ernst?

»Arbetaren«, wiederhole ich. »Jag kan …« Und wieder fehlen mir die Worte. Ich stehe auf, vollführe Armbewegungen wie mit einer Sense. Hebe imaginäre Steine hoch und tue so, als würde ich eine Mauer bauen. Dann zeige ich Bewegungen, die man beim Graben mit einem Spaten macht. Wenn ich arbeiten soll und dafür bleiben kann, können sie auf mich zählen. Ich werde mich anstrengen, dass sie gar nicht anders können, als mich dazubehalten.

»Gräva, bygga, arbeta«, sage ich.

Der Mann nickt. Er füllt meinen Teller erneut auf. Die Runzeln seiner Stirn glätten sich.

Die zwei kleinen Mädchen sitzen auf dem Schoß ihrer Mutter, jede auf einem Bein, und mustern mich noch immer skeptisch.

»Sessa!« Der Vater ruft das ältere Mädchen herbei. Sie nimmt mich wie selbstverständlich an der Hand und führt mich durch die Räume. Die Kammer rechts neben der Eingangstür soll für mich sein. Sie ist schon hergerichtet, als hätte man mich erwartet. Das Bett ist frisch bezogen mit Wäsche, die nach Seife riecht. Weiterhin ist alles wie ein Traum. Das Gehen fällt mir so leicht, dass es ist, als berührten meine Sohlen kaum mehr den Boden. Sie öffnet die Schranktür. Der Schrank ist leer. Es gibt noch einen Schreibtisch mit einer leeren Schublade, davor steht ein Stuhl. Sie redet leise und schnell, für mich völlig unverständlich. Ich sollte nachfragen, um zu verstehen, was das alles bedeutet, aber ich scheue zurück. Jeder Satz, den ich zu viel sage, kann mich verraten. Der Raum ist karg und zweckmäßig. Er gefällt mir mit dem hölzernen Himmelbett und dem Blick nach draußen auf den Brunnen. Wenn in ein paar Wochen die Bäume Blätter tragen werden und sich vor dem Fenster die Äste im Wind wiegen ... Ich unterbreche diesen Gedanken. So weit in die Zukunft sollte ich nicht zu hoffen wagen, sondern das Heute zu schätzen wissen. Sie bietet mir eine Schlafstätte an. Ich bedanke mich überschwänglich.

Anschließend zeigt Sessa mir noch die Werkstatt, die meinem Zimmer gegenüberliegt. Hier wird mit Holz gearbeitet. Dann gehen wir zurück in den hinteren Bereich des Hauses, an der Wohnküche vorbei zu einer Treppe. Sie deutet hinauf, erklärt wieder etwas, macht aber keine Anstalten, mir die Räume zu zeigen. Ich verstehe gar nichts von dem, was sie sagt, ahne aber, dass sich die Schlafräume der Familie oben befinden. Während sie weiterredet, sortiere ich einen Satz, spreche ihn mehrmals innerlich, bevor ich ihn laut sage. Wo sich denn die Waschgelegenheit befindet? Die Toilette?

Sie lacht, zeigt nach draußen.

Ich traue mich wieder nicht nachzufragen, glaube aber, dass sie sich am Brunnen waschen und die Toilette wohl auch irgendwo in der Nähe sein muss.

Doch Zeit zu Grübeln bleibt mir nicht. Der Mann treibt mich mit forscher Stimme ins Freie, während die Frau nach ihm ruft. So erfahre ich seinen Namen. Mats. Ich gehe voraus, dann folge ich ihm hinter das Gebäude. Er zeigt mir einen Bauplatz. Baumstämme liegen gestapelt herum. Dass hier ein Haus entstehen soll, ist unverkennbar. Das Fundament existiert schon. Es ist ungefähr doppelt so groß wie das des bestehenden Wohnhauses. Das Atmen fällt mir schwer bei dem Plan, den der Mann gefasst hat. Ein neues Haus bauen.

Wie sollen die dicken Stämme transportiert werden ohne Maschinen? Wie gehoben? Wo sind die Gerätschaften? Es gibt keinen Schuppen, in dem Arbeitsgeräte verborgen sein könnten, keine Lastenesel oder Pferde, geschweige denn ein Kraftfahrzeug und auch keine weiteren Helfer.

Erleichtert atme ich auf, als er mich weiterführt zu dem See, der sich hinter dem Haus befindet. An eine schnelle Umsetzung seines Bauplans scheint er selbst nicht zu glauben. Er zieht einen alten Kahn aus dem Gebüsch, deutet auf ein Holzgestell. Gemeinsam wuchten wir das Boot umgekehrt auf das Gestell. Eine Kiste mit Hobel, Pinsel, Farbeimern und anderem Werkzeug steht bereit.

Mit der Arbeit auf einem Hof, mit Säen und Ernten, mit der Versorgung von Tieren kenne ich mich durch die Landeinsätze in den Sommerferien aus. Doch mit derart technischen Aufgaben, wie sie mir nun gestellt werden, bin ich überfordert. Es fällt mir schwer, meine Ratlosigkeit zu verbergen und meiner Hoffnungslosigkeit keinen Ausdruck zu verleihen.

*Sie werden mich wegschicken*, geht es mir durch den Kopf. Meine Gedanken sind Quälgeister voll von hartnäckigem Pessimismus.

Ich streiche mit der Hand über die raue Bootsoberfläche, zucke zusammen wegen des Eisennagels, der mir in die Haut schneidet. Dann erkenne ich all die anderen hervorstehenden Nägel. Ich bücke mich zur Kiste, finde neben dem Hobel auch eine Zange, einen Hammer und glänzende neue Nägel. Ich wechsele einen Blick mit Mats. Er nickt mir zu. Die Nägel, die aus dem Boot nur etwas herausstehen, schlage ich ein, diejenigen, die verrostet sind, ziehe ich heraus und ersetze sie. Das erscheint sinnvoll.

Immer wieder schaue ich aus dem Augenwinkel zu Mats hinüber, warte darauf, dass er mich kritisiert, als Betrüger entlarvt, mich wegschickt und ich mir ohne Abendmahlzeit und ohne Decke irgendwo einen Verschlag oder ein Erdloch als Nachtlager suchen muss. Nichts an ihm verrät, was er von mir und meinem Tun hält. Meine Anwesenheit scheint er als selbstverständlich zu nehmen, als wäre ich schon immer da gewesen. Er hobelt an den Stellen, an denen ich vorher die Nägel ausgebessert habe, als würden wir genau diese Arbeit seit Jahrzehnten zusammen erledigen oder als wären wir Brüder, die sich wortlos aufeinander verlassen können. Erst an dem Blut, das an der Zange entlangläuft, merke ich, wie scharfkantig und rau die Oberfläche der Zange ist, dass die Blasen auf der Innenseite meiner Hände längst aufgeplatzt sind. Doch ich will mir keine Blöße geben, nicht als Versager dastehen und ziehe die Nägel nur noch schneller heraus, schlage kräftiger mit dem Hammer auf die Köpfe der neuen Nägel, vergesse dabei vollkommen die Zeit.

Als ich den letzten Nagel einschlage, dämmert es bereits. Der Mann nimmt mir den Hammer aus der Hand und reicht mir ein Tuch voller Ölflecken. Ich wickle es mir um die rechte

Hand. Nebeneinander kehren wir ins Haus zurück. Über meine geleistete Arbeit gibt es weder Lob noch Kritik.

Der Mann holt Wasser aus dem Brunnen, wäscht sich und ich tue es ihm nach. Neben dem Brunnen liegen frische Tücher bereit. Die Kälte des Wassers tut der wunden Hand gut, sie betäubt den Schmerz. Doch hinterher sieht meine rechte Hand noch erbarmungswürdiger aus, weil nun auch all die Blasen zutage treten, die nicht offen sind und vorher vom Schmutz verdeckt wurden.

Im Haus ist der Tisch schon gedeckt. Der würzige Geruch nach Eintopf und frischem Brot lässt mir das Wasser im Mund zusammenlaufen. Es gibt Suppe, Brot, Butter, Aufstrich und etwas Gebratenes, das an Frikadellen erinnert. Wir setzen uns.

Beim Blick auf meine Hände springt Sessa auf, redet auf die Mutter ein, die daraufhin aufsteht, Salbe und Verbandsmaterial holt. Dass es nicht nötig sei, sie sich keine Umstände machen müssen, versuche ich zu vermitteln.

Doch es ist völlig bedeutungslos, was ich sage, die Frau cremt die Handfläche dick ein und verbindet sie konzentriert. Sie rügt ihren Mann, der sich rechtfertigt.

Ich möchte nicht für Streit sorgen, wiederhole mehrmals meine Dankbarkeit, wie froh ich bin, hier zu sein.

Es stimmt und ist nicht übertrieben: Ich bin unendlich glücklich, dass sie mich arbeiten lassen, dass sie mir ein Bett anbieten und mir Nahrung geben. Aufgeschürfte Hände sind für mich nicht von Bedeutung. In Deutschland tobt der Krieg und für jemanden wie mich gibt es nur den Tod. Ich bin ein Feigling, ein Verräter, jemand, dessen Leiche niemand beerdigen wird, dem niemand nachtrauern wird.

Nach der Mahlzeit bleibt die Familie noch am Tisch sitzen und ich mit ihnen. Ihre ruhigen Gespräche vermitteln Ruhe und Frieden, als würde die Welt auf diesen abgelegenen Ort, auf dieses Haus, auf diese Stube zusammenschrumpfen, als gäbe es keine Kämpfe, kein Leid und keine Sorgen. Was sie erzählen, verstehe ich nicht, es sind wohl Geschichten oder Erlebnisse, die immer wieder für Erheiterung sorgen.

Mit einem Händeklatschen löst die Mutter die Gemeinschaft auf. Ich helfe, die Teller zur Spüle zu tragen, möchte beim Abwasch abtrocknen, doch sie schickt mich weg. Zum Abschied gibt sie mir eine brennende Kerze mit.

Noch einmal bedanke ich mich überschwänglich, schleiche dann in mein Zimmer, setze mich dort an den Schreibtisch und stelle die Kerze auf die Tischplatte. Eine Zeit lang höre ich den leisen Gesprächen in der Küche und dem Geschirrklappern zu, dann den Schritten über mir, bis auch die verstummen.

Ich bin nie religiös gewesen, nicht zur Messe gegangen, weder an Weihnachten noch an Ostern, obwohl ich katholisch getauft wurde. Wann ich das letzte Mal gebetet habe, daran kann ich mich nicht erinnern. Nun falte ich die Hände und sehe auf das Flackern der Kerze.

*Gott im Himmel. Herr. Vater unser im Himmel.*

Tränen brennen in meinen Augen und tropfen vom Kinn weiter hinunter auf die Tischplatte.

*Dein Wille geschehe, so haben wir früher gesagt. Es ist so unverständlich, ein so großes Geschenk, das mir widerfährt, dass es unerklärlich ist. Mag es dein Wille sein. Mag es Fügung sein oder Schicksal. Danke für die Mahlzeit. Danke für die Arbeit. Danke für die Schlafstatt. Wenn mir all dies erhalten bleibt, wenn du dafür sorgst, dass sie mich weiter wie einen Sohn behandeln, dass sie mich weiter bei sich wohnen lassen, verspreche ich, dass ich wieder gläubig werde, dass ich die Familie beschütze und für sie einstehe, wie es in meiner Macht steht. Amen.*

Ich frage mich, ob das ein gutes Gebet war. Ob es Gott, wenn es ihn gibt, überzeugt, mir das hier nicht zu nehmen. Aber ich weiß, dass ich gar nicht anders kann, als mein Versprechen zu halten. Für das, was ich so unverdient bekomme, möchte ich mich erkenntlich zeigen, der Familie gegenüber und auch Gott. Wie ist so ein Glück sonst zu erklären, wie es mir gerade widerfährt, als durch eine überirdische Macht?

Mit der einsetzenden Kälte knarrt das Gebälk über mir. Wind pfeift durch das geschlossene Fenster. Draußen höre ich ein Trappeln und Scharren von Tieren. Ich sollte mich hinlegen, ausruhen, weiß aber, dass ich gewiss nicht schlafen kann. Zu aufregend war der Tag, zu unglaublich ist noch immer der Friede, der sich um mich herum und in mir ausbreitet. Leise stehe ich mit der Kerze in der Hand auf und versuche, so wenig Geräusche zu machen, wie es nur geht – beim Öffnen meiner Zimmertür, auf dem Weg nach draußen. Die Haustür ist nur angelehnt, was mich stutzig werden lässt.

Wer schläft bei unverschlossener Haustür? Wenn jemand hereinkommt? Andererseits: Wer soll hereinkommen?

In meiner Fantasie überschlagen sich die Möglichkeiten, die wie Filme vor mir lebendig werden. Häscher, die kommen, um mich gefangen zu nehmen. Polizisten mit massiven Stiefeln und gezogenen Waffen, die mich verhaften und einsperren, zum Tode verurteilen. Mein Tod durch den Strang. Wie ich erschossen werde.

Dann höre ich ein leises Quietschen vom Brunnen, wie ich es bereits bei meiner Ankunft vernommen habe. Das Geräusch lässt meine Gedanken verstummen. Vorsichtig ziehe ich die Tür auf, blicke auf die menschliche Silhouette neben dem Brunnen, die sich schwarz vor dem Mond abhebt wie ein Scherenschnitt. Es ist Sessa, die wieder auf einem Grashalm bläst, dieselbe Melodie wie schon bei meiner Ankunft.

»Hallå«, sage ich.

Sie unterbricht ihr Lied nicht, das nun traurig klingt. In einiger Entfernung von ihr, sodass mein ausgestreckter Arm sie nicht erreichen kann, lasse ich mich nieder, stelle die Kerze zwischen uns. Meine Befürchtung, sie könnte Angst vor mir haben, sie würde denken, ich könnte ihr etwas antun, scheint sich nicht zu bewahrheiten. Sie nimmt kaum Notiz von mir, als wäre auch das eine Selbstverständlichkeit, dass ich nachts herauskomme, mich neben sie setze.

Zuerst glaube ich, es ist ein Hund, der sich vorsichtig nähert, erkenne dann den schwarzen runden Körper genauer, den schlanken, gestreiften Kopf. Ein Dachs. Er kommt so dicht heran, dass ich nach ihm greifen könnte. Schließlich verschwindet er auf der Rückseite des Hauses.

Sessa nimmt ein kleines Stöckchen vom Boden und beginnt wieder zu zeichnen.

»Äpple«, sagt sie.

Ich spreche es ihr nach.

Dann entsteht das Bild eines Hauses.

»Hus«, sage ich, bevor sie es fertiggestellt hat. Das ist leicht gewesen. Ihr nackter Unterschenkel streift meine Hand und ich zucke zurück. Sie scheint es gar nicht zu registrieren, sondern fährt fort, den Stock über die Erde zu bewegen.

»Häst«, erklärt sie. Ich spreche es ihr nach.

Bald rauscht es in meinem Kopf von all den Begriffen, die sie mir beigebracht hat, und ich frage mich, ob sie sich nicht ausschlafen muss, ob sie morgen nicht zur Schule geht.

»Skola?«, frage ich und begreife zugleich, dass sie wahrscheinlich nicht ahnt, was ich mit diesem einen Wort ausdrücken will.

Doch anstatt zu antworten, nimmt sie die Kerze in die Hand, führt sie näher zu sich und zieht ihre Strickjacke an der Seite mitsamt der darunterliegenden Bluse höher, sodass mein Blick gar nicht anders kann, als auf ihrer nackten Haut zu landen. Ich rücke ein Stück von ihr weg. Ihre Haut ist voller roter Flecken. Welche Krankheit es genau ist, kann ich nicht bestimmen. Masern? Windpocken? Röteln? Ich bin kein Mediziner, weiß aber, dass ich aufpassen sollte. Windpocken habe ich selbst gehabt, sonst keinerlei Kinderkrankheiten.

Doch anstatt weiter von ihr wegzurücken, setze ich mich direkt neben sie an den Brunnen, so nah, dass ich die Wärme zwischen uns fast greifen kann, die von ihrem und meinem Körper ausgeht. Wie wir nebeneinandersitzen, ist es völlig gleichgültig, dass die Welt um uns herum ein einziger Explosionskessel ist, sie eine Kranke, ich ein Deserteur, sie ein Mädchen, mit dem ich mich nicht einmal richtig verständigen kann. In den Büschen knackst und raschelt wieder irgendein Kleingetier, möglicherweise der Dachs von vorhin. Der Wind ist ein gleichmäßiges Rauschen. Die Luft, die vom See herüberweht, ist so klar, dass es ist, als könnte ich meine Lungen mit der doppelten Menge an Luft füllen. Ich höre ihren Atem und fühle mich zum ersten Mal seit Jahren wieder wie ein kleiner Junge, der nichts planen und nichts fürchten muss, keine Verantwortung tragen, sondern unbekümmert nachts an einem Brunnen sitzen kann.

# 11

»Du warst in sie verliebt«, sagte Niklas.

»So einfach war es nicht.« Gerhard schüttelte den Kopf. »Es war ein Ankommen. Als wenn man jemanden wiedertrifft, auf den man lange gewartet hat. Auch an Ansteckung habe ich keine Sekunde gedacht, obwohl ich damals alles drangesetzt habe, gesund zu bleiben, weil ein Arztbesuch völlig unmöglich gewesen wäre. Wer hätte dafür zahlen sollen? Wie hätte ich es erklären können, wenn mir etwas fehlte? Zwischen uns war von Anfang an so …« Gerhard kaute auf seiner Lippe. Es entstand eine längere Pause, in der niemand etwas sagte. Claudia wartete darauf, dass ihr Vater weitersprach, doch sein Blick ging in die Ferne. Langsam ging jeder von ihnen wieder seinen Beschäftigungen nach.

»Wo ist eigentlich Sebastian? Hat ihn jemand gesehen?«, fragte Alexandra.

»Er ist bestimmt gleich zurück.« Claudia drückte ihre Schwester an der Schulter wieder auf den Stuhl, doch die Stimmung und Konzentration im Raum waren weg. Simone ließ Wasser in die Spüle ein. Antonia zog ihren Skizzenblock heraus und zeichnete elfengleiche Wesen in ebenso überirdischen Kleidern, ein Hauch von nichts. Projektideen, die sie anschließend versuchen würde, mit Stoff und Nähmaschine in die Realität umzusetzen, um dann festzustellen, dass sie weniger essen sollte, um besser darin auszusehen. Claudia sah vom Skizzenblock weg, um sich nicht zu ärgern und nicht den nächsten Streit vom Zaun zu brechen.

Alexandra lief nach draußen. »Sebastian?«, klang ihr Rufen, erst laut, dann wurde es leiser, je weiter sie sich entfernte.

Mit gerötetem Gesicht, als habe er gerade Sport getrieben, betrat Sebastian eine Viertelstunde später die Wohnküche.

»Wo ist Alex?«, fragte er.

»Draußen. Sie sucht dich.« Niklas sah ihn mit einem Naserümpfen an. Er versuchte nicht einmal, sein Missfallen zu verbergen. Auch Claudia fand Sebastians förmliche Kleidung mehr als gewöhnungsbedürftig. Sie alle waren im Urlaub! Sie wollten ein paar entspannte Tage verbringen! Doch er hatte seine Jeans gegen eine dunkelblaue Anzughose getauscht, ein weißes Hemd, Krawatte und das passende Jackett dazu angezogen.

Wenig später kam Alexandra hereingestürmt. »Wo warst du denn?« Sie blieb im Türrahmen stehen, musterte Sebastian.

»Gerhard hat so konzentriert erzählt, da wollte ich euch nicht stören. Ich habe die Zeit genutzt und übers Festnetz ein paar geschäftliche Anrufe getätigt.« Sebastian richtete seine Krawatte. »Es gibt ein Riesenproblem. Auf unserem Rückflug von Hawaii habe ich dir ja schon kurz von den Unstimmigkeiten unter den Vorstandsmitgliedern erzählt, und … aber hier ist nicht der richtige Ort, um das noch einmal auszubreiten. Es sind Interna. Auf jeden Fall kann ich nicht bleiben. Ich muss zurück.«

»Zurück?« Alexandra lehnte sich an die Wand. Alle Farbe wich aus ihrem Gesicht. »Das kannst du nicht tun. Wir wollten die Zeit zusammen verbringen. Morgen hat mein Vater Geburtstag. Übermorgen feiern wir Heiligabend.«

»Eben. Übermorgen ist Heiligabend, deswegen ist es ja auch so dringend, weil sich an Weihnachten in Personalangelegenheiten gar nichts bewegen lässt, da ist niemand erreichbar.«

»Das ist nicht dein Ernst!« Nun war die Farbe in Alexandras Gesicht zurückgekehrt und an Wangen und Stirn in einen dunklen Rotton umgeschlagen. »Wenn du gehst, brauchst du nicht mehr wiederzukommen.«

»Jetzt sei nicht theatralisch! Du kannst mich doch nicht vor die Entscheidung stellen, du oder mein Job. Du willst heiraten. Kinder mit mir haben. Und von was sollen wir dann leben? Vom Muttergeld, das du von deinen paar Musikschulstunden bekommst?« Er redete sich in Rage.

»Das heißt nicht Muttergeld. Das ist das Elterngeld«, mischte sich Antonia ein.

Sebastian stieß geräuschvoll die Luft aus und wandte sich zum Gehen. »Das Taxi müsste jeden Moment da sein. Alex, wir telefonieren. Ich bin ja nicht aus der Welt. Und wenn die Sache geregelt ist, komme ich wieder, vielleicht schon morgen.«

»Und das Wichtelspiel?«, fragte Niklas. »Das funktioniert dann doch gar nicht.«

»Das ist kein Problem.« Sebastian zuckte mit den Schultern. »Ich habe mich selbst gezogen.«

Niemand antwortete darauf. Auch Claudia war sprachlos. Sie sah zu Alexandra. Ihre Schwester tat ihr leid. Aber sie kannte Alexandra zu gut, um zu wissen, dass sie nun keinen Trost und kein Bedauern wollte. Alexandra nickte, stand aufrecht wie ein Zinnsoldat und half, das Geschirr abzuräumen, als wäre bereits alles geklärt.

Claudia stellte sich vor, Sebastian zu schütteln, ihm hinterherzulaufen und ins Gewissen zu reden, doch auch sie blieb bei den anderen in der Wohnküche, hörte Sebastians Schritte, die sich ins Obergeschoss bewegten. Über ihr knarrten die Dielen, dann erklangen die Schritte wieder auf der Treppe, wurden lauter.

»Man sieht sich. Na dann …« Sebastian ging zu Alexandra, drückte sie an sich, küsste sie. Auch diese Liebkosung ließ Alexandra starr über sich ergehen.

»Den Wagen lasse ich dir da. Damit du mobil bist«, sagte er. »Ich nehme den Flieger, das geht schneller, und am Flughafen kann ich das Auto sowieso nicht gebrauchen. Falls es länger dauern sollte als ein paar Tage …«

Draußen hupte ein Wagen.

Sebastian nahm seinen Koffer. »Es wird sich schon ergeben. Wie gesagt: Man sieht sich.«

Niemand lief zum Fenster, um ihm nachzusehen oder zu winken.

Alexandra liefen die Tränen über das Gesicht. Sie putzte sich mit Küchenkrepp die Nase und ging die Treppe hoch. »Ich habe auch zu tun.«

»Soll ich ihr nach?«, fragte Antonia.

»Ich glaube, es ist besser, du lässt ihr erst mal ihre Ruhe«, sagte Claudia.

»Ach Quatsch, habt ihr nicht gesehen, wie megafertig sie ist? Ich schau nach ihr.«

Claudia rechnete damit, dass Antonia wenige Minuten später wieder herunterkäme, dass Alexandra ihre Nichte wegschickte, aber von oben war nur ein leises Flüstern zu hören. Sie überlegte, auch zu den beiden ins Obergeschoss zu gehen, blieb dann aber doch in der Wohnküche.

»Nun mal los«, sagte Holger und zog seine Sportschuhe aus dem Koffer. »Auf zum Joggen. Meint ihr, Alexandra will noch immer mit?«

»Lass sie mal.« Claudia drückte Holger einen Kuss auf die Wange. »Lauf los. Ich kann mir nicht vorstellen, dass ihr jetzt der Sinn danach steht. Es fängt übrigens wieder an zu schneien.«

Holger zog sich um und rannte nach draußen in den Schnee. Das Wetter war ihm anscheinend gleichgültig, auch dass seine Sportschuhe für die Witterung völlig ungeeignet waren. Claudia sah ihm kopfschüttelnd zu. Sie eilte ihm nach, um ihm Handschuhe, Mütze und Schal zu bringen, doch als sie vor der Haustür ankam, war er bereits losgelaufen und reagierte nicht auf ihr Rufen.

»Wer kommt mit in die Stadt?«, fragte Claudia. Ihr war die perfekte Idee für ein Geschenk für Holger gekommen, dafür brauchte sie nur ein Fotogeschäft oder eine Drogerie und ein Ladekabel für ihr Handy.

»Wir!« Simone hakte sich bei Niklas ein.

Claudia wartete auf einen Protest ihres Sohnes, der blieb aber aus.

»Und du willst wirklich hierbleiben?«, fragte Claudia in Richtung ihres Vaters.

»Ja. Ich habe noch zu tun. Das Wichtelspiel, ihr wisst schon.« Er zwinkerte ihr zu.

Nur wenige Minuten später saßen Claudia, Simone und Niklas im Auto. Gemeinsam fuhren sie nach Kalmar, doch als der Wagen geparkt war, trennte sich Claudia von den anderen. Plaudernd gingen Simone und Niklas die Straße entlang, die Frustration vom Vortag war vergessen. Im Gegenteil, Niklas schien sogar froh über die Abwechslung zu sein. Er hatte weder seine gesamte Comicsammlung dabei, noch gab es die Möglichkeit, sich mit Online-Computerspielen abzulenken.

Zuerst schlenderte Claudia durch die Innenstadt, dann weiter zum Einkaufscenter am Seglerhafen. Nachdem sie ein Ladekabel fürs Handy gekauft hatte, suchte sie sich eine ruhige Ecke in einem Café. Während sie einen Kaffee und dazu einen Teller voll mit kleinen Gebäckbällchen genoss, lud sie ihr Handy an der Steckdose neben ihrem Stuhl auf und sah die

Fotos durch, die sie auf dem Gerät gespeichert hatte. Von ihrem Tisch aus konnte sie durch die riesige Glasfront nach draußen blicken: Der Schnee fiel nun stärker, auch der Wind nahm zu, sodass sich die Vorbeigehenden wegdrehten und die Gesichter verzogen. Aus dem Café heraus sah es idyllisch aus, wie sich das Weiß über den Hafen, die Schiffe, die Straßen und Häuser senkte, doch der Gedanke an die Rückfahrt machte ihr etwas Sorgen. Sie hatten den Wagen von Sebastian genommen, um auch Holger noch die Möglichkeit zu geben, Erledigungen zu machen und unabhängig zu bleiben. Doch Sebastians Wagen hatte keinen Allradantrieb und war schon auf der Hinfahrt in den Kurven ins Schlingern geraten.

Während des Hinausschauens in den Schnee vergaß Claudia vollkommen die Zeit. Erst die Kühle ihres Kaffees beim nächsten Schluck erinnerte sie daran, was sie alles noch geplant hatte. In einem Zug trank sie das lauwarme Getränk aus und kontrollierte den Ladezustand ihres Handyakkus. Er war mehr als halb voll. Das genügte. Zuerst wählte sie die Nummer der Frauenarztpraxis in Deutschland, wo sofort jemand abnahm.

Ob die Untersuchungsergebnisse schon vorlägen, fragte Claudia.

Die Sprechstundenhilfe seufzte, meinte, es sei noch zu früh, ließ sich aber durch Claudias Drängen überzeugen, einen Blick auf den Computer zu werfen. Doch auch dann konnte sie nichts anderes sagen. Wahrscheinlich würden die Ergebnisse erst nach Neujahr vorliegen, wie bereits angekündigt.

Claudia wünschte frohe Weihnachten und unterdrückte einen Fluch. Dass ihr die Wartezeit bis zur Auswertung so lang werden würde, damit hatte sie nicht gerechnet. Anfangs waren es nur ein paar Minuten der Unsicherheit gewesen, die immer wieder auftauchten. Nun war eine Daueranspannung entstanden, die fast den gesamten Tag überschattete.

Sie war froh, dass sie genau wusste, was sie wollte, und auf der Suche nach einem Geschenk keine großen Strecken zurücklegen musste. Im Elektronikgeschäft zeigte sie dem Verkäufer ihr Handy mit den gespeicherten Bildern. Ob er von einigen davon Papierabzüge herstellen könnte? Sofort?

Der Verkäufer lachte über Claudias Zweifel. Selbstverständlich ginge das. Gemeinsam suchten sie am Computer die Bilder heraus, die ihr am besten gelungen schienen. Ein Album brauchte Claudia nicht zu kaufen, als Buch zum Einkleben würde sie einen von Antonias Skizzenblöcken nehmen, die ihre Tochter immer in einer anscheinend unerschöpflich großen Anzahl dabeihatte.

Zufrieden verließ Claudia den Laden. Die Freude über all die Fotos und die freundlich-beiläufige Unterhaltung mit dem Verkäufer hatten ihre Frustration über das Telefonat mit der Arztpraxis verdrängt.

Draußen brannte die Kälte auf Claudias Wangen und Stirn. Sie zog sich die Kapuze der Jacke so tief wie möglich ins Gesicht. Ein paar Minuten später als verabredet kam sie am Treffpunkt an. Simone und Niklas saßen schon im Wagen und hörten Musik. Von der eingeschalteten Standheizung waren die Scheiben von innen milchig beschlagen. Simone saß auf dem Fahrersitz, während Niklas auf dem Rücksitz in ein Buch vertieft war. Es war in Leder gebunden, das Papier vergilbt. Anstatt sich wie auf der Hinfahrt nach vorn zu setzen, nahm Claudia neben Niklas Platz und beobachtete, wie er von Seite zu Seite blätterte. Durch die großen Initialen und die Kupferstiche mit Abbildungen von Feen, Trollen und anderen übernatürlichen Wesen, von Wäldern, Seen und paradiesischen Gärten hatte das Buch etwas Faszinierendes. Claudia schätzte das Alter auf mindestens hundert, wenn nicht zweihundert Jahre. Ein Schatz!

»Das muss ein Vermögen gekostet haben«, sagte sie.

Niklas schüttelte den Kopf. »Es fehlen Seiten, aber das ist mir egal. Und hinten ist es auch nass geworden, da kleben einige Blätter zusammen. Wir haben genau hundertfünfzig Kronen dafür gezahlt.«

»Darf ich mal?« Claudia zog das Buch zu sich heran, blätterte von Seite zu Seite. Obwohl sie die Landessprache nicht verstand, erkannte sie anhand der Kupferstiche viele der Märchen und Sagen wieder, die Gerhard ihnen früher vor dem Einschlafen erzählt hatte. Sie erinnerte sich an Nächte, in denen der Wind ums Haus geheult hatte, so stark, dass die Kerzen auf den Tischen geflackert hatten. Dann waren die drei Mädchen zu den Eltern ins Bett geschlichen, hatten sich tief unter die Decken verkrochen und den Geschichten gelauscht, die Gerhard nicht ablesen musste, sondern alle auswendig kannte, damals wie heute. Claudia konnte sich noch an jede einzelne davon erinnern, an das Märchen vom Stompe Pilt, von Kitta Grau, vom Zaubertopf und an viele mehr.

Dann entdeckte sie einen Kupferstich, der so deutlich wie eine Fotografie das Haus am See abbildete, ihr Haus am See. Claudia strich mit dem Finger über das Bild, um sich zu vergewissern, dass sie nicht träumte, so unglaublich war die Entdeckung. Sogar der Bootsanleger war zu erkennen, der Brunnen vor dem Haus, die fünf Fenster an der Vorderfront, die Eingangstür mit ihren zwei Flügeln, die beiden Bäume davor. Die Oberfläche des Sees hatte sich geteilt, es schien, als würde das Licht, das vom Himmel strahlte, das Wasser verdrängen. Engel und Elfen tanzten auf dem Wasser und sendeten selbst Helligkeit aus. Auf den anderen Abbildungen waren die Elfen Furcht einflößend und dunkel, doch hier wirkten sie friedlich und harmlos. Das Himmelstor.

»Vorsichtig! Sonst geht es kaputt«, sagte Niklas und zog ihr das Buch aus der Hand. Er klappte es zu und umklammerte es, als müsste er es beschützen.

Claudia blickte in den Rückspiegel und sah Simone lächeln. Trotz allem vorherigen Protest und Niklas' Ablehnung – mit dem Geschenk hatte ihre Schwester ins Schwarze getroffen, musste Claudia anerkennen. Simone hatte geschafft, was ihr lange nicht mehr gelungen war: Niklas für etwas anderes als Comics und Computerspiele zu begeistern.

# 12

Gerhard stellte eine weitere Kerze auf den Tisch, zündete sie an und betrachtete das Arrangement aus Brotkorb, Aufschnittplatte, Kerzen, Tellern und Besteck. Die Servietten hatte er zu Schwänen gefaltet, wie es Annemarie früher immer getan hatte. Je drei Stühle standen an jeder Seite des Tisches, der schon lange nicht mehr so vielen Personen Platz geboten hatte, außer am Vortag, als Sebastian noch dabei gewesen war. Gerhard schüttelte beim Gedanken an Sebastian den Kopf. Das war so jemand, der sich und alles, was er tat, ungeheuer wichtig nahm. Doch gegenüber Alexandra verbot Gerhard sich jeden Kommentar. Nie würde er sich in die Beziehungsentscheidungen seiner Kinder einmischen, das hatte er sich geschworen. Seine Töchter waren gewiss nicht dafür da, es ihm recht zu machen oder ihr Leben nach seinen Vorstellungen zu gestalten. Es war sowieso schon schwer genug, bei all den äußeren Anforderungen und Normen der eigenen Stimme zu folgen, da brauchte es keine Eltern, die sich in die Angelegenheiten der erwachsenen Kinder mischten.

Er blickte aus dem Fenster. Der Schneefall hatte zugenommen. Zum Glück war Holger bereits von seiner Seeumrundung zurück. Der Winter hatte das Land so fest im Griff, dass in weiterer Entfernung eine Gruppe von vier Elchen zu erkennen war, die sich dem Haus bis auf rund zweihundert Meter näherte.

Das war ein Verhalten, das sich sonst bei den schreckhaften und fluchtbereiten Tieren nicht beobachten ließ. Normalerweise hielten sie sich vom Gebäude fern. Und wenn überhaupt einmal eins der riesigen Kolosse zu sehen war, dann allein. Nur im tiefsten Winter fanden sie sich zu Gruppen zusammen.

Wenn es noch zwei Tage so weiterging, wären sie eingeschneit und säßen fest. Eigentlich hatte er schon längst mit der Rückkehr von Simone, Niklas und Claudia aus der Stadt gerechnet, doch um die drei machte er sich keine Sorgen. Sie würden kommen, bestimmt, wenn auch etwas später.

Aber mit dem Essen warten, bis die Kerzen hinuntergebrannt waren, wollte er nicht.

»Alexandra! Toni! Holger!«, rief er durch den Flur.

Alexandra hatte sich in ihr Zimmer zurückgezogen, Antonia und Holger sichteten Kisten und Kartons in der kleinen Kammer, die einmal Gerhards Zuhause gewesen war.

Wenig später setzten sich Antonia und Holger an den Tisch.

»Wow, du hättest das nicht tun müssen«, sagte Holger. »Sag uns das nächste Mal doch Bescheid, dann helfen wir dir.«

»Ich gehe noch mal hoch, um nach Alexandra zu sehen.« Gerhard blickte in Richtung Tür. Oben war alles still. Ob Alexandra sich hingelegt hatte?

»Oben ist sie nicht. Sie hat sich etwas beruhigt, als ich sie nach ihrem Buchprojekt gefragt habe, diesem Roman, an dem sie schon ewig schreibt. Das ist ja ein Thema, auf das sie immer abfährt. Sie hat den Stick mit der Datei aus dem Portemonnaie geholt und mir aus ihrer aktuellen Romanfassung vorgelesen, den neuen Schluss. Anschließend wollte sie raus«, erklärte Antonia. »Ist sie noch nicht wieder da?«

»Wo ist sie denn hin?« Ein Zittern durchfuhr Gerhard. Es war, als wäre die Temperatur im Raum von einer Sekunde auf die andere um mehrere Grad gesunken.

»Sie wollte dir nach.« Antonia sah zu ihrem Vater. »Joggen. Um den See. Du warst schon weg, soweit ich mich erinnere. Sie hat gemeint, Bewegung sei doch immer das Beste, um sich abzuregen. Auch nach dem Vorlesen war sie noch so geladen, da dachte ich, sie holt dich bestimmt ein.«

Gerhard sah auf die Uhr. »Das war vor Stunden! Jetzt wird es bald dunkel!« Er wollte sich nicht ausmalen, was in der Zeit alles passiert sein konnte. Der See war nur im Sommer eine abgegrenzte Fläche. Im Herbst und im Frühjahr wurde er zu einem sich verändernden Gebilde, das die umliegenden Wiesen mit einschloss, das wuchs und sich zusammenzog. Dann nahm der See mit all den Ausläufern und Feuchtwiesen fast die doppelte Größe an, verglichen mit der warmen Jahreszeit. Im Winter besaß der See dieselben riesigen Ausmaße wie im Herbst, aber die Übergänge zwischen Wasser und Land waren durch den Schnee unsichtbar. Nur am Bootsanleger war die Trennung klar und sichtbar. Ansonsten konnte der Weg um den See unbemerkt auf eine mal tiefere, mal flachere Eisfläche führen.

»Du hast sie nicht gesehen?«, fragte Gerhard.

Holger war die Aufregung anzusehen. Er stand auf und starrte nach draußen in die hereinbrechende Dunkelheit. »Wann genau ist sie los?«, erkundigte er sich.

»Ich gucke doch nicht auf die Uhr!« Antonia schüttelte den Kopf.

»Wir können auf keinen Fall warten, bis die anderen zurück sind«, entschied Gerhard. Es fiel ihm schwer, seine Panik beiseitezuschieben und dabei logisch und konstruktiv zu denken. »Zwei Wagen haben wir zur Verfügung. Aber das hilft uns nicht viel, weil der Rundweg nicht durchgängig befahrbar ist. Trotzdem mein Vorschlag: Antonia kommt mit mir, weil ich nicht mehr so gut zu Fuß bin. Sie kann im Zweifelsfall aussteigen und ein Stück weit laufen, um einen besseren Überblick zu kriegen. Du kommst allein zurecht, Holger. Toni, hast du eins von diesen Mobiltelefonen dabei?«

»Klar doch.« Antonia stöhnte.

»Du auch, Holger?«

Holger nickte.

»Die nehmen wir mit. Etwas vom Haus entfernt haben wir Empfang. Dann umkreisen wir den See von beiden Seiten, fahren mit den Wagen los und suchen anschließend zu Fuß weiter. So treffen wir uns genau in der Mitte auf der anderen Seite des Sees. Dann müssten wir Alex gefunden haben. Ich hoffe ja so sehr, dass …« Gerhard versagte die Stimme.

»Hier passiert doch nichts! Im schlimmsten Fall hat sie sich den Fuß verstaucht, ist etwas unterkühlt und wir tragen sie ins Warme.«

»Ich hole die Petroleumlampen aus der Werkstatt«, bot Antonia an. »Es wird schon bald dunkel.«

Gerhard musste sich setzen, um nicht zusammenzusinken. Die Erinnerung an den Tag, den er so gern endgültig vergessen würde, war so lebendig, dass seine Knie zitterten, sich seine Lunge verkrampfte. Er glaubte, etwas Klebriges, Feuchtes, Warmes an seinen Fingern zu fühlen und dachte im ersten Moment an Blut, doch es war nur sein Angstschweiß. Er wischte sich die Handflächen an der Hose ab. Als das nicht half, wusch er sie mit so viel Spülmittel und kaltem Wasser, dass die Haut ganz rau wurde.

*Hier passiert nichts*, wiederholte er Holgers Worte wieder und wieder und wünschte sich, er könnte es glauben. Was wusste Holger schon von dem, was hier bereits geschehen war. Es lag Jahrzehnte zurück. Er dachte, es wäre überwunden, weil seitdem so viel Zeit vergangen war. Weil die, die es betraf, gestorben waren oder weggezogen oder ihr eigenes Leben führten – gutbürgerlich, um die Erinnerung an das Grauen im Hintergrund zu halten.

Schon damals hatte er gedacht, es wäre erledigt, der Streit zwischen ihm und Ebbe wäre vergessen, bis dann ... Gerhard musste die auftauchenden inneren Bilder wegschieben, um nicht aufzuschreien, um sich nicht übergeben zu müssen, um handlungsfähig zu bleiben. Es ging nicht um Sessa. Sessa war tot. Alexandra, seine Alex, sie lebte. Es war nichts Schlimmes passiert. Er klammerte sich an die Zuversicht, die ihm gleichzeitig durch die Finger zu rinnen schien wie Schnee vor dem Kamin.

»Hier, sogar drei Petroleumlichter. Habe ich alle wieder frisch aufgefüllt. Damit haben wir genug Licht«, sagte Antonia.

Gerhard nahm eine der Leuchten, glitt mit den Füßen in seine gefütterten Gummistiefel, zog seinen Mantel an und ging zum Auto.

»Ich wische den Schnee von den Scheiben.« Antonia nutzte ihren Unterarm, um die weiße Schicht von Gerhards Wagen zu wedeln.

Holger tat dasselbe an seinem Auto.

»Also los«, sagte Gerhard.

# 13

Der See tauchte für kurze Zeit zwischen den Bäumen auf, doch bis zum Haus waren es noch geschätzte vier Kilometer. Die Räder drehten wieder durch, wie schon unzählige Male zuvor. Diesmal grub sich der Wagen mit jedem Versuch, ihn zu befreien, tiefer in den Boden ein. Trotz des Bodenfrostes war diese Stelle unter dem Schnee matschig und voller Schlick. Claudia stieg als Erste aus und erkannte, dass es ein halb zugefrorener Bachlauf war, auf dem sie sich befanden, dass sie längst vom Weg abgekommen waren, der unter der Schneedecke nur noch zu erahnen war. Gemeinsam drückten Niklas und Claudia gegen den Kofferraum, während Simone Gas gab.

Der Motor heulte auf, dann wurde es still.

»Benzin ist alle«, sagte Simone.

Claudia lehnte sich an die Motorhaube. Sie stöhnte. Von den Versuchen, den Wagen zu befreien, war sie nass geschwitzt und außer Atem, ihre Schuhe waren durchweicht, die Feuchtigkeit an ihrer Hose bis zu den Knien hochgekrochen. Ihre Lippen fühlten sich pappig an. Sie ließ etwas Schnee auf ihrer Zunge zergehen, doch der Durst blieb.

»Dann haben wir wohl keine Wahl.« Claudia sah in die Richtung, in die sie gehen mussten. Wegen des starken Schneefalls war sie nicht sicher, ob das, was sie für den Weg hielt, überhaupt der Weg war, oder ob sie sich längst auf einem der unzähligen Ausläufer des Sees befanden, wo sich Land und Wasser abwechselten. Sie scharrte mit den Füßen den Schnee weg und stieß auf eine Eisdecke, von der sie nicht wusste, wie dick sie war und ob sie stabil tragen würde. Auch senkte sich bereits die Sonne hinter den Bäumen. Ein glühend roter Streifen strahlte oberhalb des Horizonts. Claudia wünschte sich, das Farbenspiel am Himmel weiter beobachten zu können, doch sie hatten keine Zeit zu verlieren. Bei aller Frustration war sie dankbar, dass es hier langsamer dunkel wurde als in Deutschland, die Dämmerung länger anhielt. Mit etwas Glück würden sie noch ankommen, bevor sie gar nichts mehr sehen konnten.

»Ist denn eine Taschenlampe im Wagen?«, fragte Claudia.

»Nein.«

»Kerzen oder etwas in der Art? Decken?«

»Nichts.« Simone klang resigniert.

»Na, dann los.« Claudia wollte Niklas an der Hand nehmen, der entzog sich aber und holte das Buch aus dem Wagen, verbarg es unter seiner Jacke.

»Das ist viel zu groß und schwer. Das hält nur auf. Lass es besser auf dem Rücksitz, da ist es geschützt.«

»Nein!« Niklas wandte sich demonstrativ ab.

Die ersten Meter lief er voraus, dann wurde schon deutlich, dass das Buch ihn am Vorankommen hinderte. Er hielt beide Hände in den Taschen, damit sie nicht kalt wurden und er das Buch in der richtigen Position fixieren konnte. So fehlten ihm die Hände, um Balance zu halten. Bei jeder Bodenunebenheit und wenn der Untergrund vereist war, geriet er ins Stolpern, fing sich aber wieder. Trotzdem konnte er so nicht weitergehen, auch wenn er es niemals zugeben würde.

»Warte, ich nehme meinen Schal und binde mir das Buch wie einen Rucksack unter die Jacke«, sagte Claudia. »Dann hast du die Hände frei.«

Dankbar sah Niklas sie an. All sein Protest, der sie in den vergangenen Wochen so aufgeregt hatte, war nun verschwunden.

Das Buch war schwerer als gedacht, Claudia schätzte das Gewicht auf drei oder vier Kilogramm. Mit den Ecken drückte es unangenehm hart in ihren Rücken. Gleichzeitig war es so dick, dass sie ihre Jacke darüber nicht mehr richtig schließen konnte. Doch schon nach wenigen Metern war ihr so warm, dass sie über die geöffnete Jacke froh war, auch wenn langsam Schnee auf ihrem Pullover kleben blieb und an Hals und Kragen schmolz. Sie bekämpfte die durch die Nässe eindringende Kälte, indem sie noch schneller ging. Simone und Niklas beschleunigten mit ihr.

Es dauerte ungefähr eine Stunde, dann kam das Seehaus in Sichtweite. Claudia stutzte. Schwarz und eckig hob es sich vor dem Mond am Himmel ab. Kein einziges Licht brannte. Als sie stehen blieben, war es vollkommen still. Nichts war zu hören. Nicht einmal der Wind rauschte in den Ästen. Es hatte etwas Irreal-Geisterhaftes. Claudia blickte über den See und glaubte, ein flackerndes Leuchten zu erkennen. Sie wandte den Blick ab, weil sie wusste, dass das, was sie sah, eine Täuschung sein musste. Es gab weder Irrlichter noch sonstige übersinnliche Phänomene. Das Märchenbuch drückte inzwischen schmerzhaft in ihre Hüften, seit das Gewicht des Buches den Knoten am Schal gelockert hatte.

»Mama«, sagte Niklas. »Ich habe Angst.«

»Du brauchst keine Angst zu haben.« Ihre Stimme zitterte. »Guck, da vorn ist das Haus. Gleich sind wir im Warmen. Dann koche ich dir zuerst eine Tasse heiße Schokolade. Lasst uns weitergehen.«

Auch Simone war stiller als sonst. Unruhig sahen sich alle drei immer wieder um, doch vor und hinter ihnen war nichts als Dunkelheit, die von dem flackernden Leuchten auf dem See unterbrochen wurde.

Endlich waren sie da und Claudia atmete auf, als Niklas beim Reinkommen den Lichtschalter betätigte. Das Feuer im Wohnzimmer war erloschen. Von der Temperatur her gab es kaum einen Unterschied zwischen innen und außen. Simone zündete das Feuer neu an.

»Die Autos sind weg!«, rief Niklas von der Eingangstür.

Claudia ging zu ihm und sah in die Dunkelheit. Es stimmte. Die Wagen waren verschwunden. Durch den starken Schneefall waren auch keine Reifenspuren erkennbar. Was mochte sich hier ereignet haben? Claudia hatte keine Erklärung dafür. Warum waren gleich beide Wagen weg, wo doch alle drei in ein Auto gepasst hätten?

Dann glaubte sie, in der Ferne ein Motorengeräusch zu hören, so leise, dass sie nicht sicher war, ob sie sich nicht getäuscht hatte. Kurz darauf erkannte sie zwei tanzende Lichter, die sich nun nicht mehr auf dem See befanden, sondern auf dem Weg, der zum Haus hinführte. Scheinwerfer.

»Hallo!«, rief sie, auch wenn sie wusste, dass ihre Stimme im Auto kaum zu hören sein würde.

Ohne sich ihre Jacke anzuziehen, rannte sie ins Freie. Zuerst kam Gerhards Wagen an. Völlig verfroren, zitternd und in sich gekehrt saß Alexandra auf dem Beifahrersitz. Gerhard half ihr beim Aussteigen. Claudia lief zu den beiden, stützte ihre Schwester unter der anderen Achsel. Noch bevor sie im Innern des Gebäudes waren, kamen Holger und Antonia von der anderen Seite des Sees auf das Haus zugefahren.

Bei jedem Schritt verzog Alexandra schmerzhaft das Gesicht, obwohl ihr Gewicht fast vollständig von Gerhard und Claudia getragen wurde.

»Wie ist denn das passiert?«, fragte Claudia.

»Umgeknickt beim Joggen.«

»Sollen wir nicht in eine Klinik fahren?«

»Ich will nur ins Warme.« Alexandra stöhnte.

»Aber wenn es noch weiterschneit, wird es immer schwerer …«

»Kannst du nicht einfach mal die Klappe halten?«, fauchte Alexandra.

Claudia biss sich auf die Lippe, um nichts mehr zu entgegnen.

Niemand dachte daran, die Schuhe auszuziehen, weil alle damit beschäftigt waren, Alexandra auf das Sofa zu helfen. Ihre Gesichtszüge entspannten sich. Claudia zog ihrer Schwester die Schuhe aus. Anschließend holte sie eine Plastiktüte aus der Küche und füllte sie mit Schnee, um ein provisorisches Coolpack zu haben. Dann schlüpfte sie aus ihren Stiefeln und lief in nassen Strümpfen umher. Sie betrachtete all die Wasserlachen auf dem Boden. Ein Ziehen im Bauch, das mit einem starken Würgereiz verbunden war, ließ sie innehalten.

»Ist nicht gebrochen«, meinte Gerhard. »Nur eine Verstauchung. Niklas, hol mal einen Verbandskasten aus einem der Autos. Das kriegen wir wieder hin. Da braucht es kein Krankenhaus, sondern einfach nur etwas Ruhe.«

Claudia setzte sich an den Esstisch. Sie hatte sich schon gefreut, dass bei dieser Schwangerschaft die Übelkeit ausblieb, nun wurde sie umso heftiger davon gepackt, obwohl sie die ersten drei Monate längst hinter sich gebracht hatte. Sie wartete, bis die Welle aus Brechreiz und Bauchschmerzen leicht abebbte. Dort, wo sie üblicherweise schlief, gab es nun keine Ruhe, die Wohnküche würde noch stundenlang der Hauptaufenthaltsort aller sein.

»Paps, kann ich mich kurz oben auf dein Bett legen?«, fragte sie.

»Du bist so bleich. Ist dir nicht gut?«

»Geht gleich wieder. Kann ich in dein Bett?«

Er sah sie sorgenvoll an und nickte.

Claudia schlich die Treppe hoch und versuchte dabei, ihre Schritte vorsichtig zu setzen, ohne eine ruckartige Bewegung. Jedes Holpern, jedes unsanfte Aufkommen fühlte sich an, als wäre sie eine geschlossene Flasche, die unter einem Druck stand, dem sie kaum noch standhalten konnte. Ohne die nassen Socken von den Füßen abzustreifen, legte sie sich auf das Bett ihres Vaters, lagerte den Oberkörper hoch und zog die Daunendecke über ihre Füße. Sie konnte sich nicht erklären, warum ihr Körper sich so sehr ihrer Kontrolle entzog. Die Übelkeit und die gleichzeitigen Bauchschmerzen waren unerträglich. Sie sehnte sich nach einem Glas Wasser, wollte aber nicht rufen. Mit angezogenen Beinen und voller Konzentration auf ihren Atem wurde es etwas besser, jedenfalls so weit, dass sie wieder klar denken konnte. Doch warum krampfte sich ihr Bauch so zusammen? Jeden Moment rechnete sie damit, die warme Feuchtigkeit einer einsetzenden Blutung zu spüren, aber da war nichts außer Krämpfen, die kamen und gingen und wie Wellen über sie rollten.

Die Stimmen von unten verschwammen mit zunehmender Müdigkeit. Anfangs waren alle abwechselnd zu hören, dann nahm sie nur noch die Stimme ihres Vaters wahr. Er sprach leise, aber so klar, dass sie durch den Holzboden auch vom Bett aus jedes Wort verstehen konnte.

# 14

## MITTE APRIL 1945, BEI PATAHOLM, SMÅLAND

Bei jedem Aufwachen am Morgen rechne ich damit, enttarnt und weggeschickt zu werden. Jeden Abend danke ich Gott für diesen Ort, der mir Schutz, Halt und ein Auskommen bietet.

Doch niemand vertreibt mich. Stattdessen lerne ich täglich besser, meine Aufgaben zu erfüllen. Selbst die Arbeit an dem neuen Wohngebäude bringt mich bald nicht mehr an den Rand meiner Kräfte. Das regelmäßige Essen zeigt Wirkung. Und Mats lässt mich allein im Morgengrauen zum Fischen auf den See fahren. Auch in der Schreinerwerkstatt gegenüber meiner Kammer werde ich langsam zu einer Hilfe, anstatt nur zu beobachten und Mats bei seiner Arbeit im Weg zu stehen. Das Überleben dagegen ist selbst an einem Ort wie diesem nicht leicht, obwohl er vom Krieg vollkommen verschont geblieben ist. Die Tage sind ausgefüllt mit Verrichtungen, aber wir leiden keine Not. Und die gemeinsamen Abende am Brunnen mit Sessa sind bald zu einer Gewohnheit geworden, die ich nicht mehr missen möchte. Dank ihr lerne ich die fremde Sprache so schnell und gut, dass ich sogar schon in Schwedisch träume.

Die ganze Zeit denke ich, dass das alles viel zu schön ist, um wahr zu sein, unwirklich, unverdient und brüchig. Und meine Befürchtungen bewahrheiten sich: Ich feile gerade am Einlegeboden für den Schreibschrank, den eine reiche Familie aus Jönköping in Auftrag gegeben hat, als Besuch kommt. Inzwischen erschreckt mich weder das Klopfen an der Haustür noch das Geräusch von sich nähernden Schritten. Trotzdem vermeide ich, offen in Erscheinung zu treten.

Das Wortgefecht, das sich entwickelt und lauter und hektischer wird, lässt mich dann doch innehalten. Mats' Frau Inger taucht mit in die Hüften gestemmten Armen am Türrahmen auf wie ein Racheengel. Ihre Körperfülle habe ich immer als mütterlich empfunden, als etwas Weiches, Warmes, an das sich die beiden kleinen Mädchen, Kalla und Yva, anlehnen und dort Schutz finden. Nun ist Ingers Erscheinung vollständig verändert. Wie sie mich ansieht! Die Wut und das Entsetzen in ihrem Blick lassen mich ein paar Schritte zurückweichen. Ich lege die Feile auf den Tisch.

Sie befiehlt mir zu kommen und geht voran zur Tür.

Meine Knie zittern, auch wenn ich nicht weiß, was konkret geschehen ist. Sessa schleicht mit gesenktem Kopf zu mir, greift meine Hand und führt mich nach draußen. Ich versuche, mich nur auf ihre Berührung zu konzentrieren, die Wärme ihrer schwitzigen Hand, die Weichheit ihrer Haut. Versuche mir einzureden, dass mir nichts Böses zustoßen kann, solange Sessa in meiner Nähe ist. Trotzdem sehe ich die Bilder der vergangenen Wochen wie einen schnellen Film vor mir ablaufen, als wäre dies nun der Abschied oder schlimmer noch der Tod, der mir bevorsteht: Sessa, wie sie den Fuchs mit verschiedenfarbiger Erde auf den Boden malt. Sessa, die mir ihren Ausschlag an Bauch und Rücken zeigt. Sessas Lippen, wie sie mir all die Wörter beibringen, die Sprache, die durch sie immer alltäglicher wird. Sessa, wie sie sich nach einem Wettlauf mit ihren Schwestern die Mütze zurechtrückt. Wie sie ihrer Mutter beim Abwasch hilft. Und wie die anderen achtlos über ihre Zeichnungen laufen, die Bilder, die mich dazu verleiten, mich wie auf rohen Eiern über den Vorplatz zu bewegen.

*Es ist vorbei*, geht es mir durch den Kopf. Nun ist der Zeitpunkt gekommen, auch wenn ich den Grund nicht kenne. Die Unsicherheit ist nicht das Schlimmste, was mit einem Abschied verbunden wäre. Es ist die Vorstellung, Sessa nie mehr wiederzusehen, die mich innerlich zerreißt.

Während Inger noch immer die Hände in die Hüften stemmt und sich wie ein Aufseher vor mir aufbaut, wirkt Mats versöhnlicher. Mats, der mir beigebracht hat zu fischen, beim Hausbau zu helfen, Holz zu bearbeiten. Ich sehe, wie er mit Worten ringt, wie hilflos er ist, wie sein Blick abwechselnd zu mir und dem Besucher geht.

Das sei Christer, erklärt er mir, der Knecht, der ihnen gesandt worden sei. Wegen eines Beinbruchs sei er nun einen Monat später angekommen.

»Ich habe euch die Nachricht geschickt. Es war doch alles geklärt!« Christer schlägt mit der flachen Hand gegen die Hauswand. »Es war abgesprochen. Und hier!« Er zieht einen Briefumschlag aus seiner Hosentasche, öffnet ihn, holt einen Zettel hervor. »Das ist der Beweis.« Auch wenn ich nicht nah genug bei ihm bin, um zu lesen, was dort geschrieben steht, erkenne ich Sessas Handschrift, die Kreise über den Buchstaben, die bei ihr immer wie kleine Schnecken aussehen.

Ehe die wütende Inger den Brief an sich nehmen kann, reißt Mats ihn aus Christers Hand und zerfleddert ihn. Wie bei einer gerupften Taube die Federn verteilen sich nun die Brieffetzen vor dem Eingang. Ich sehe mich nach Sessa um, doch sie ist verschwunden. Anscheinend hat nun auch sie

Angst bekommen. In meinem Kopf wummert es, als schlüge mir jemand von innen mit einem Vorschlaghammer gegen die Stirn. Die Worte von Mats, Inger und Christer verschwimmen zu einem unverständlichen Brei hinter dem Hämmern. Sessa! Sessa! An nichts anderes kann ich mehr denken. Ich möchte zu ihr rennen und sie halten für das Unglaubliche, das sie für mich getan hat. Als würde ein Vorhang aufgehen, erkenne ich nun die Realität, begreife, dass es kein Wunder ist, dass ich bleiben durfte, sondern dass alles auf Täuschung beruht.

Die Familie hat einen Knecht erwartet. Es war abgesprochen, dass Christer selbst zu ihnen kommt oder ihnen jemand anderes vorbeischickt. Es war reiner Zufall, dass ich genau am Tag der geplanten Ankunft auftauchte. So hielten mich alle für den Knecht, der angekündigt war. Sessa begriff den Irrtum als Erste und tat alles, um mich zu schützen. Christers Brief, in dem er seinen Beinbruch und sein verspätetes Kommen erklärte, wurde einige Tage nach meiner Ankunft von Sessa abgefangen und beantwortet. Doch bei ihrem guten Willen hat Sessa nicht bedacht, dass die Angelegenheit damit für niemanden wirklich erledigt sein konnte. Mein Leben war all die Wochen wie ein Kartenhaus gewesen, das jederzeit zusammenfallen konnte.

»Geh ins Haus«, sagt Mats und schiebt Inger durch die Tür. »Ich regle das.«

»Das kannst du nicht ...« Inger schlägt seine Hand beiseite, fügt sich aber schließlich, wenn auch unter lautstarkem Protest.

»Es tut mir leid.« Mats blickt zu Boden, dann strafft er den Oberkörper. Wie ein Baum ragt er vor der Haustür auf, wie eine Barriere, die niemanden ins Innere lässt. Ich stehe draußen. Christer steht draußen. Die Familie befindet sich in der Stube. »Wir konnten nicht so lange auf eine Hilfe warten, deswegen haben wir Gérard bei uns aufgenommen. Er kommt aus Genf.«

Christer mustert mich. »Genf?«, fragt er und setzt die Unterhaltung auf Französisch fort. Nur zwei Wörter kann ich in dieser Sprache sagen, »oui« und »non«. Was Christer in der für mich fast völlig fremden Sprache erzählt, klingt unaufgeregt, beiläufig, doch er kneift die Augen immer mehr zusammen. Seine Lider lassen mich an Schießscharten denken, hinter denen sich die schwarzen Pupillen verstecken. Die weißen Lichtreflexe aus den Pupillen sind wie das Mündungsfeuer – auf mich gerichtet, mit dem Ziel zu verletzen.

Sein Wortschwall endet mit einer Frage.

Ich drehe mich weg und laufe in Richtung des Sees, weiter auf die andere Seite des Wassers, wo ich mich im Gebüsch zusammenkauere. Einen Weg zurück gibt es nicht. Christer hat es innerhalb von Minuten geschafft, meine Lüge offensichtlich werden zu lassen. Ich beschließe, auf die Dunkelheit zu warten, mich dann wieder ostwärts in Richtung Küste zu begeben und auf einem Segelschiff anzuheuern. Dank des regelmäßigen Essens habe ich in den Wochen in der Familie Kraft gewonnen, wirke durch die Kleidung, die ich von Mats übernehmen konnte und die Inger für mich umgearbeitet hat, nicht mehr wie ein Herumtreiber.

Mein Blick fällt auf ein blaues Stück Leinen, das halb von Erde bedeckt ist. Es mag einmal ein Rock gewesen sein oder eine Tischdecke. Ich ziehe es aus dem Boden, entferne die braun verrotteten Teile und beginne aus Langeweile, den Stoff zwischen zwei Steinen zu zerreiben. Der Sand, der sich zwischen dem Gewebe abgelagert hat, erleichtert mir mein Werk. Wie bei einer Sanduhr rinnt nun blau gefärbter Sand gemischt mit kleinsten Stoffteilchen am unteren Stein entlang. Mit aller Mühe versuche ich, meine Aufmerksamkeit auf die Zukunft zu lenken, auf die Arbeitsmöglichkeiten, die mir offenstehen, doch unentwegt muss ich daran denken, wie Sessa sich über diesen blauen Sand gefreut hätte, wie sie ihn für ihre Bilder am Brunnen verwenden könnte.

Langsam beginnt es zu dämmern. Ich schiebe das blaue Puder zusammen, nehme es auf und lasse es in meine Hosentasche gleiten. Dann schüttele ich die Anspannung und Trauer von mir und zwinge mich beim Aufbruch, vorwärtszusehen und nicht zum Wohnhaus zurückzublicken.

# 15

## SMÅLAND, TAG 3

Claudia erwachte von einem Knall, mit dem sich einer der großen Eiszapfen vom Dach löste und auf die äußere Fensterbank krachte. Sie blickte sich suchend um. Noch immer lag sie in Gerhards Bett. Draußen war es bereits wieder hell. Die Bauchschmerzen und die Übelkeit waren verschwunden. Sie war dankbar, dass Gerhard und Holger sie hatten schlafen lassen, fragte sich aber, wo ihr Vater die Nacht stattdessen verbracht hatte. Er hatte doch bestimmt nicht in der Wohnküche mit Holger und den Kindern geschlafen? Wahrscheinlich hatte ihm Alexandra oder Simone ihr Bett überlassen und die beiden Schwestern hatten gemeinsam in einem Raum übernachtet wie in alten Zeiten. Von unten drangen durch die Decke Gesprächsfetzen herauf. Wie schnell doch die Zeit verging. Nun war schon Gerhards Geburtstag, dann folgte Heiligabend, anschließend blieb nur noch ein einziger Tag bis zu ihrer Abfahrt nach Hause. Sie kannte das Phänomen von früher: Hier am See schienen die Uhren anders zu gehen. Meistens war es wie ein Stillstehen, die Natur ruhte, wenig bewegte sich, aber plötzlich waren so viele Stunden und Tage vergangen, dass man es nicht glauben konnte. Sie wusste noch genau, wie schwer ihr als Kind immer die Umstellung zurück in den Alltag gefallen war, vom Leisen ins Laute, von den Abenden bei Kerzenschein hin zu dem dauernden Licht aus Deckenlampen, Straßenlaternen, Fernsehgeflacker und vorbeifahrenden Autos mit ihren Scheinwerfern, die nachts helle Linien an der Decke ihres Kinderzimmers zogen. Die Rückkehr nach Hause hatte sich angefühlt, als würde sie konstant mit viel zu laut eingestellten Kopfhörern herumlaufen, eine völlige Reizüberflutung.

Kurz dachte sie, ein Bellen wahrzunehmen, dann war aber nichts mehr davon zu hören. Sie drehte sich auf die andere Seite und war Sekunden später wieder eingeschlafen.

Das Stimmengewirr, das sie am Vormittag aufwachen ließ, vertrieb den letzten Rest der Müdigkeit. Claudia ging kurz ins Bad, dann treppab, um nach den anderen zu sehen.

Unten angekommen stutzte sie. Niemand nahm von ihr Notiz. Gerhard, Simone, Holger, auch Niklas und Antonia drängten sich so dicht um den Stuhl, auf dem Alexandra saß, dass von ihr nur noch der braune lockige Haarschopf zu erkennen war.

»Herzlichen Glückwunsch, Paps«, rief sie und entdeckte die große Sahnetorte auf dem Esstisch.

Gerhard nickte ihr kurz zu, als sie ihm die Hand auf die Schulter legte. Auf seiner Stirn und seinem Kopf hatten sich Schweißperlen gebildet.

»Herzlichen Glückwunsch!«, sagte sie noch einmal.

»Das geht nicht«, wandte er sich an Alexandra. »Absolut nicht!«

»Aber warum denn nicht? Du warst derjenige, der das Wichtelspiel wollte. Das ist mein Geschenk an dich.«

»Och Opa!« Niklas zog eine Schnute, wölbte dabei die Lippen vor, dass er aussah wie ein Dreijähriger mit Bettelblick, was Holger auch heute noch so oft zum Nachgeben bewegte. Gerhard ließ sich davon nicht beeindrucken.

»Nein.«

»Du hast doch viel Zeit. Und du bist oft allein. Das hast du schon so oft beklagt, seit Oma tot ist! Und dass du mehr Bewegung brauchst. Zu selten rauskommst, weil es ohne Begleitung keinen Spaß macht.« Antonia warf mit einem solchen Schwung die Haare zurück, dass ihre langen blonden Strähnen an ihrer Nase entlang durch Claudias Gesicht wischten und einen Niesreiz auslösten.

»Hallo, herzlichen Glückwunsch, Paps«, versuchte es Claudia noch einmal. Gerhard reagierte erst, als sie ihm einen Kuss auf die Wange drückte.

»Jetzt sag du mal was dazu. Das ist eine Schnapsidee!«, wandte er sich an Claudia.

»Was denn? Ich weiß doch gar nicht, worum es geht.« Dann merkte sie, dass sich bei Alexandra unter dem gestrickten Pullover am Bauch etwas bewegte. Bisher hatte sie sich nur auf den verbundenen hochgelagerten Fuß ihrer Schwester konzentriert. Ein leises hohes Wimmern erklang, das sie an einen Säugling erinnerte. Claudia hielt inne, schob Antonia und Holger beiseite, um näher zu Alexandra zu kommen und zu sehen, was sich unter ihrem weiten Pullover verbarg. Kurz lugte eine schwarze Schnauze mit gelblichem Fell hervor, die ebenso schnell wieder verschwand, wie sie aufgetaucht war.

»Ein Hund?« Claudia konnte es nicht glauben.

Vorsichtig versuchte Alexandra, ihn unter dem Pullover hervorzuziehen, doch er wehrte sich wie ein Junges, das seine Höhle verlassen sollte, vor der ein Fressfeind lauerte.

»Wir dürfen das Tier nicht so bedrängen. Setzen wir uns alle erst einmal an den Tisch«, sagte Claudia. »Und sind leise. Dann kommt er schon hervor. Aber wenn ihr so dicht hier herumsteht und durcheinanderredet, wird er sich nie trauen. Ist es ein Er oder eine Sie?«

»Ein Er.« Vorsichtig fuhr Alexandras Hand über die Wölbung an ihrem Bauch, was aussah, als wäre sie eine Schwangere kurz vor der Entbindung.

Antonia und Niklas protestierten, doch als die anderen Familienmitglieder sich setzten, nahmen auch sie am Tisch Platz. Ihre Stühle rückten sie ein Stück ab, sodass sie eine bessere Sicht auf Alexandra hatten.

Jetzt war wieder die schwarze Nase zu sehen, wie sie sich beim Schnüffeln bewegte und zuckte.

»Süß«, rief Antonia und hielt sich die Hand vor den Mund, als der Hund daraufhin in seinem Versteck verschwand.

Doch diesmal währte die Furcht des Tieres nicht lange. Nach und nach wurde erst die Nase sichtbar, dann die Augen, der Kopf, schließlich wand er sich mit dem ganzen Körper hervor. Alexandra setzte ihn auf den Boden und er protestierte nicht. Er hüpfte von den Dielen auf den Teppich und bewegte sich langsam schnüffelnd vorwärts, um die Couch herum, unter dem Tisch hindurch und weiter durch den Raum.

»Wo hast du den denn her?«, fragte Claudia. Sie musste sich zwingen, nicht auf den Hund zuzugehen, nicht zu versuchen, ihn zu streicheln oder hochzuheben. Er war so putzig und tapste so unbeholfen herum, dass er nicht nur bei ihr einen Beschützerinstinkt auslöste. Sie sah, wie auch Antonia sich beherrschte, nicht vom Stuhl aufzuspringen. Nur Gerhard blieb seltsam unbeteiligt. Er knetete seine Hände und sah aus dem Fenster. Seine Mundwinkel zuckten.

»Holger hat mich in die Stadt gefahren zum Arzt«, begann Alexandra, »während Simone den liegen gebliebenen Wagen mithilfe des Pannendienstes wieder flottgekriegt hat. Es ist nichts Dramatisches mit dem Fuß. Eine Verstauchung, mehr nicht. Das hatte Paps ja gestern auch vermutet, jetzt haben wir Sicherheit. Jedenfalls haben wir auf dem Rückweg den Hund am Straßenrand gefunden. Erst dachte ich, er wäre angefahren worden, aber er war unverletzt. Wir haben bei den umliegenden Häusern nachgefragt, ob jemand ihn schon einmal gesehen hat oder weiß, wo er hingehört. Die Antwort war immer dieselbe. Es ist ein Streuner. Es gab mehrere Versuche, ihn einzufangen, jedes Mal ist er weggelaufen. Bei mir dagegen ...« Alexandra schnalzte mit der Zunge, beugte sich im Sitzen vor und hielt ihre Hand herunter, was reichte, dass der Hund sofort zu ihr gelaufen kam, als wären sie ein jahrelang eingespieltes Team. Claudia bewunderte ihre Schwester für diese Gabe, mit der sie intuitiv schaffte, was anderen mit viel Mühe nicht gelang. So war es ihr schon als kleinem Mädchen gelungen, die scheuesten Katzen aus der Nachbarschaft zu sich zu locken, und das war auch die Art, wie sie Klarinette spielte: Sie dachte nicht über die Probleme nach, grübelte nicht, sondern handelte einfach.

Claudia hatte eine Idee, wie sie den Besitzer finden könnten. »Vielleicht hat er einen Chip. Davon habe ich gelesen. Es sind kleine Implantate im Nacken. Man braucht ein Lesegerät, um ...«

»Wir sind doch nicht blöd!« Alexandra schüttelte den Kopf. »Holger hat das schon geprüft. Da gibt es keinen Chip.«

»Wie denn geprüft?« Claudia sah kopfschüttelnd zu ihrem Mann.

»Wie gesagt«, begann Holger, »wir sind nicht untätig gewesen am Vormittag. Das Auto ist wieder flott, ich habe Alexandra zum Arzt gebracht, mit dem Hund waren wir längst beim Tierarzt und haben in den Häusern an der Hauptstraße und innerhalb der Ortschaften gefragt. Der Hund gehört niemandem. Er streunt schon über zwei Jahre hier herum. Es gibt keinen Chip oder sonstigen Hinweis auf den Besitzer. Eigentlich ist er auch absolut scheu.«

Alexandra lächelte. Sie klopfte mit einer Hand auf ihren Oberschenkel und der Hund sprang auf ihren Schoß.

»Du solltest ihn behalten. Dir vertraut er vollkommen«, sagte Gerhard.

»Das ist mein Wichtelgeschenk an dich, Papa.«

»Ach Alex, wenn du wüsstest …«

»Wenn ich was wüsste?« Alexandra hob den Pullover wieder ein Stück. Der Hund rollte sich darunter sofort zu einer Kugel zusammen.

Je länger Claudia über den Hund nachdachte, umso besser gefiel ihr Alexandras Idee. »Er bringt dich auf andere Gedanken«, sagte Claudia. »Du hast Leben im Haus, einen Begleiter.«

»Wer weiß, wie lange ich noch unter euch bin.«

»Ach!« Alexandra machte eine wegwischende Handbewegung. »Das sagst du schon seit Jahren! Jedes Mal, wenn wir uns sehen oder sprechen. Paps! Dein Leben ist nicht zu Ende. Es fängt gerade erst an! Außerdem meinte der Tierarzt, der Hund sei mindestens zehn oder zwölf Jahre alt. Er ist ein Senior wie du.«

Claudia spürte die Enge in ihrem eigenen Hals, als sie sah, wie sich Gerhards Adamsapfel auf und ab bewegte, wie er trocken schluckte.

»Es geht nicht.« Seine Stimme klang erstickt.

»Opa!«, riefen Antonia und Niklas wie aus einem Mund.

»Es ist alles in Ordnung. Ich muss nur etwas allein sein.« Gerhard stand auf und ging zur Tür.

»Aber Opa! Was ist mit der Torte? Die wollten wir jetzt probieren. Mit dir zusammen!« Antonia versuchte vergeblich, ihn aufzuhalten.

Claudia wechselte einen Blick mit Alexandra und sah, dass auch ihre Schwester überlegte, dem Vater zu folgen. Doch beide blieben wie angewurzelt stehen, während Gerhards Schritte auf der Treppe immer leiser wurden.

# 16

Um sich aufs Bett zu legen, war Gerhard zu unruhig. Er blickte nach draußen, auf den Schnee, der hell strahlte, obwohl der Himmel bewölkt war. Über den See hatte sich eine so hohe weiße Schicht gelegt, dass er nicht mehr vom Land zu unterscheiden war. Nur die Bohlen des Steges gaben noch einen Anhaltspunkt. Seitdem er fast in Ostpreußen gestorben wäre, sah er immer Schnee vor sich, wenn er an den Tod dachte. Der Tod war rot wie Blut, schwarz wie Schießpulver und weiß wie Schnee. Er war sein Schneewittchen, das ihn zum Tanz aufzufordern schien. Er erinnerte sich an die großen schwarzen Augen des Hundes, dessen knubbelige Nase, das blonde Fell, den dünnen kleinen Körper und verfluchte die Idee des Wichtelspiels. War das die Strafe, wenn man versuchte, schöne Erinnerungen wieder hervorzuholen und lebendig werden zu lassen? Wurde die Gegenwart dann zu einem schmutzigen Abklatsch der Vergangenheit? Bisher hatte das Spiel, das ihr Zusammensein früher so sehr bereichert hatte, nur zu Ärger geführt. Niklas war mit Simone aneinandergeraten, Alexandra war von Sebastian enttäuscht, weil er wohl von Anfang an nicht vorgehabt hatte, am Wichtelspiel teilzunehmen, da er nicht gesagt hatte, dass er seinen eigenen Namen gezogen hatte. Und von seiner Idee,

Claudia die Kleidungsstücke zu geben, war er auch nicht mehr überzeugt.

Gerhard richtete sich auf, straffte die Schultern, löste die Anspannung, die ihn Ober- und Unterkiefer aufeinanderpressen ließ, als könnte er alle Probleme auf diese Weise einfach zwischen den Zähnen zu Staub zermalmen. Dann schüttelte er sich und nun war auch die Angst verschwunden.

Er wandte den Blick von der Schneelandschaft ab und kehrte ins Wohnzimmer zurück. Der Hund hatte sich am Kamin auf Alexandras Jacke zu einer Kugel zusammengerollt, so eng in sein eigenes Fell gekuschelt, dass nicht mehr zu erkennen war, wo sich der Kopf befand.

Gerhard setzte sich auf die nun eingeklappte Couch, auf der bei Nacht Claudia und Holger schliefen. Claudia deckte den Tisch zum Essen, schnitt die Torte auf und verteilte die Stücke auf Teller. Alexandra saß mit hochgelagertem Bein im Lehnstuhl und beobachtete den Hund. Holger kochte gemeinsam mit Antonia, während Simone und Niklas abspülten. Obwohl sie alle ihre Tätigkeiten fortführten, war Gerhard klar, dass sie auf eine Erklärung von ihm warteten und auf ein Einlenken. Die Geräusche beim Abwaschen waren gedämpft, als würde Niklas jeden Teller besonders vorsichtig abstellen und Holger betont umsichtig mit den Gewürzen hantieren.

»Ich war beim Arzt«, sagte Gerhard. Die Worte, die er sich oben zurechtgelegt hatte, waren nun vergessen. Er wollte ihnen nicht den geringsten Anlass zur Panik geben. »Tumor« – der Begriff fiel schon mal raus, obwohl er auf dem Überweisungsschein ins Krankenhaus gestanden hatte. »Es gab Unstimmigkeiten bei der üblichen Blutuntersuchung. Ein paar Werte waren nicht in Ordnung.« Er schnappte nach Luft. Seine Knie zitterten, ohne dass er es abstellen konnte. Er nahm ein Sofakissen und legte es sich über die Beine. Dass das Reden schwer werden würde, wusste er, aber dass solche Panik in ihm aufstieg, damit hatte er nicht gerechnet. »Dann war dort etwas unterhalb der Rippen, das heißt, es ist immer noch da. Wie ein Hubbel, ein Tennisball, den ich runtergeschluckt habe. Sie haben im Krankenhaus eine Gewebeprobe entnommen.«

Holger fiel der Topfdeckel aus der Hand und schlug mit einem Krachen auf dem Boden auf.

»Ist das schlimm?«, fragte Niklas. Er lief zu Gerhard hin und setzte sich auf den Schoß seines Großvaters.

Das Kissen rutschte beiseite, doch das machte nichts, denn Niklas war mit seinen dreizehn Jahren so schwer geworden, dass er das Zittern mit seinem Körpergewicht niederdrückte.

»Und wann hast du das Ergebnis?«, fragte Simone.

»Gestern. Eigentlich.« Gerhard lehnte seinen Kopf gegen Niklas' Rücken und atmete den Geruch nach Zitronenduschgel und Plätzchen ein, der von ihm ausging. Er schloss die Augen, um den Duft intensiver wahrzunehmen. »Eigentlich. Sie haben blöderweise nicht angerufen von der Arztpraxis, obwohl ich ihnen meine Festnetznummer von hier und auch meine Handynummer gegeben habe. In der Früh bin ich extra noch auf die andere Seite des Sees gefahren, um zu sehen, ob ich einen Anruf verpasst habe. Aber da war nichts. Kein Anruf, keine Nachricht.« Mit einer Handbewegung bedeutete er Alexandra, die aufstehen wollte, sitzen zu bleiben.

»Kann ich das mal fühlen? Diesen Tennisball?«, fragte Niklas.

»Niklas!«, rügte Claudia mit einem Kopfschütteln.

Gerhard nahm Niklas' Hand und führte sie zu seinem Bauch. Er wusste, dass der harte Knubbel leicht zu ertasten war.

»Oh.« Niklas zog seinen Arm zurück. »Stirbst du jetzt?«

»Niklas!«, riefen nun Claudia und Holger wie aus einem Mund.

»Lass den Jungen.« Die Reaktion von Niklas war wie sein eigenes Erschrecken, als er realisiert hatte, dass es dort etwas gab, das ihm möglicherweise wirklich gefährlich werden könnte. Dann wandte er sich an seinen Enkel. »Ich weiß es nicht. Das ist das Schlimmste. Ich weiß gar nichts.«

»Das darf nicht wahr sein. Du sitzt da und wartest einfach ab? Hast du denn nicht versucht, in der Praxis anzurufen? Sie können dich doch nicht in dem Zustand in den Urlaub fahren lassen!« Simone wurde lauter, bis sich ihre Stimme überschlug.

»Noch lebe ich!« Gerhard machte sich keine Mühe, seine Wut zu verbergen, die jedoch schnell wieder abflaute, kannte er Simone doch genau, wie sie sich immer aufregte, wenn etwas ihrer Kontrolle entglitt. Es hatte gar nichts mit ihm zu tun. »Meinst du, es wäre besser, ich würde meine eigene Beerdigung organisieren, anstatt dass wir uns alle hier treffen?«

»Dann geh jetzt ans Telefon und ruf an«, sagte sie.

»Es ist dauerbesetzt. Ich habe es schon oft genug probiert. Gestern und heute auch. Ich bin nicht blöd.«

»Probier es weiter. Wie ist die Nummer?«

»Weiß ich nicht auswendig.« Gerhard ließ Niklas los, der sofort zu dem Hund eilte. Das Tier wachte auf, drehte sich auf den Rücken und rekelte sich. Dabei streckte es die Beine in die Luft und strampelte wie ein Welpe.

Simone ging zum Telefon, machte aber auf halbem Weg kehrt. »Ach ja, bei diesem alten Gerät gibt es ja nicht mal einen Nummernspeicher. Wo hast du dir die Nummer denn notiert?«

Gerhard zog einen zerknickten Notizzettel aus seiner Hosentasche. So oft hatte er ihn schon herausgezogen und wieder weggesteckt, dass das Papier ganz brüchig geworden war, die Schrift mit Bleistift darauf verschmiert.

Simone wartete nicht ab, bis er ihr den Zettel reichte, sondern nahm ihn ihm aus der Hand. Gerhard protestierte schwach. Er hasste es, wenn sie mit anderen umsprang, als wären alle ihre Grundschulkinder. Andererseits – sollte sie es doch selbst probieren und anrufen. Wenn sie Glück hatte, hätte er Gewissheit, wenn sie wie er nicht durchkommen würde, wäre damit das Thema zumindest vorerst erledigt.

»Dann mach du mal«, sagte er. »Ich bin müde. Ich geh eine Viertelstunde hoch, um mich kurz hinzulegen. Das Essen braucht ja sowieso noch etwas.« Er beeilte sich, die Treppe zu erklimmen, auch wenn sich seine Beine mit einem Mal steif und kraftlos anfühlten. Er wollte jetzt nicht in die Gesichter der anderen sehen, nicht ihre Ratlosigkeit oder ihren Schmerz entdecken. Flucht war die einzige Möglichkeit, sich von dem Gefühl zu befreien, er müsste die anderen trösten und ihnen Beistand leisten. So gern würde er etwas sagen, das die Tatsachen relativierte, dass er ja ein langes gesundes Leben gehabt hatte, dass er sowieso damit rechnete, dass es irgendwann vorbei sein könnte, dass er glücklich gewesen war mit seiner Ehe, dem Beruf, den Kindern. Aber all das wäre gelogen. Der Tod blieb der Tod. Und er wurde nicht leichter, wenn das Leben schön gewesen war. Es war Gerhard egal, dass er keine sechzig mehr war. Das alles war unwichtig, weil er nur eins wollte: leben! Und das mit jeder Zelle seines Körpers, mit all seiner Kraft. Er war nie jemand gewesen, der sich mit etwas abfinden konnte, was ihm nicht gefiel. Auch das Gerede, dass es nur die Angst vor dem Sterben war, dass der Tod selbst ja nicht so schlimm sei, konnte er nicht ertragen. Es war ihm egal, ob es ums Sterben ging oder ums Totsein. Er wollte nichts davon. Nein, er war nicht tapfer. Mit der Tapferkeit hatte er schon 1945 abgeschlossen, wie auch mit dem bedingungslosen Pflichterfüllen. Er wollte einfach nur leben, atmen, barfuß im Sommer ganz früh am Morgen über die Wiese gehen. Die Nordlichter sehen. Im Sommer hierhin zurückkehren und Blaubeeren suchen an den Stellen, die Sessa ihm gezeigt hat.

»Papa!«

Noch bevor er oben angekommen war, riss Simones Stimme ihn aus seinen Gedanken. Sie hielt ihm das Telefon entgegen, konnte aber nicht näher zu ihm heran, weil die Schnur zu kurz war. Wie sie dort stand in ihrer schwarzen Kleidung, sah sie aus wie der leibhaftige Tod, fand er.

Sie nahm den Hörer und sagte: »Hier ist er.« Mit einem Kopfschütteln legte sie das Telefon auf die unterste Stufe, ging zu ihm, hakte sich ein und zog ihn treppab. Er musste aufpassen, um nicht zu stolpern. Dann hielt sie ihm den Hörer ans Ohr. Er setzte sich auf die Treppe und schob sie beiseite, bedeutete ihr mit der Hand, zu den anderen ins Wohnzimmer zu gehen, um ihn in Ruhe telefonieren zu lassen.

»Ja, hier bin ich.« Seine eigene Stimme kam ihm fremd vor und alt. Uralt. »Gerhard Schlüter.«

»Wir haben schon versucht, Sie zu erreichen, aber bei Ihnen zu Hause geht niemand an den Apparat.«

»Ich bin in Schweden, habe doch meine Nummer dagelassen, vom Festnetz und vom Handy.«

»Wem haben Sie die Nummern gegeben? Hier im Computer sehe ich keine Notiz. Aber gut, dass Sie anrufen. Einen Augenblick, ich stelle Sie zur Frau Doktor durch.«

»Warten ...«, begann Gerhard, dann erklang scheppernd die Melodie von »Für Elise«. Er war in der Warteschleife gelandet. Sein Blick fiel auf Simone, die noch immer unten an der Treppe stand und ihn beobachtete, anstatt weiter in die Wohnküche zu gehen.

»Jetzt geh schon und mach bitte die Tür hinter dir zu!« Die Worte kamen aggressiver und heftiger, als er es eigentlich wollte.

Simone wandte sich ab und tat, was er ihr gesagt hatte. Durch die geschlossene Tür hörte er die Stimmen der beiden Kinder. Er fragte sich, wie er es je schaffen sollte, den anderen ein negatives Ergebnis mitzuteilen, wenn er es nun bekommen würde. Er wollte zwar nicht sterben und nicht tot sein, aber wenn er an eine Chemotherapie, an Operationen und Bestrahlungen dachte, wurde ihm übel. Schon die Entnahme der Gewebeprobe hatte ihm die letzte Kraft geraubt, sodass er tagelang wie betäubt durchs Haus gewankt war.

»Herr Schlüter?« Gerhard erkannte die Stimme der Ärztin, die mit ihm das Vorgespräch für die Operation geführt hatte.

»Ja.«

»Die Biopsie ist ohne Befund.«

»Bitte?« Er begriff nicht, was sie meinte, und stellte sich vor, sie zu schütteln, damit sie klar und deutlich mit ihm redete.

»Sie können Ihren Urlaub unbeschwert genießen. Bei der weiteren Untersuchung sind keine Auffälligkeiten festgestellt worden. Es ist ein Lipom, eine Fettgewebsgeschwulst. Diese Wucherung von Fettzellen ist gutartig. Solange dadurch keine Beschwerden verursacht werden, würde ich von einer Operation abraten, da sie häufig an derselben Stelle wieder auftreten. Und wenn ich Ihre Blutwerte betrachte: Sie sind kerngesund wie kaum jemand in Ihrem Alter. Von solchen Werten würde manch Fünfzigjähriger träumen. Aber noch einmal zum weiteren Vorgehen: Falls Sie Beschwerden haben, Schmerzen oder Bewegungseinschränkungen, ist es möglich, mit einer Operation oder einer Absaugung …«

Die folgenden Worte verschwanden hinter einem Rauschen, das Gerhard aus seinem Inneren hörte. Das Pulsieren seines Blutes war wie das Heranrollen und Zurückziehen von Wellen, als stünde er am Meer, um in die Ferne zu blicken. Nie hatte er sich lebendiger gefühlt.

»Danke!«, unterbrach er die Erklärungen und Überlegungen der Ärztin. »Ich kann Ihnen gar nicht mehr richtig folgen. Das ist so eine Erleichterung. Danke! Ich brauche keine Operation. Keine Absaugung oder sonst was. Ich habe keine Beschwerden.« Er dachte an das leichte Druckgefühl, wenn er eine enge Hose trug, aber das konnte er auch gut ignorieren oder eben weitere Hosen anziehen. Er war mit seiner Familie, mit allen, die er liebte, in dem Haus, das ihm am meisten auf der Welt bedeutete.

Es war sein Geburtstag. Morgen war Heiligabend. Im Sommer würde er wieder hierherkommen. Ein größeres Geschenk gab es für ihn nicht.

»Wir sollten einen Termin zur Kontrolle …«

»Es ist nicht notwendig. Nicht jetzt. Ich melde mich wieder«, sagte er und verabschiedete sich.

All die Erschöpfung war verschwunden. Er riss die Tür so heftig auf, dass sie Holger gegen den Rücken knallte.

»Entwarnung!« Nun musste er sich doch am Türrahmen festhalten. Er kam sich vor, als hätte ihm ein Henker den Strick bereits um den Hals gelegt, einen Sack über den Kopf gestreift, um ihm dann zu sagen: April, April. Freude, Erleichterung, Panik, Fassungslosigkeit, Erschöpfung und Nervosität, alle Emotionen überschwemmten ihn gleichzeitig.

»Es ist harmlos«, sagte er und drückte Simone an sich. »Danke, dass du angerufen hast. Dass du dich von mir nicht hast davon abbringen lassen. Also: Los werdet ihr mich noch lange nicht.« Er lachte, woraufhin der Hund zu bellen begann, als wollte er daran erinnern, um was es ursprünglich gegangen war.

»Ich habe mir schon einen Namen ausgedacht. Es ist ja ein Rüde. Bosley«, meinte Niklas. »Was meinst du dazu?«

»Autsch!« Antonia verzog das Gesicht, als hätte sie Schmerzen. »Wie megapeinlich ist das denn? Boss. Auweia.«

»Das hat gar nichts mit Boss zu tun. Das ist Englisch, du Hirni.«

»Meinst du, das weiß ich nicht?«

»Jetzt lasst Opa doch erst mal in Ruhe. Komm, setz dich, Paps. Soll ich dir etwas zu trinken holen?«, fragte Claudia.

»Fritz. So soll er heißen. Kurz und bündig.« Gerhard hätte gewettet, dass der Hund schon auf den Namen reagierte, denn als er »Fritz« hörte, stellte er beide Ohren auf und hob den Kopf.

# 17

Claudia konnte sich nicht erinnern, wann sie zuletzt einen Mittagsschlaf gehalten hatte. Nun befürchtete sie, den Tag ohne eine zusätzliche Portion Schlaf nicht zu überstehen, obwohl sie die Nacht gut geschlafen hatte. Die Schwangerschaft erschöpfte sie mehr, als sie es sich eingestehen wollte. Doch beim Aufwachen fühlte sie sich noch schlapper als zuvor. So schlimm die Befürchtung gewesen war, ihr Vater könnte ernsthaft erkrankt sein, so sehr wünschte sie sich, ihre eigenen Zweifel und Sorgen ließen sich ebenfalls mit einem Anruf aus der Welt schaffen. Langsam wurde ihr klar, dass es im Resultat das Gleiche war, unabhängig davon, welches Ergebnis sie bekäme. Die Unsicherheit bliebe, die Angst und auch die innere Zerrissenheit. Das Kind war gesund? Das beantwortete nicht die Frage, wie es ihr gelingen konnte, sich um einen Säugling zu kümmern. Das Kind war krank oder fehlgebildet? Eine Entscheidung für oder gegen das Kind treffen, das konnte sie nicht. Was, wenn es von selbst sterben würde? Claudia presste ihr Gesicht gegen das Kopfkissen, um nicht aufzuschreien. Es war und blieb eine Zwickmühle. Die einzige Möglichkeit war, sich auf den Alltag zu konzentrieren, auf das, was anstand. Sie richtete sich auf und holte die Fotos, die sie für Holger ausgedruckt hatte, aus ihrer Handtasche, dazu die noch ungeöffnete Packung Flüssigkleber.

Ein Skizzenbuch hatte sie von Antonia bereits bekommen. Sie machte es sich auf Gerhards Bett gemütlich, breitete die Abzüge aus und begann, die Bilder anzuordnen und sie einzukleben. Es hatte etwas Tröstliches, sich all die Momente zu vergegenwärtigen, in denen das Leben völlig in Ordnung gewesen war. Jedes Bild war wie ein Leuchtfeuer auf stürmischer See, an dem sie versuchte, sich innerlich festzuklammern.

Es klopfte so leise an der Tür, dass sie es fast überhört hätte. Schnell breitete sie die Decke über ihre Fotoarbeit.

»Ja?«, fragte sie.

Niklas öffnete die Tür und lugte herein. »Darf ich zu dir kommen? Unten ist so ein Trubel.«

Claudia klopfte mit der Hand neben sich. »Na dann.« Sie zog die Decke zurück, damit mehr Platz entstand.

»Wow! Für Papa, oder?«

Sie nickte.

»Da freut er sich bestimmt.«

Claudia lächelte. Das war ja auch der Sinn der Sache! Sie genoss die Nähe zu Niklas, wie er sich zu ihr setzte, sein von Simone geschenktes Buch aufschlug und ein schwedisch-deutsches Taschenwörterbuch danebenlegte, wie sie einfach beieinandersaßen und jeder seiner Beschäftigung nachging. Immer wieder warf sie einen Blick zu ihrem Sohn. In kleinen Buchstaben schrieb er Übersetzungen zwischen die Zeilen. Anhand der Kupferstiche wusste sie, um welches Märchen es ging. Dass der Besuch des Antiquariats Niklas so eine Freude bereitet hatte, war für Claudia noch immer eine der größten Überraschungen dieser Reise, vor allem, weil die Worte für Niklas in der fremden Sprache ein einziges Geheimnis waren. Doch er schien sich vorgenommen zu haben, diesem Rätsel auf die Spur zu kommen.

Claudia wünschte sich, Niklas an sich zu drücken, wie sie es früher immer getan hatte, als er noch ein kleiner Junge gewesen war. Aber sie wusste, dass er es nicht mehr wollte. Es hatte damit angefangen, dass der Abschiedskuss vor der Grundschule peinlich geworden war. Sie hatte ihm nur zunicken dürfen, bevor er im Schulgebäude verschwunden war. Zu Hause hingegen war er auf sie geklettert, hatte auf ihrem Schoß gesessen, hatte ihr Küsse auf die Wange gedrückt. Inzwischen hielt er meistens ein oder zwei Meter Abstand und die waren wie eine unüberwindbare Mauer zwischen ihnen. *So ist der Lauf des Lebens*, sagte sich Claudia. Sie kniff die Augen zusammen und drückte mit den Fäusten dagegen, um die aufsteigenden Tränen zu bekämpfen. Jetzt, gerade jetzt hätte sie alles dafür gegeben, diese Nähe noch einmal zu erleben, ein Baby im Arm zu halten, den Geruch nach Süße, Babyhaut und Milch zu riechen. Die Baby- und Kleinkindphase ein letztes Mal auszukosten, wo die Grenzen zwischen Menschen verschwinden konnten, wo es nicht mehr nur ein Ich oder Du gab, sondern ein einziges warmes Wir.

Doch so plötzlich die Sentimentalität aufgetaucht war, so schnell war sie wieder verschwunden. Claudia wusste nur zu gut, was es hieß, vor lauter Müdigkeit durch den Tag zu wanken, das Telefon im Kühlschrank abzulegen und die Milchtüte neben die Ladestation zu stellen. Durchwachte Nächte waren ihr früher schon nicht leichtgefallen und inzwischen fiel es ihr auch ohne Säugling schwer, wieder einzuschlafen, wenn sie einmal mitten in der Nacht aufgewacht war.

Sie hob das letzte Bild von der Matratze auf und klebte es ein. Dann schlug sie den Skizzenblock zu und stand auf.

»Ich gehe runter. Kommst du mit?«, fragte sie.

Niklas schüttelte den Kopf und sah nicht von seinem Buch auf.

»Na dann …« Sie verließ den Raum und schloss die Tür hinter sich.

Unten erklangen die Stimmen im üblichen Plauderton, der sie so sehr an früher erinnerte. Es war fast kein Unterschied erkennbar zu damals, als ihre beiden Eltern unten gesessen und sich unterhalten hatten. Dieses Unaufgeregte, das hatten sie alle von Gerhard übernommen. Konflikte tauchten auf wie ein Gewitter, aber sie verschwanden ebenso schnell wieder, meistens jedenfalls.

»Tadaaa«, rief sie und überreichte Holger das Fotobuch. »Mein Geschenk für dich.«

»Danke!« Er setzte sich und schlug das Skizzenbuch auf. Antonia beugte sich über ihn. Während Antonia etwas zu den Bildern erzählte, wurden die Kommentare, die Holger dazu gab, immer weniger, bis er vollständig verstummte. Sein anfänglich vorsichtiges Blättern wurde ruckartig, seine Gesichtszüge starr. Antonia schien die Veränderung nicht zu bemerken, sie redete unbeschwert weiter, lachte dabei.

»Was ist denn?«, fragte Claudia.

Holger sah auf. »Was soll schon sein?«

»Gefällt es dir nicht?«

Er stieß die Luft mit einem scharfen Zischen aus, klappte das Heft zu, ohne es zu Ende angesehen zu haben. »Ich habe mich heute noch gar nicht bewegt. Kommt jemand von euch mit raus? Eine Runde um den See?«

»Spinnst du jetzt total?« Claudia wollte ihn festhalten, doch er schüttelte ihre Hand ab. »Hey, ich rede mit dir!«

»Ist schon angekommen. Danke, das wäre nicht nötig gewesen. Du hättest es mir auch so sagen können, anstatt extra so einen Aufstand mit den Bildern zu machen und es als Geschenk zu verpacken.«

»Was denn?« Sie verstand beim besten Willen nicht, was er meinte.

»Komm, lass einfach gut sein.« Er zog seine Schuhe an und verließ das Haus. Seine Spuren gruben sich tief in den Schnee ein. Bei jedem Schritt versank er fast bis zum Knie. Ein ungeeigneteres Wetter zum Joggen gab es kaum.

Claudia verzichtete darauf, ihm zu sagen, dass es wohl nicht besonders klug war, das Haus in Turnschuhen zu verlassen, dass es zu kalt für die dünne Regenjacke war und er die Fleecejacke darunter bräuchte. Sollte er doch frieren!

Mit einem Knall schloss sie die Tür hinter ihm.

»Was hat Papa denn?«, fragte Antonia.

»Ich bin keine Hellseherin.«

»Bloß, weil ihr Zoff habt, brauchst du mich nicht auch noch anzupampen! Na toll. Ihr beide seid die Meister im Stimmungverderben! Ich gehe raus. Schlittschuhlaufen.«

»Warte!«, rief es von oben. »Ich will mit.«

»Dann mach, dass du zu Potte kommst, ich gehe schon mal vor.« Antonia nahm die Schlittschuhe und ihre Jacke, klemmte sich beides unter den Arm und verließ das Haus.

»Ist was?«, fragte Niklas. Er blickte sich suchend um.

»Alles in Ordnung«, log Claudia und ging an Niklas vorbei ins Obergeschoss zum Bett, wo sie sich hinlegte. Sie hörte die Stimmen von Niklas und Antonia, die leiser wurden, je mehr sie sich entfernten.

Einige Zeit später kehrte sie in die Wohnküche zurück. Holger und die Kinder waren noch immer draußen. Was passiert war, begriff sie nicht, doch es half auch nicht, weiter darüber nachzugrübeln. Sie setzte sich zu ihren beiden Schwestern, die Gerhard zuhörten. Gerhard unterbrach kurz, bis Claudia sich gesetzt hatte. Es war so ruhig, dass nur das Knacken des Feuers zu hören war und ein leises Schnarchen des Hundes. Er lag wie eine Katze eingerollt vor dem Kamin und rekelte sich. Dann fuhr Gerhard fort.

# 18

## MITTE APRIL 1945, BEI PATAHOLM, SMÅLAND

Zuerst halte ich die Stimme nur für eine Halluzination, geboren aus meinen Wünschen und Hoffnungen. Dann wird sie immer deutlicher.

»Gérard!«

Ich sollte weitergehen, doch Sessas Rufen lässt meine Hände zittern und ein Rauschen in meinem Kopf entstehen.

»Hier bin ich.« Meine Hand gleitet in die Hosentasche, tastet nach dem farbigen Sand. Das Blau ist weich wie Puder.

Nun fällt mein Blick auf das Wohnhaus auf der anderen Seite des Sees, obwohl ich niemals mehr zurückschauen wollte. Die Fenster leuchten warm und hell, wie ein Leuchtturm in der Dunkelheit. Sessa erreicht mich außer Atem. Sie beugt den Oberkörper vor, stützt die Hände auf die Oberschenkel. Sie hustet und keucht, ihr Gesicht ist gerötet.

»Ich wollte dich eher suchen, aber sie haben mich eingesperrt«, sagt sie und mir wird klar, was für ein Wunder sie vollbracht hat. Noch bei meiner Ankunft bei ihrer Familie habe ich kein Wort verstanden, nun fällt es mir so leicht, ihrer Sprache zu folgen und ihr zu antworten, als würde ich schon Jahrzehnte hier leben.

Ich stülpe meine Hosentasche um, lasse den Sand in meine Handfläche gleiten, reiche ihn Sessa.

»Für deine Bilder. Damit kannst du den Himmel malen. Oder ein …« Das Wort kenne ich nicht, deshalb sage ich es so, wie es mich meine Eltern gelehrt haben: »… Vergissmeinnicht.«

Sie lächelt.

»Eine Blume. Sie hat hellblaue Blüten. So klein.« Ich zeige den Abstand mit Daumen und Zeigefinger. »Auch hier gibt es sie. Am Sumpf auf der anderen Seite des Sees und im Wald. Es ist die schönste Blume, die ich je gesehen habe.«

»Komm zurück.« In der einen Hand hält sie das Blau, mit der anderen umklammert sie meine Jacke.

»Ich kann nicht. Das ist völlig unmöglich. Es würde nur Streit geben. Und Inger verzeiht mir nie.«

»Das stimmt nicht. Sie ist wütend auf mich, nicht auf dich. Ich wollte, dass niemand den Irrtum bemerkt. Es ist allein mein Fehler.«

Ich schüttle den Kopf. Sessas Mutter würde sich nie mehr mit meiner Anwesenheit abfinden.

»Morgen bringe ich dir Essen. Wenn du nur wartest«, sagt Sessa.

»Du solltest mich vergessen. Ich bin ein Lügner. Ich komme nicht aus Genf. Ich habe Christer nicht verstanden, wie er Französisch geredet hat, weil ich Deutscher bin. Soldat. Ich habe gekämpft im Krieg und bin weggelaufen.« Es tut gut, das auszusprechen, was ich so lange versucht habe zu verbergen. Dabei merke ich, wie es mich erschöpft hat, die Lügen Tag für Tag aufrechtzuerhalten. Nun ist die Angst vor der Entdeckung weg und nichts bleibt außer einer endlosen Müdigkeit.

»Ich weiß.« Sessa streichelt mich an der Stirn. »Ich wusste es doch vom ersten Tag an.«

Alles in mir drängt danach, sie zu halten, sie zu umarmen und nie mehr loszulassen. Sie braucht es nicht zu erklären, es steht wie ein Ausrufezeichen hinter allem, was sie sagt: Sie liebt mich, wie ich sie auch liebe. Deshalb, obwohl sie die Wahrheit gewusst hat, hat sie mich beschützt, sich jeden Abend, wenn die anderen schon schliefen, mit mir am Brunnen getroffen, wurde zu meiner Lehrerin. Was mag sie noch für mich getan haben, außer Briefe zu fälschen? Ich weiß, dass ich in dieser Angelegenheit niemals eine Antwort erhalten werde.

»Woher?«, frage ich. »Woher wusstest du von meiner Vergangenheit?« Selbst ihr gegenüber habe ich geschwiegen.

»Du schreist im Schlaf. Und du redest. Ich verstehe nicht jedes Wort von dem, was du dann sagst. Aber ›Kanonen‹ und ›Tod‹ – es ist nicht schwer zu erraten, was damit gemeint ist.«

»Und die anderen wissen es auch?«

»Nein. Sie schlafen immer sehr fest.«

Ich führe mir die Situation mit Christer vor der Haustür noch einmal vor Augen. »Christer …« Wenn Christer ahnt, wer ich wirklich bin – ich wage nicht, mir die Konsequenzen auszumalen. Beim Gedanken an meine Vergangenheit, daran, was alles geschehen ist, und im Gegensatz dazu die Idylle an diesem Ort werde ich von einem Gefühl der Fremdheit mitgerissen. Es schnürt mir die Kehle zu, lässt mich frieren. Ich versuche vergeblich, mich zu beruhigen. »Und, was weißt du schon von mir? Vom Krieg? Du kennst mich doch gar nicht richtig. Was weiß ich von dir?«, frage ich. »Genauso wenig.«

»Was willst du denn wissen?«

Ich blicke wieder zum Wohnhaus und die Erinnerung an die Wochen dort erfüllt mich mit Trauer. Wie konnte ich es nur zu einer Selbstverständlichkeit werden lassen, mit der Familie abends am Tisch zu sitzen? Erst jetzt wird mir klar, welch ein Privileg es war. Wie zerbrechlich das Schöne dieser Welt ist.

»Wie alt bist du?«, frage ich.

»Vierzehn.«

»So alt!«

»Alt?« Sie lacht. »Und du?«

»Sechzehn.«

»Wir sollten im Haus weiterreden. Du solltest etwas essen. Es sind noch Reste der Suppe da. Dann kannst du dich schlafen legen und ich mich auch. Jetzt zu verschwinden, das ist feige.«

Ich stelle mir vor, ich würde es wirklich tun, einen Schritt vor den anderen setzen, um den See herumlaufen neben Sessa, Hand in Hand, mit ihr durch die Haustür gehen, weiter in die Küche. In Gedanken sehe ich sie vor mir, die zwei kleinen Mädchen. Mats in seiner Gutmütigkeit und Versöhnungsbereitschaft. Inger in ihrer Wut.

»Inger wird mir nie verzeihen«, flüstere ich. »Niemals.«

»Sie hat es längst.«

Ich glaube Sessa nicht. Solange ich nicht genau weiß, was Mats und Inger von meiner Herkunft und Vergangenheit erfahren haben, kann ich nicht zurückkehren. Was, wenn sie mich verhaften lassen? Wenn ich zurückgebracht werde in die Heimat? Wenn ich angeklagt werde? Oder direkt ohne Urteil hingerichtet? Selbst Mats kann ich nicht mehr trauen, weil ich ahne, wie er sich entscheidet, sollte er zwischen seiner Frau und mir wählen müssen.

»Du bist wirklich feige.« Sessas Worte klingen hart. »Du denkst nur an dich.« Sessa dreht sich um.

Ich folge ihr voller Wut, will ihr beweisen, dass es nicht stimmt, was sie mir vorwirft. Obwohl ich sie festhalte, entwindet sie sich jedes Mal meinem Griff und stürmt weiter voran. Nebeneinander erreichen wir das Haus. Nacheinander gehen wir durch die Haustür, treten in die Küche ein. Sessa lässt in aller Ruhe den blauen Sand in eine Schüssel gleiten und klopft sich die Hände an ihrem Rock ab. Ihre Finger zeichnen blaue Wolken auf den Stoff.

Meine Rückkehr erinnert mich an früher, als ich mit Freunden zu lange weg gewesen und nicht pünktlich zum Essen gekommen bin. Als ich eine schlechte Note beichten musste. Als ich mir den Fuß gebrochen habe, weil ich verbotenerweise versucht habe, auf einem der Esel zu reiten, obwohl es uns Kindern streng verboten war, die Koppel zu betreten. Nur ist die Aufregung intensiver als bei all den früheren Situationen zusammen. Mir bleibt die Luft weg. Ich habe Angst zu ersticken.

Schon bei der Begrüßung wird mir klar, dass Sessa mich nur beruhigen wollte, dass sie die Lage beschönigt hat. Inger sagt nicht »Setz dich«, wie sie es sonst immer abends bei meiner Ankunft tat. Sie fragt nicht wie üblich: »Hast du Hunger?«

Sie stellt den Teller mit einem solchen Schwung vor mir auf den Tisch, dass die Suppe überschwappt – wie ein Henker, der mit dem Schwert zum Schlag ausholt. Sie wischt das Verschüttete auch nicht auf, sondern widmet sich den Löffeln in der Schublade, die sie einen nach dem anderen mit einem weichen Tuch poliert. Dabei dreht sie mir den Rücken zu. Es ist, als würde die Anspannung zwischen ihr und mir knistern. Ich halte die Luft an, um besser zu hören. Da ist es wieder, das dumpfe Grollen, als käme es tief aus dem Erdinnern. *Es existiert nicht*, sagt mir mein Verstand, doch das macht es nicht besser. Ich konzentriere mich auf meine Füße, darauf, dass unter den Sohlen der Boden still und unbeweglich bleibt, dass es weder das Grollen noch das Vibrieren in Wirklichkeit gibt.

Mats blättert in einem Märchenbuch, dann liest er Kalla und Yva daraus vor. Er beachtet mich gar nicht, ignoriert die verschüttete Suppe und auch seine Frau, die noch immer keinen von uns anblickt. Seine Worte klingen dunkel und sonor, wie ein gleichmäßiger Wind, der durch Bäume weht. Kalla blinzelt bald mit den Augen. Yva hört mit geöffnetem Mund zu. Ich bin froh über das Vorlesen, weil es mich von Inger ablenkt und meine eigenen Gedanken zum Schweigen bringt. Mats' Stimme

116

beruhigt mich so sehr, dass ich essen kann, es schaffe, einen Lappen zu nehmen und das Verschüttete aufzuputzen. Als das Märchen beendet ist, schickt Mats Kalla und Yva ins Bett. Ich drehe mich um, versuche, Sessa irgendwo zu entdecken, doch sie ist verschwunden, wie sie so oft verschwunden ist. Noch immer bin ich nicht dahintergekommen, wo sie sich dann versteckt, was sie tut. Es passiert mehrmals täglich: Mit einem Mal ist sie weg. Und ebenso plötzlich taucht sie Stunden später wieder auf. Jeder in der Familie scheint es für eine Selbstverständlichkeit zu halten.

»Wir müssen gleich reden«, sagt Mats. »Und ihr bleibt oben in euren Betten«, ruft er den Mädchen nach, die auf der Treppe stehen bleiben, anstatt weiterzugehen. Er steht auf und klopft mir auf den Rücken. »Gehen wir.«

Er führt mich nach draußen. Es ist die erste Nacht, in der es nicht friert. Auch wenn die Temperaturen nur knapp über dem Gefrierpunkt liegen – der Winter war so kalt und eisig, dass es mir nun, mit dem gefüllten Magen, fast sommerlich erscheint. Der Mond lässt den See hinter den Bäumen silbrig strahlen. Ich frage nicht, wo unser Ziel ist, sondern gehe neben Mats her. Er ist ganz anders als mein Vater. Vater war distanziert und streng. Wenn ihn etwas gestört hat, hat er herausgepoltert. Früher hat er mir Angst gemacht. Heute denke ich, dass es auch Vorteile hatte mit ihm, weil ich immer wusste, woran ich bei ihm war. Selbst seine Ausbrüche und seine Schläge waren keine Überraschungen, sie kamen so berechenbar, wie sich ein Docht entzündet, wenn man eine Flamme daran hält.

Mats ist weicher. Er spielt mit Kalla und Yva auf dem Fußboden mit Stofftieren und Bauklötzen, er liest ihnen vor, nichts scheint ihn aus der Ruhe zu bringen. Aber manchmal bricht es aus ihm heraus, eine Mischung aus Wut, Frustration und Verbitterung, heftiger, als ich es bei Vater je erlebt habe. Einmal hat er sich mit Inger auf diese Weise gestritten, woraufhin Inger einen Tag und eine Nacht lang weggeblieben ist. Einmal ist er mit einem Nachbarn vom anderen Ufer des Sees so sehr aneinandergeraten, dass sie sich blutig geschlagen haben. Ich beobachte ihn genau, doch es ist zu dunkel, um zu erkennen, ob nun so eine Explosion bevorsteht, die sich möglicherweise gegen mich richtet. Ohne mein Zutun ziehen sich meine Schultern hoch, schleiche ich gebückt weiter neben ihm her.

»Ich sollte dich wegschicken«, beginnt Mats.

»Wenn du willst, gehe ich. Ich wollte sowieso schon längst weg sein. Du hast recht. Ich gehe. Jetzt.«

»Du bleibst!«

Wir nähern uns weiter dem See. Durch den leichten Wind schlägt das Wasser in Wellen ans Ufer. Ich höre den Klang. Schlippschlapp. Schlippschlapp.

»Zwei Jahre war Sessa nicht in der Schule.« Mats flüstert nur. Dann stockt er. »Wusstest du das?«

Ich wage nicht nachzufragen, gehe neben ihm her, lausche auf die Wellen. Schlippschlappp. Schlippschlapp. Wir kommen an dem Boot vorbei, das Mats und ich in meinen ersten Tagen hier gemeinsam repariert haben. Ich sehe das aufgehängte Fischernetz, das ich geflickt habe. Wir passieren den Steinhaufen, den mir Sessa gezeigt hat, unter dem sie ein Zeichenbuch versteckt und einen Bleistift, dazu ein paar bunte Tonkugeln.

»Sie hat einfach aufgehört zu sprechen, an dem Tag, an dem ihre Gans gestorben ist. Sie war wie ein Hund für Sessa«, sagt Mats. Seine Stimme klingt fern. »Wir haben sie zu Ärzten gebracht, aber niemand konnte helfen. Es sei eine Halsentzündung, meinte der eine. Die Mandeln müssten entfernt werden, ein anderer. Es sei eine Störung des Geistes, vermutete der dritte. Ein Jahr haben wir alles versucht. Sie war im Krankenhaus zur Entfernung der Mandeln. Wir haben unsere

Ersparnisse für Medikamente und Heiler ausgegeben, die nichts bewirkt haben. Es hat nichts geändert. Sessa blieb stumm und wir haben uns daran gewöhnt. An dem Tag, an dem du gekommen bist, hat sie angefangen zu sprechen. So selbstverständlich, als hätte es die zwei Jahre vorher nicht gegeben. Die Masern hat sie nun auch überstanden und im Sommer wollen wir sie wieder zur Schule schicken. Als du weg warst, hat sie wieder keinen Laut von sich gegeben. Die paar Stunden sind mir wie eine Unendlichkeit vorgekommen. Sie saß neben uns wie ein Wechselbalg oder ein scheues Tier. Stumm. Schwachsinnig. In sich gekehrt mit ausdruckslosen Augen und einem Blick, der hektisch hin und her geht. Wie sie ununterbrochen mit dem Oberkörper geschaukelt hat! So sehr, dass ich mir wünschte, sie an den Stuhl zu fesseln. Ich hätte mich nicht gewundert, wenn sie wie im Märchen irgendwann gesagt hätte: *Ich habe drei Eichenwälder aufwachsen sehen und drei wieder verfaulen.* Sie bringt uns alle damit zur Verzweiflung. Ich habe sie geschlagen. Ja, ich habe es getan, obwohl ich nie die Hand gegen meine Kinder erheben wollte. Sie ist stumm geblieben. Kein Laut lässt sich aus ihr herausprügeln. Wie auch immer. Du kannst nicht gehen.«

Ich nicke, obwohl ich nicht begreife. Warum sollte Sessa schweigen? Und warum sollte sie durch meine Gegenwart zum Sprechen gebracht werden?

»Manchmal denke ich, sie gehört nicht wirklich in die Familie«, fährt Mats fort und hält inne. In meinem Augenwinkel taucht ein kurzes Leuchten auf, wie ein Blitz. Dann wölbt sich hinter dem See ein grüner Leuchtnebel den Himmel empor, dann noch ein zweiter, wie zwei Flügel. Ein Riesenvogel, der über den Himmel schwebt und dabei seine Form unentwegt verändert. Ein rotes Strahlen legt sich fächerförmig über das Grün. Es ist so hell, dass trotz der Nacht das Haus zu erkennen ist, das nun auch oben von dem Grün und dem Rot umschwirrt wird. Mats blickt genauso staunend wie ich auf die schwebenden Lichter.

»Sessa hat gesagt, ich müsse weiter in den Norden, um so etwas zu sehen.«

»Im Norden sind sie häufiger. Das stimmt. Manchmal brauchst du aber gar nicht weit weg. Es ist alles da.«

Wir bleiben weiter stehen und bestaunen das Wabern und Leuchten über uns. Dann wird es wieder dunkel.

»Sessa passt nicht zu uns und wir passen nicht zu ihr«, sagt Mats. »Seit du da bist, glaube ich daran, dass sie ihr Leben in die Hand nehmen wird. Dass sie eine eigene Familie haben kann, Kinder, für die sie sorgt, dass sie einen Schulabschluss schaffen kann und Arbeit finden, einen Mann, der sie liebt. Jedenfalls möchte ich, dass du bleibst. Wegen Sessa. Und mir bist du außerdem eine gute Hilfe geworden. Du bist nicht dumm. Im Gegenteil. Du hast geschickte Hände. Das Arbeiten mit Holz liegt dir. Du lernst, auch wenn du dich anfangs manchmal wie ein Idiot anstellst.«

»Und Inger?« Ich wage es kaum zu fragen.

»Sie ist wütend wegen der Post, die Sessa versteckt hat, wegen des Briefs, den Sessa an unserer Stelle geschrieben hat. Sie denkt, du hast einen schlechten Einfluss. Sessa hat vorher nie gelogen und betrogen.«

Ich überlege, ob Mats selbst merkt, wie komisch das bei näherer Betrachtung klingt: Sicher hat Sessa nicht gelogen oder betrogen. Wer nicht spricht, kann nicht lügen. Das eine setzt das andere voraus. Nur wer redet, hat die Wahl zu täuschen oder die Wahrheit zu sprechen. Die Anspannung der vergangenen Stunden löst sich, ich pruste lauthals los.

»Was ist daran lustig?« Mats knufft mich in die Seite.

»Nichts. Entschuldigung.«

»Du bleibst?«

»Ja.« Ich möchte es laut herausbrüllen, stelle mir vor, ein Rad zu schlagen, wenn ich es nur könnte, doch ich erspare mir die Peinlichkeit, bei dem Versuch, auf den Händen zu landen, vor Mats hinzufallen.

»Nur verrate mir eins.« Er bleibt stehen. Scheint nach den richtigen Worten zu suchen. »Wie heißt du wirklich?«

»Gerhard.« Es hört sich fremd an, wie ich es ausspreche. So kalt und scharf. Ich wünschte, ich könnte einen anderen Namen nennen. Nie hat er mich gestört. Aber seit diesem Tag wünschte ich, Mats hätte mir einen neuen Namen geben können.

# 19

Gerhards Erzählung klang lange in Claudia nach. Zweimal hatte sie als Kind auch die Nordlichter gesehen und wusste noch genau, wie ihr die Worte gefehlt hatten, um das Naturspektakel zu beschreiben. Das Leuchten war wie ein Bote aus einer anderen Welt, der davon kündete, dass Unglaubliches wahr werden konnte, dass die Naturgesetze und der graue Alltag nicht alles waren, was unser Leben bestimmte. Das Gefühl in ihr wurde nun so lebendig, dass sie den Streit mit Holger ganz vergessen hatte. Erst als am Abend Antonia und Niklas schon schliefen und Claudia neben sich Holgers Atem an ihrer Schulter spürte, erinnerte sie sich wieder daran.

»Was war eigentlich am Nachmittag mit dir los?«, flüsterte sie so leise wie möglich, um die Kinder nicht zu wecken. Er drehte sich mit dem Rücken zu ihr auf die andere Seite, atmete gleichmäßig, aber so schnell, dass sie wusste, dass er nicht schlief.

»Wie gesagt, du hättest einfach mit mir reden können. Dass du wegen der Motorradtouren sauer bist, habe ich ja schon geahnt. Bei all der Zeit, die du im Verlag verbringst, brauche ich etwas für mich. Was erwartest du? Soll ich ununterbrochen zu Hause hocken, die Decke anstarren, auch an den Wochenenden, und darauf warten, dass du irgendwann auftauchst?«

Claudia rieb sich die vor Müdigkeit brennenden Augen. »Das ist mir zu hoch. Was hat das jetzt mit dem Geschenk zu tun?« Sie wartete darauf, dass er sich wieder zu ihr umdrehte, was er aber nicht tat. Darum bitten wollte sie ihn nicht, obwohl es sie ärgerte. Was war so schwer daran, sich wenigstens dem anderen zuzuwenden, wenn man miteinander redete? Oder war sie nun diejenige, die überempfindlich war und die Flöhe husten hörte?

»Zwei Fotos gibt es, auf denen wir zusammen abgebildet sind. Und sonst? Erinnerungen an Motorradtouren. Am Lagerfeuer mit Freunden. Beim Weintrinken am Rhein. Auf gepackten Koffern kurz vor der Dienstreise. Beim Streichen der Garage. Und so weiter, und so fort.«

»Und?« Claudia verstand seine Aufregung noch immer nicht und langsam hatte sie keine Lust mehr, darüber nachzudenken, was genau Holger nun aufregte. Also drehte sie sich auch weg von ihm, sodass sie Rücken an Rücken lagen. Wann hatten sie aufgehört, regelmäßig miteinander zu reden? Seit wann war ihre Ehe wie ein Tanz auf einem Minenfeld, wo ein einziges Wort, ein unbedachter Schritt oder eine andere beiläufige Handlung dazu führen konnte, dass irgendetwas explodierte? Wann hatte es begonnen, dass sich zwischen ihnen ein Munitionslager aus alltäglichen Enttäuschungen aufhäufte, das jederzeit in die Luft gehen konnte? Auch darauf wusste sie keine Antwort. Sie dachte an das Kind in ihrem Bauch und ihr kamen die Tränen. Nun hielt sie sie nicht zurück, weil es so dunkel war, dass ihre Trauer sowieso im Verborgenen blieb.

»Also, was ist jetzt?«, fragte sie und spürte die Bewegung hinter sich, wie er sich nun zu ihr drehte, wie sein Mund sich so dicht an ihrem Hals befand, dass sie seinen Atem an der Haut spüren konnte, kühl und stockend. Er küsste sie am Nacken.

»So bin ich nicht, wie du es darstellst. Es ist nicht so, dass ihr keine Rolle in meinem Leben spielt, dass es mir nur um

Motorradtouren und Freizeitunternehmungen geht. Die Kinder sind mir wichtig. Du bist mir wichtig!«

Claudia drehte sich zu ihm. Seine Augen sahen in der Dunkelheit aus wie schwarze Höhlen. Früher hätte sie ihn einfach an sich gezogen und geküsst. Sie ahnte, was er meinte. »Du siehst in der Fotoauswahl eine Anklage? Dass es mir nicht passt, wenn du was mit Freunden unternimmst? Wenn du was für dich machst? Dass ich mich dann zurückgesetzt fühle?«

»Was sonst?«

»Wie kommst du denn darauf?«

Seine Berührung am Arm kam so plötzlich, dass sie zurückzuckte.

»Deswegen«, sagte er. »Meinst du, ich merke nicht, dass irgendwas nicht stimmt? Dass du ... woher soll ich wissen, was mit dir los ist? Ob du sauer bist? Enttäuscht? Wütend? Ich habe keine Lust mehr, mir das Hirn zu verknoten, bloß weil du ... ich weiß ja nicht, was es ist. Und behaupte jetzt nicht wieder, es wäre nichts. Wenn es dich stört, dass ich die Wochenenden für mich verplane, dann sag: Wie wäre es, wenn wir mal zusammen wegfahren? Oder wir gehen eine Pizza essen oder was auch immer. Aber es so zu verpacken, das ist einfach nur armselig.«

»Das habe ich nie so gemeint.« Sie weinte und es war ihr gleichgültig, dass er es sah. Mit den Tränen löste sich all die Anspannung der vergangenen Tage und sie hatte das Gefühl, zum ersten Mal seit Langem wieder tief durchatmen zu können. Nur hoffte sie, dass die Kinder nichts mitbekamen, doch Niklas und Antonia atmeten weiter ruhig und gleichmäßig, bewegten sich nicht. »Ich wollte dir eine Freude machen. Habe die schönsten Bilder rausgesucht, die auf meinem Handy waren. Es ist ja wohl logisch, dass so gut wie keine Fotos von mir oder von uns beiden dabei sind, weil ich nun mal diejenige bin, die mit eben diesem Handy fotografiert. Und der Fotograf ist nie mit abgebildet. Reine Logik. Andere Aufnahmen waren nicht da. Auf dem Handy sind nun mal keine Familienfotos.«

»Dass du jetzt zurückruderst, ist so typisch. Du willst mir wirklich weismachen, es wäre alles in Ordnung?«

»Du kannst mich mal.« Sie drehte sich wieder um, wickelte sich in ihre Decke wie in einen schützenden Kokon und rückte so weit an die Kante des Bettsofas, wie es nur ging. Zum Glück hatten sie wenigstens zwei Decken, eine für Holger und eine für sie selbst, sagte sie sich. So ließ sich ein Mindestmaß an Distanz schaffen.

»Es ist doch was mit dir. Ich weiß auch noch, wann das richtig losging. Du warst schon länger gereizter. Dünnhäutiger. Aber die Krönung, das war der Tag in der Stadt, der Tag, an dem dein Vater uns hierhin eingeladen hat. Du bist wiedergekommen und hattest keines der abgesprochenen Dinge erledigt. Völlig neben dir hast du gestanden. Und jetzt tu nicht so, als würdest du dich nicht erinnern.«

Sie nickte, dann fiel ihr ein, dass er ihr Nicken gar nicht sehen konnte, so, wie sie sich in die Decke eingewickelt hatte. Ihr Hals war wie zugeschnürt. Ihr Herzschlag war so schnell und kräftig, dass sie das Pulsieren bis in die Schläfen und die Fingerspitzen hinein spürte.

»Ja, da war was. Da ist was«, begann sie. »Aber das hat nichts mit dir zu tun. Die Motorradtouren, die Unternehmungen mit deinen Freunden, das stört mich nicht. Überhaupt nicht. Im Gegenteil. Dann muss ich kein schlechtes Gewissen haben, wenn ich bis spät in die Nacht im Verlag bleibe. Und deine gute Laune hinterher, die bleibt noch die ganze Woche danach. Es ist nur …« Sie suchte nach den richtigen Worten. *Ich bin schwanger. Wir sind schwanger. Da ist ein Baby.* Aber ein Baby war es ja nicht, es war einfach ein Embryo und sie wusste nicht einmal, ob er wirklich gesund war. Das hatte sie bei den anderen beiden Kindern auch nicht gewusst. Seltsamerweise hatte sie bei den

Schwangerschaften von Antonia und Niklas nicht diese Panik gehabt. Es waren nur Statistiken. Doch sie hatte die Aussagen der Ärzte aus der Fernsehdokumentation noch genau in Erinnerung: die erhöhte Wahrscheinlichkeit für Fehlgeburten und Schwangerschaftskomplikationen bei älteren Schwangeren. Plazenta Praevia. Thrombosen. Präeklampsie, alles lebensbedrohliche Krankheiten der Mutter. Nierenversagen. Schock. Herzstillstand. Fruchtwasserembolie. Chromosomenstörungen des Kindes. Trisomie 21. Eine endlose Liste mit Katastrophen hatte auch die Frauenärztin aufgesagt. Sie kam sich seitdem nicht mehr wie eine Schwangere vor, der Begriff »guter Hoffnung sein« war zu einer Farce geworden. Sie kam sich vor wie eine Kranke, die ihre Krankheit noch dazu durch eigene Unverantwortlichkeit selbst verursacht hatte.

»Manchmal passiert etwas, das ist völlig verrückt, so verrückt, dass …« Sie schluckte. Ihr Hals war trocken, die Lippen pappten aufeinander. Eine Welle der Übelkeit ließ sie verstummen. Nach ein paar Minuten, in denen sie sich auf ihren Atem konzentrierte, wurde es besser.

»Holger?«, fragte sie.

Er antwortete nicht. Sie strich durch seine Haare, aber auch dann kam keine Reaktion.

»Holger?«

»Lass uns morgen weiterreden. Ich bin todmüde.«

# 20

## SMÅLAND, TAG 4, HEILIGABEND

Zuerst dachte Gerhard, er würde träumen. Dann registrierte er das Winseln neben sich klar und deutlich und erinnerte sich. Fritz. Er schaltete das Nachtlicht ein. Der Hund stand an der Tür und kratzte.

»Du willst raus?«, fragte er.

Der Hund hielt inne, sah Gerhard aus seinen dunklen Knopfaugen aufmerksam an.

»Aber leise«, sagte er, richtete sich auf und wartete, bis der leichte Schwindel vorüber war und er die Umgebung wieder klar erkannte. Gerhard zog seine Cordhose über die Schlafanzughose, über das Schlafanzugoberteil streifte er einen Wollpullover. So vorsichtig wie möglich öffnete er die Tür, doch ein Spalt reichte und für den Hund gab es kein Halten mehr. Er zwängte sich durch die Ritze, polterte die Treppe hinunter zur Eingangstür, so laut, als würde jemand eine Kiste voller Bücher über den Stufen auskippen. Was er wollte, war nun überdeutlich.

Kurz hielt Gerhard inne. Alles blieb ruhig. Trotz des Lärms schien niemand im Haus aufgewacht zu sein. An der Garderobe schlüpfte er noch barfuß in die Stiefel und zog sich seine Jacke über. Beim Öffnen der Haustür wehten Schneeflocken herein.

Schnell schloss Gerhard die Tür hinter sich, damit der Flur trocken blieb. Der Hund rannte zum Brunnen und erleichterte sich. Doch anstatt zurückzukommen, buddelte er irgendetwas Rundes aus dem Schnee, einen Klumpen Erde oder einen verrotteten und gefrorenen Apfel, das konnte Gerhard wegen der Dunkelheit nicht genau erkennen. Der Hund warf den Klumpen in die Höhe und jagte danach, wieder und wieder. Das Schleudern in die Luft wurde wilder und ausgelassener, bis er nicht nur seinem Klumpen hinterhersprang, sondern auch versuchte, den aufspritzenden Schnee zu fangen. Gerhard lachte laut auf. Das war kein Hundesenior, sondern ein Tier, das Bewegung brauchte, das sich austoben musste. Allein der Tag und die halbe Nacht im Haus schienen Fritz so gelangweilt und seine Geduld so strapaziert zu haben, dass er sich nun wie ein Flummi bewegte. So ging es vielleicht eine Viertelstunde lang. Dann kehrte der Hund hechelnd mit heraushängender Zunge zu Gerhard zurück und versuchte, seinen Durst mit Schnee zu löschen, verschluckte sich aber dabei.

»Hey! Wenn du langsamer machst, läuft das Leben dir nicht davon!«

Gerhard nahm Fritz hoch. Eisklumpen hingen am Bauch und an den Pfoten. So trug Gerhard das zappelnde Bündel ins Badezimmer, um den Schnee in der Wanne abzuspülen und etwas Wasser gegen den Durst bereitzustellen. Weil es im Bad nichts anderes gab, ließ Gerhard den Hund aus seiner Hand trinken. Fritz störte es nicht im Geringsten, dass es keinen Napf gab.

Nach dem Waschen war das Fell so mit Flüssigkeit vollgesogen, dass kein Abtrocknen half. Gerhard nahm ihn mit in sein Schlafzimmer.

»Aber jetzt nicht aufs Bett …«, begann er, doch noch bevor er ausgesprochen hatte, war Fritz auf die Matratze gesprungen. Er schüttelte sich. Wasserspritzer landeten an der Wand, auf der

Decke, dem Boden und in Gerhards Gesicht. Es war unglaublich, wie viel Wasser das Hundefell aufnehmen konnte.

Als hätte jemand einen Schalter umgedreht, rollte Fritz sich am Fußende des Bettes zu einer Kugel zusammen und blieb liegen. Er seufzte und war innerhalb von Sekunden eingeschlafen. Gerhard überlegte, ihn auf den Boden zu setzen, aber dort war es zugig und kalt, besonders in der Nacht. So legte sich Gerhard zu ihm und zog vorsichtig die Decke über sich. Gewöhnlich brauchte er Stunden, um wieder einzuschlafen, wenn er nachts aufwachte. Nun war es möglicherweise die Ruhe von Fritz und dessen leises Schnarchen, was Gerhard beruhigte. Er dachte noch daran, auf die Uhr zu sehen, doch bevor er nach dem Wecker tasten konnte, war er eingeschlafen.

Am nächsten Morgen fühlte er sich so erholt wie lange nicht mehr. Die übliche morgendliche Benommenheit war weg. Über die Steifheit seiner Gelenke konnte er nicht nachdenken, weil Fritz schon wieder an der Tür kratzte.

»Geduld ist nicht deine Stärke, oder?«

Der Hund sah ihn an, als würde er lachen. Gesprächsfetzen drangen von unten herauf, Schritte waren zu hören und das muntere Geplapper von Niklas, dem es egal zu sein schien, ob ihm jemand zuhörte oder ob er die Unterhaltungen anderer unterbrach.

»Fritz!« Gerhard erwartete nicht, dass der Hund auf den Namen reagierte, doch wieder sah er auf und stoppte mit dem Scharren an der Tür.

Gerhard zog sich wie in der Nacht zügig Cordhose und Wollpullover über. Wieder verschwendete er keine Zeit damit, Socken zu suchen.

Draußen hielt sich der Hund weder mit Spielereien auf noch musste er sich erleichtern. Als wäre er jemand, auf den eine dringende Arbeit wartete, rannte er zielstrebig in Richtung See. Schon bald war das gelbe Fell zwischen dem Schnee nicht mehr auszumachen. Er war weg. Der Wind verwehte die Trittspuren so schnell, dass Gerhard keine Orientierung hatte, um Fritz zu folgen. Wie benommen verharrte Gerhard im Türrahmen.

»Fritz!«

Der Hund blieb verschwunden.

»Verdammt!« Entweder der Hund wollte zurückkommen und bei ihm bleiben oder nicht. Gerhard hatte auf die Entscheidung keinen Einfluss. Nun war es gleichgültig, dass er sich mittlerweile mit dem Gedanken angefreundet hatte, zu Hause mit einem vierbeinigen Begleiter zu leben, sich um das Tier zu kümmern. Dass er sich sogar schon überlegt hatte, was er alles noch besorgen wollte, damit Fritz sich wohlfühlte. Die Freiheit, die der Hund sich nahm, die Selbstverständlichkeit, mit der er Entscheidungen traf, schmerzte nun.

»Ist er weg?«

Gerhard zuckte von der Stimme hinter sich zusammen, weil er niemanden hatte kommen hören. Er drehte sich zu Antonia um und nickte.

»Meinst du, er findet zurück?«, fragte Gerhard. Der Gedanke, Fritz niemals wiederzusehen, ließ seine Hände zittern.

Antonia blickte nachdenklich in alle Richtungen. »Das war wohl nicht so klug, den Hund ohne Leine rauszulassen.«

»Wir haben keine Leine. Wir haben ja nicht mal ein Halsband.«

»Ich habe letztens eine Doku über Hunde auf YouTube gesehen. Wie sie riechen können. Also verlaufen kann sich Fritz nicht, glaube ich. Wenn er will, dreht er einfach um und kehrt zurück. Eigentlich ist es kein Problem.«

Gerhard hatte sich inzwischen für den Hund entschieden, er wollte ihm ein Zuhause bieten, ihn mitnehmen, ihn regelmäßig füttern, in den Garten lassen und mit ihm spazieren gehen. Aber wie sahen die Pläne des Hundes aus? Hatte es Fritz gereicht, sich aufzuwärmen und sich mit den Essensresten den

Bauch vollzuschlagen? War dieses Haus für ihn nur ein kurzer Zwischenstopp gewesen, um Kraft zu tanken und dann wieder eigenen Wegen zu folgen?

Alles in ihm drängte danach, in den Wagen zu steigen, die Umgebung abzufahren, um Fritz einzufangen und zurückzuholen. Doch das wäre ein aussichtsloses Unterfangen. Gerhard blieb weiter im Türrahmen stehen, auch wenn er zu frieren begann. *Möge Fritz zurückkommen*, dachte Gerhard, faltete die Hände und schickte diesen Gedanken in Richtung See.

»Dein Fritz kommt zurück«, sagte Claudia. Sie schob ihn ins Warme. Im Spiegel neben der Garderobe schrak er vor dem eigenen Anblick zurück. Seine Lippen waren bläulich, die Gesichtsfarbe blass. Die verbliebenen Haare standen wirr vom Kopf ab.

»Lass die Tür auf! Nicht zumachen!« Gerhard drückte Claudia weg.

»Wenn du noch länger in der Kälte herumstehst, ohne dich zu bewegen, holst du dir den Tod. Es ist hier drinnen ja schon genauso kalt wie draußen.«

Langsam löste Gerhard den Blick vom See. Er schloss die Tür und hoffte, Fritz würde bei seiner Rückkehr daran kratzen, um sich bemerkbar zu machen.

»Komm frühstücken.« Claudias Stimme war sanft. »Antonia hat Pfannkuchen für uns alle gemacht. Einen Riesenteller voll.«

Er nickte. Sogar die Kopfbewegung kam ihm mühsam vor. »Herrchen« nannte man die Besitzer von Hunden. Er zischte verächtlich bei dem Gedanken. Sein Hund, der wohl niemals wirklich ihm gehören würde, hatte gerade vorgeführt, dass er nie der »Herr« über das Tier sein würde, sondern dass es von Fritz' gutem Willen abhing, ob er sich Gerhard anschließen wollte oder nicht. Es war unmöglich, Fritz unter Kontrolle zu bringen. Für seine Befreiung reichte es, ihn im Heck des Wagens mit zum Einkaufen zu nehmen, dann die Heckklappe zu öffnen.

Der Moment bis zum geplanten Anleinen würde reichen, um herauszuspringen und wegzulaufen. Auch ein Halsband war keine wirkliche Garantie. Sein Garten zu Hause war zwar von einer Hecke umgeben, aber selbst ein größerer Hund könnte sich hindurchzwängen. Gerhard würde lernen müssen, das zu akzeptieren, falls Fritz überhaupt zurückkehrte.

»Gut, ich komme«, sagte er und drehte sich um.

Am Tisch plapperten Niklas und Antonia ausgelassen wie zwei Grundschulkinder. Der Altersunterschied spielte nun keine Rolle. In einem extremen Gegensatz dazu stand die Stimmung von Alexandra. Sie drückte Erdbeeren aus der Marmelade auf ihrem Pfannkuchen platt, obwohl es kaum mehr etwas zu zerdrücken gab. Dann wunderte sich Gerhard, dass sich Claudia nicht neben Holger setzte, sondern am anderen Ende des Tisches Platz nahm und sich so zurücklehnte, dass die beiden Kinder wie eine Schutzmauer dazwischen waren.

»Frohe Weihnachten!« Gerhard klang bewusst heiter und dachte gleichzeitig daran, dass er irgendwo gelesen hatte, dass sich Weihnachten mehr Menschen das Leben nahmen als an anderen Tagen. Nur Simone, Antonia und Niklas antworteten auch mit einem »Frohe Weihnachten«, die anderen drei Erwachsenen murmelten etwas Unverständliches. Schon lange hatte Gerhard gelernt, dass es besser war, in so einem Fall zu warten, bis das Gegenüber zu sprechen begann, anstatt nachzufragen. Und er hatte Zeit.

# 21

Claudia legte ihr Besteck beiseite. Sie sah zu Holger und ärgerte sich darüber, wie er noch immer schmollte, wohl wegen ihres Geschenks, obwohl sie ihm doch erklärt hatte, dass er alles völlig falsch verstanden hatte. Dass er überinterpretierte. Wie er selbst ihre logische Erklärung überhaupt nicht zur Kenntnis zu nehmen schien!

»Ich will es nicht spannender machen als nötig«, sagte Gerhard in die Stille hinein, die das Klappern des Geschirrs überlaut erscheinen ließ. »Ich habe dich gezogen beim Wichtelspiel, Claudia. Und ich habe eine ganz besondere Überraschung. Warte. Bin gleich wieder da.«

Sie sah ihm nach, wie er nach oben ging und kurz danach mit dem wiederkam, was ihr Geschenk werden sollte. Es war etwas Viereckiges, Großes, das er in eine Decke eingeschlagen hatte – sicher nicht sehr schwer, sonst könnte er es nicht so leicht heben. Er trug es vor sich wie ein Kellner ein Tablett. Er legte es auf den Teppich mitten in der Wohnküche.

Claudia spürte, wie sich alle Blicke auf sie richteten. Zum ersten Mal, seit sie hier war, hatte sie wirklich ein Gefühl von Weihnachten. Auch wenn inzwischen viele Jahre vergangen waren, war es dasselbe Prickeln wie damals als Kind, als sie hier mit ihren beiden Schwestern und ihren Eltern auf die Bescherung gewartet hatte.

Sie schlug den obersten Deckenzipfel zurück, dann die drei anderen Zipfel und entdeckte einen sorgsam gefalteten Haufen mit Kleidungsstücken. Es brauchte ein paar Sekunden, bis sie begriff, was sie vor sich hatte. Die Kleidung war gewaschen und die Sachen, die knitterten, aufgebügelt. Zuoberst lagen die Arbeitshandschuhe, die sie so gut kannte. Das Gelb des dicken Zeltstoffs war sauber, aber an den Lederaufsätzen waren die schwarzen Verfärbungen überdeutlich zu erkennen. Das waren die Handschuhe, die sie bei ihrem allerersten selbst durchgeführten Ölwechsel getragen hatte. Sie hatte damit Reifen gewechselt und den Garten vollständig umgegraben, um den Boden für den Rollrasen vorzubereiten. Damals, als sie noch eine andere Frau gewesen war, ungebunden, ohne Kinder, eine Frau, die vor nichts und niemandem Angst hatte. Sie hatte lange Wanderungen unternommen, nachts in einer Hängematte im Wald übernachtet und dem Knistern und Rascheln in der Dunkelheit gelauscht, weil es drinnen in den Sommernächten zu warm geworden war. Sie war tagelang unterwegs gewesen, ohne sich vorher um Übernachtungsmöglichkeiten zu kümmern. Während sie mit den Fingern über das raue, schmutzige Leder strich, war es, als würde sie dieser Claudia plötzlich gegenüberstehen und ihr die Hand reichen.

»Ich habe es damals in meiner Schusseligkeit vergessen. Und später habe ich es einfach nicht über mich gebracht, all das in den Altkleidercontainer zu werfen«, sagte Gerhard und es klang, als hätte er deswegen ein schlechtes Gewissen.

Claudia hatte nicht mit der Intensität gerechnet, mit der sie der Schmerz überfiel. So bahnten sich die Tränen ihren Weg, bevor sie dagegen ankämpfen konnte. Sie legte die Handschuhe beiseite. Darunter lag das blaue Abendkleid aus Taft, das sie nach Antonias Geburt nicht mehr hatte tragen wollen, weil es zu figurbetont war. Damals hatte ihr Blick nicht auf dem tief ausgeschnittenen Rücken geruht, sondern nur auf ihrer Körpermitte, wo sie sich über die breiteren Hüften und den Bauchansatz nach der Schwangerschaft aufgeregt hatte. Als sie das Kleid hochhob, kam ein Rosenmuster zum Vorschein, an das sie sich nur zu gut erinnerte. Es war die bedruckte Seidentunika, die sie während Niklas' Schwangerschaft getragen hatte. Für den Winter war die Tunika viel zu kühl. Aber als sie daran dachte, dass es eventuell genau das richtige Kleidungsstück auch für diesen Sommer sein könnte, ertrug sie Holgers Blick nicht mehr, der auf ihr ruhte. Sie wollte ihr Geschenk weglegen, nahm die Tunika kurz darauf doch wieder in die Hand. Der Stoff war so weich wie die Haut eines Neugeborenen. Die Erinnerung war so deutlich, als bräuchte sie nur die Arme ausstrecken und könnte Antonia und Niklas noch einmal aus der Wiege nehmen und an sich drücken. Sie zog ihren Wollpullover aus, richtete das T-Shirt, das sie darunter trug, und schlüpfte in die Tunika. Sie ließ sich so leicht anziehen! Sie war so bequem gewesen und luftig bei warmen Temperaturen. Erst als ihre Hände auf dem Bauch lagen, merkte sie, was sie tat, und zuckte zurück, als hätte sie sich an einer heißen Herdplatte verbrannt.

»Was?«, fragte Holger. »Wirklich? Aber …«

Auch wenn sein Stammeln für alle anderen unverständlich war und sie sich fragende Blicke zuwarfen, wusste Claudia genau, was er meinte.

»Ja.« Ihre Stimme klang rau.

»Seit wann?«

»Ich weiß es seit dem Tag in der Stadt. Als ich die Erledigungen vergessen habe.«

»Und wann wolltest du es mir sagen?«

Sie zog die Tunika aus und legte sie zusammen.

»Was?« Antonia sah von Claudia zu Holger und dann wieder zu Claudia. »Was geht denn hier gerade ab?«

»Na bravo. Wir bekommen ein drittes Kind.« Holger schüttelte den Kopf. »Das muss ich erst mal sacken lassen.« Er stand auf und ging zur Garderobe, nahm seine Jacke mit einem solchen Schwung, dass der Kleiderhaken zu Boden krachte.

»Jetzt warte!« Claudia lief ihm nach, um ihn aufzuhalten. »Setz dich doch wieder!«

»Ich muss erst mal raus. Um den See. Oder irgendwo was Hochprozentiges besorgen.«

Sie sah ihm nach, wie er hinauseilte, die Tür hinter sich zuknallte. Wie angewurzelt blieb sie stehen und starrte gegen die geschlossene Eingangstür. Sie fixierte die Maserung im Holz, versuchte, sich zumindest mit dem Blick an dem unregelmäßigen Muster aus Linien und Kreisen festzuhalten. Das Geräusch des startenden Motors ließ sie zusammenzucken. Mit einem Quietschen drehten die Reifen durch, dann fuhr das Auto weg. Mit hängenden Schultern kehrte sie in die Wohnküche zurück.

»Jetzt guckt nicht so!«, sagte sie und fing sich direkt wieder. »Tut mir leid, ihr könnt ja nichts dafür.«

»Toll gelaufen.« Antonia grinste. »Besser als jede Nachmittagsdoku. Hätte man aufnehmen müssen.«

»Halt einfach die Klappe, okay?« Claudia setzte sich bewusst neben Antonia, die daraufhin schwieg. »Ich habe es noch nicht gesagt, weil ich selbst völlig durch den Wind bin. In meinem Alter.«

»Es ist doch genau das richtige Alter«, meinte Alexandra.

»Bloß, weil du an nichts anderes denkst, als schwanger zu werden, muss es ja bei mir nicht genauso sein.«

»Davon wird es auch nicht besser, wenn du jetzt einen nach dem anderen anpampst«, sagte Antonia.

»Tolle Analyse.« Claudia wollte sich Kaffee einschenken, stellte die Kanne aber wieder ab, weil ihre Hände so zitterten, dass sie befürchtete, die Hälfte zu verschütten. Sie versuchte, sich an ihre Wut zu klammern, an den Ärger, als Holger von der Schwangerschaft erfahren hatte, um die Trauer und die Unsicherheit nicht zu spüren. Trotzdem war es, als würde die Luft im Raum immer dichter werden und sich schließlich verflüssigen. Sie hustete. »Ich will einfach nach all den Jahren mit kleinen Kindern mein eigenes Leben führen. Den Verlag voranbringen. Auch mal unabhängig sein. Außerdem stehen die Ergebnisse der Fruchtwasseruntersuchung und des Bluttests noch gar nicht fest.«

»Und was ändert es, wenn du das Ergebnis hast?«, fragte Alexandra. Sie stand auf und kam auf Claudia zu.

Claudia versuchte, die Berührung ihrer Schwester nicht so sehr an sich heranzulassen, trotzdem waren die Nähe und das Streicheln an ihrem Rücken der Tropfen, der ihr emotionales Fass, auf das sie in den vergangenen Tagen so mühevoll den Deckel gedrückt hatte, zum Überlaufen brachten.

»Worüber machst du dir denn Sorgen?«

»Ich weiß es nicht. Ich weiß gar nichts.«

»Müssen wir immer alles wissen? Ist es nicht erlaubt, auch einmal unsicher und verletzlich zu sein? Zu zweifeln?«

Claudia schwieg. Nie war ihr bewusster gewesen, dass sie das Kind wirklich wollte, dass sie es beschützen, für es da sein wollte. Und dass sie überhaupt keinen Plan hatte, wie das funktionieren sollte. Wenn sie nur ein halbes Jahr beruflich aussetzte, wäre der Verlag bankrott. Sie hatte Projekte geplant, die auf zwei Jahre im Voraus terminiert waren, da ließ sich nicht so einfach jemand anderes finden, der ihre Aufgaben übernahm.

»Ich glaube, ich brauche jetzt auch eine Runde um den See«, sagte sie und stand auf.

»Dann komme ich mit.« Alexandra kam mit zur Garderobe.

Claudia wollte sagen, dass es nicht nötig sei, dass sie allein sein wollte, aber sie verschluckte sich an ihren eigenen Worten. Aus der Wohnküche drang kein Laut. Claudia zog sich Jacke, Mütze und Schuhe an und verließ mit Alexandra das Haus.

Bereits nach fünf Minuten war ihr so kalt und der Wind so intensiv, dass sie gemeinsam umkehrten. Doch schon der kurze Ausflug nach draußen hatte ihr die Hoffnungslosigkeit und die Angst genommen. Claudia und Alexandra setzten sich zu den anderen an den Tisch. Mit Erleichterung registrierte Claudia, dass Holger noch unterwegs war und dass alle anderen Gerhard zuhörten, der von seinem allerersten Weihnachten in diesem Haus erzählte. So hatte sie Zeit, sich zu sammeln und innerlich wieder zur Ruhe zu kommen.

# 22

## DEZEMBER 1945, BEI PATAHOLM, SMÅLAND

Der Geruch von süßem Backwerk und getrockneten Apfelscheiben liegt in der Luft. Weihnachten naht. Auch wenn das Fest erst in zehn Tagen sein wird, backt und kocht Inger nachmittags und abends mit den drei Mädchen schon seit Wochen. Sie wecken ein, stellen Sülze und Würste her, schmücken das Haus mit Kerzen und Fensterbildern. Am Vortag beim Luciafest hat Sessa uns geweckt in weißem Kleid, verziert mit einer roten Schärpe und einem Blaubeerkranz mit Kerzen auf dem Kopf. Alle drei Schwestern sind mit ihren Kränzen im Haar und den weißen Kleidern wie Engel durch die Stube getanzt, Sessa ist sogar in ihrer Verkleidung in die Schule gegangen. Obwohl die Sonne in den wenigen Stunden, in denen sie hinter dem Horizont hervorkommt, von Wolken bedeckt ist, nehme ich keine Dunkelheit wahr. Es ist, als sendete das Weihnachtsfest ein ganz eigenes Leuchten voraus. Bei der Arbeit in der Werkstatt mit Mats brennt nun elektrisches Licht. Und dann gibt es noch etwas, das stärker leuchtet als das winterliche Dunkel: Sessa. In den paar Monaten, seit sie zur Schule geht, ist eine junge Dame aus ihr geworden. Anstelle ihrer geblümten Sommerröcke, der

Strickjacke und der Mütze trägt sie ihre Haare offen, eine taillierte Jacke passend zum knielangen Rock, beides mithilfe von Inger und einer Schulkameradin selbst geschneidert. Oft bleibt sie bis abends in der Stadt, übernachtet bei einem der Mädchen, die alle ihre Freundinnen sind – inzwischen so zahlreich, dass ich mir all die Namen nicht merken kann. Ich vermisse Sessa oft, aber ich freue mich auch für sie, wie ausgelassen sie ist, wie munter, wie sie bei ihrer Rückkehr am Tisch von ihrem Tag erzählt. Sie zeichnet keine Bilder mehr auf den Boden vor den Brunnen, sondern ist stolz auf die Packung Buntstifte, die sie ihr Eigen nennt.

Heute ist ihr Geburtstag. Inger backt und kocht nun bis in die Nacht hinein, noch länger als sonst, lässt sich nicht dazu bewegen, mit uns anderen ins Bett zu gehen. Sie redet weiterhin nicht mit mir, ignoriert mich, trotz des guten Zuredens von Mats, trotz meiner wiederkehrenden Angebote, ihr bei der Arbeit zu helfen. So möchte sie meine Unterstützung in der Küche nicht, dabei hätte ich Zeit, denn wenn Mats die Werkstatt verlässt, gibt es auch für mich nichts zu tun. Mats überschüttet mich mit Vorschlägen: Ich könnte lesen, ein Brettspiel gegen mich selbst ausfechten. Ich könnte meine Schuhe putzen oder zu den Hafenstädten wandern und am Stadtleben teilnehmen, Freunde finden, ins Kino gehen. Doch all das interessiert mich nicht. Die Welt draußen existiert für mich nicht mehr, seit ich auf einen meiner Briefe nach Deutschland von meiner Großtante eine Antwort erhalten habe und weiß, dass meine Eltern beide den Krieg nicht überlebt haben. Ich habe damit keine Heimat mehr, nichts, was mich zurückzieht. Außerhalb dieses Hauses gibt es nichts für mich, was von Bedeutung ist.

Manchmal fertige ich nach getanem Tagwerk Holzspielzeug an, werkele allein an den Reststücken, für die niemand mehr Verwendung hat. Auf meinem Tisch in der Kammer steht schon ein Pferdewagen mit vier vorgespannten Gäulen. Die Räder des

Wagens sind auf richtigen Achsen aus Metall befestigt und können sich drehen. Daneben stehen acht Figürchen – Männer, Frauen, Kinder. Es gibt ein Puppenhaus, das diesem Haus nachempfunden ist, das mich zwei Monate Arbeit gekostet hat. Es fehlt nur noch die Möbelausstattung in Miniaturformat für Wohnzimmer, Küche und Schlafzimmer. Das möchte ich noch vor dem Frühjahr fertigbekommen. Kinderspielzeug, für das Kalla und Yva längst zu alt sind. Spielzeug für Kinder, von denen ich mir nicht einmal vorstellen kann, jemals welche zu bekommen.

Wenn ich abends nicht allein in der Werkstatt bin, harre ich in meinem Zimmer aus, lausche dem Wind, wie er durch den Fensterrahmen pfeift, sehe draußen dem Schnee zu, wie die dicken Flocken langsam zur Erde gleiten. Der Schnee ist ähnlich wie der in Ostpreußen, nicht feucht und klebrig wie zu Hause, sondern dicht und trocken, sodass er sich leicht vom Mantel schütteln lässt und nicht an den Schuhen festpappt. Und immer lausche ich auf das Klicken, mit dem die Klinke an der Haustür bewegt wird, darauf, dass Sessa kommt. Zuerst zieht sie die Stiefel aus, dann bringt sie ihre Schultasche hoch, geht in die Küche. Oft haben wir anderen bei ihrer Ankunft bereits zu Abend gegessen. Erst wenn auch Inger die Küche verlassen hat und zu Bett gegangen ist, schleicht sie zu mir. Das ist unser Geheimnis. Inger hasst es, wenn wir zusammen ohne Aufsicht sind. Sie meint, das gehöre sich nicht. Mats steht dem gleichgültig gegenüber. Er kennt mich, weiß, dass Sessa für mich nur wie eine Schwester ist. Kalla und Yva leben in ihrer eigenen Welt, sie interessieren sich weder für mich noch für ihre große Schwester.

Heute musste ich Inger versprechen, in meinem Zimmer zu bleiben bei geschlossener Tür und wenig zu trinken, damit ich nicht austreten muss. Mats konnte sie nur mit Mühe davon abhalten, den Schlüssel von außen umzudrehen und mich wie einen Gefangenen einzusperren. Sessa hat Geburtstag. Gäste kommen. Und ich soll unsichtbar sein. Obwohl ich inzwischen fast akzentfrei Schwedisch spreche, wie Sessa mir versichert, ist Inger unentwegt in Sorge, jemand könnte meine Herkunft erraten. Noch immer schreie ich nachts auf, lauter als zuvor, rufe auf Deutsch nach Hilfe, obwohl tagsüber meine Gedanken längst in der Landessprache fließen. Und das ist Inger nicht verborgen geblieben. Es ließ sich nicht verheimlichen, dass ich aus dem Krieg desertiert bin.

Der Duft von Gebäck und Gebratenem dringt durch die geschlossene Tür. Jemand hat ein Grammofon mitgebracht und Schallplatten von Frank Sinatra und Dean Martin. Ich sitze auf meinem Bett, lausche der Musik und dem rhythmischen Getrappel von Schritten. Sessa wird 15 Jahre alt. Vor ein paar Tagen bin ich 17 geworden, wollte es aber nicht erwähnen. Ich möchte keine Feier. Mein Alter spielt für mein Leben nur eine untergeordnete Rolle. Manchmal stelle ich mir vor, ich wäre fünfzig oder sechzig. Auch dann würde ich noch mit Mats täglich in der dunklen Jahreszeit in der Werkstatt arbeiten, im Sommer rausfahren zum Fischen oder an dem zweiten Wohnhaus weiterbauen, das in meiner Fantasie als ewig unvollendetes Werk neben unserem Haus steht. Dass es je fertig wird, kann ich mir nicht vorstellen. Wir sind zu wenige Personen, die anpacken. Uns fehlt das Gerät für ein solches Großprojekt. Während des gesamten Frühjahrs und Sommers sind wir kaum mit der Arbeit vorangekommen und im Winter ruht der Bau zwangsweise.

Wieder höre ich das Klicken der Eingangstür. Die Gäste gehen raus und rein, es ist ein Gewusel wie in einem Bienenstock. Ich weiß, dass auch Jungs gekommen sind, Brüder der eingeladenen Mädchen, die eigentlich in einem separaten Raum bleiben sollten und nur dabei sein durften, um ihre Schwestern anschließend in der Dunkelheit nach Hause zu begleiten. Doch das Kichern vor meinem Fenster ist eindeutig. Die Brüder halten sich nicht in einem eigenen Zimmer auf. Und auch die Freundinnen von Sessa feiern nicht wie geplant im Schlafraum der Schwestern, obwohl durch die beiseitegeräumten Betten mehr als genug Platz da ist. Sie treffen sich draußen. Genießen den Schutz der Dunkelheit. Bilden Zweiergruppen, küssen und liebkosen sich. Ich klopfe von außen an das Fenster, um sie zu vertreiben. Sollen sie doch woanders küssen. Es ist mir peinlich. Ich will weder zusehen noch zuhören, was sie treiben. Wegsehen kann ich, aber meine Ohren kann ich nicht verschließen, wenn sie so laut kichern und beim Küssen schmatzen. Beim Kussgeräusch stellen sich mir die Haare an den Unterarmen auf. Und gleichzeitig frage ich mich, ob es bloß Neid ist. Mich hat noch nie jemand geküsst. Sessa ist mir vor Glück um den Hals gefallen, sie hat ihre Lippen an meine Wange gepresst, hat mich umarmt, ist vor Begeisterung an mir hochgesprungen, aber das ist etwas anderes. Es waren immer nur Momente im Überschwang, die nichts mit mir zu tun hatten, sondern nur mit ihrer überschäumenden Freude.

Dann fällt ein Lichtstrahl aus dem Flur in meine Kammer herein. Die Helligkeit lässt mich blinzeln. Bei meiner Wut über das Treiben vor meinem Fenster, wie sie weitermachen, obwohl ich klopfe, habe ich gar nicht bemerkt, dass die Tür geöffnet wurde. Ich sitze da, nur bei Kerzenlicht, um Inger zu beweisen, dass ich nichts verschwende. Ich brauche keinen Strom und kein elektrisches Licht. Ich möchte ihr keinen Anlass geben, über mich als zusätzliche Belastung zu klagen.

»Gérard?«, fragt Sessa. Sie klingt unsicher. Unruhig geht ihr Blick hin und her, obwohl sie mich längst entdeckt hat. Sie sieht sich um, drückt sich an den Türrahmen und gleitet so schnell in den Raum, dass ihre Bewegung geisterhaft wirkt.

»Du musst mir helfen!« Panik flackert nun in ihren Augen.

Ich denke an Inger, der ich versprochen habe, im Verborgenen zu bleiben, an Mats, der wütend wird, wenn Inger

143

und ich wieder aneinandergeraten, an Kalla und Yva, die nur darauf warten, es ihrer Mutter zu verraten, sollte ich mich draußen blicken lassen. Und dass ich den Raum für den Gefallen verlassen muss, das ahne ich, denn hier gibt es nichts, was ich tun könnte. Hinzu kommt, was ich nicht zugeben möchte: Die lauten Stimmen lösen eine unbestimmte Panik aus. Sie machen, dass sich mein Magen zusammenzieht, so sehr habe ich mich an die Stille dieses Hauses gewöhnt.

»Es ist Ebbe«, sagt sie, als müsste ich den Namen mit einer Bedeutung versehen können. Ihre Hände zittern. Unruhig knetet sie an ihrem Rock. »Er lässt mich nicht in Ruhe. Das hat er noch nie getan. Es hilft nicht einmal, wenn ich dicht bei den anderen bleibe. Ich wusste, dass er mitkommt, wenn ich Ida einlade. Aber es ging nicht anders. Sie ist meine Großcousine. Und wir sind in derselben Schulklasse.«

Ich versuche zu begreifen, doch das, was sie erzählt, ergibt für mich kein Bild.

»Ebbe wollte mich küssen«, sagt sie. »Er lauert mir immer nach der Schule auf. Kommentiert alles, was ich tue. Macht Witze, die ...« Sessa schweigt.

Nun kann ich mir vorstellen, was sie meint. Wieder denke ich an den Streit, den ich herausfordern würde, wenn ich die Absprache mit Inger verletzte. Auf der anderen Seite ist mir Sessa wichtiger. Für sie würde ich sogar riskieren, rausgeworfen zu werden und mich allein durchschlagen zu müssen.

»Was soll ich tun?«, frage ich und spanne alle meine Muskeln an, sodass die Sehnen an Händen und Armen hervortreten.

»Ich habe Ebbe vor ein paar Wochen erzählt, dass er sich gar keine Hoffnungen machen muss, dass ich längst einen Freund habe, dass ich ihn heiraten werde, dass ich keinen anderen möchte.« Sie sieht mich an.

Hitze steigt mir ins Gesicht.

»Und jetzt …« Sessa nimmt meine Hand. »Jetzt bist du nicht da. Und Ebbe glaubt, dass ich die ganze Zeit gelogen habe. Dass ich mir das nur ausgedacht habe, um ihn fernzuhalten. Dass er sich nur mehr anstrengen, dass er nur netter zu mir sein muss, damit ich …«

Ich nicke, ziehe meine Hand aus der von Sessa. Sessa ergreift sie wieder, umklammert mich und zieht mich so dicht zu sich heran, dass ich ihren Atem an meinem Hals fühlen kann, warm und feucht und hektisch, und ihren Herzschlag knapp oberhalb meines Bauches, als würde ihr Herz stolpern.

»Du musst kommen. Du musst ihnen zeigen, dass ich nicht gelogen habe. Dass wir zusammengehören«, fährt sie fort.

Ich weiß, dass mich der Mut verlässt, wenn ich darüber nachdenke. Deswegen nicke ich schnell, folge ihr durch den Flur, treppauf, weiter in das Mädchenzimmer. Nie bin ich hier oben gewesen, habe zwar gewusst, dass die drei Betten der Schwestern hier Platz finden, habe aber nicht geahnt, wie groß dieser Raum ist.

»Wo sind deine Eltern?«, frage ich und begreife nicht, warum Mats und Inger es zulassen, dass die Jungen und Mädchen miteinander feiern, tanzen, sich küssen und sich so nahe kommen. Ich blicke auf umschlungene Körper, küssende Backfische und Knaben, die fast noch Kinder sind.

»Kalla hat hohes Fieber bekommen. Papa ist losgelaufen, um den Arzt zu rufen. Mama wollte kurz zu einer Nachbarin, Medizin holen, falls der Arzt nicht schnell genug da sein kann.«

»Und wo ist Kalla?«

»Nebenan. Im Elternschlafzimmer. Yva ist bei …« Unvermittelt presst Sessa ihre Lippen auf meine, ohne den Satz zu beenden, dabei geht ihr Blick nicht zu meinen Augen, sondern knapp daran vorbei. Ich erwidere den Kuss, umarme sie, drehe uns beide, um zu erfahren, was sie ansieht. Anhand seines entsetzten Gesichtsausdrucks ist unzweifelhaft, dass es sich bei dem langen, kräftigen Jungen schräg neben uns um diesen Ebbe handeln muss. Er atmet so heftig, dass sein Brustkorb an eine Dampfmaschine erinnert. Sein Gesicht färbt sich rot. Er ballt die Fäuste, steckt sie in die Hosentaschen und wendet sich ab. Als er nicht mehr zu sehen ist, wäre es Zeit, Sessa wegzuschieben, aber ich versinke in diesen Kuss, der so groß erscheint, als würde mich die ganze Welt umarmen und mit sich reißen. Ihre Lippen sind so warm. Sie schmecken nach Honig und Schokoladenkuchen. Ihre Gesichtshaut riecht nach Rose und Vanille. Am Rücken ist sie so dünn, dass ich die Rippen unter meinen Händen spüre und Angst habe, sie zu zerbrechen. Ihre Brüste an meiner Brust sind weich und fest zugleich. Was als Schauspiel begonnen hat, ist keines mehr. Auch Sessa ist mit einem Mal nicht länger die Sessa, wie ich sie kenne. Alles Kindliche, Vorsichtige und Leise ist verschwunden. Sie öffnet die Lippen, presst sich stärker an mich. Es ist genauso wie in dem Traum, der mich vor ein paar Monaten regelmäßig heimgesucht und mich ratlos und einsam zurückgelassen hat. Sessa und ich. Ich und Sessa und niemand anderes. Sie bei mir und ich bei ihr.

»Lass mich nicht los«, flüstert sie.

Kleidung ist zwischen uns, doch das ist bedeutungslos. Aus dem Augenwinkel merke ich, wie die anderen uns anstarren, wie unser Kuss und die Umarmung für Verwunderung sorgen. Die Gespräche sind verstummt. Das Lärmen der Tanzschritte ist weg. Nur die Musik läuft weiter.

»Ich muss raus«, sagt Sessa, packt wieder meine Hand und zieht mich hinter sich her. Wir rennen die Treppe hinunter. Noch immer bleibt oben alles still. Kurz drehe ich mich um und sehe, wie sie uns nachstarren.

»Das kann doch nicht das sein, was du erreichen wolltest!«, sage ich zu ihr. »Sie werden es deinen Eltern erzählen.«

Sie zieht mich weiter nach draußen, am Brunnen vorbei in Richtung See. Dann lehnt sie sich an einen Baum, sinkt zu Boden. Ich ziehe sie wieder hoch, verstehe gar nichts mehr. Sie klammert sich an mich und schluchzt.

»Was habe ich falsch gemacht?«, frage ich.

»Nichts. Aber es ist so ... so viel gewesen!«

Sie presst ihren Kopf gegen meine Brust und weint. Ich halte sie und warte, bis ihr Beben abebbt. Dann küsst sie mich wieder.

»Du bist so jung.« Ich will nicht wissen, was Mats und Inger dazu sagen werden, wenn sie von unserem Ausflug in die Nacht und dem vorhergehenden Kuss erfahren, wenn eine der Freundinnen ihnen erzählt, was Sessa selbst in die Welt gesetzt hat: dass wir ein Paar sind.

»Und die zwei Jahre, die du älter bist, die ändern etwas? Meinst du, ich werde in zwei Jahren eine andere sein?«

Ich weiß, dass sie unrecht hat. Dass zwei Jahre viel bedeuten und alles ändern können. Dass sie eine andere war, als wir uns zum ersten Mal begegnet sind. Sie war ein kleines Mädchen, das in ihrer eigenen Welt gelebt und Bilder in die sandige Erde am Brunnen gezeichnet hat. Nun ist sie eine junge Frau. Sie ist genauso alt wie ich damals, als ich – ein stolzes Mitglied der Hitlerjugend – glaubte, erwachsen zu sein, Soldat werden wollte, dem Vaterland dienen. Im Vergleich dazu bin ich nun ein alter Mann, dem es genügt, seine tägliche Arbeit zu verrichten und die meiste Zeit abgeschieden im Haus zu verbringen. Ich war ein Kämpfer. Nun bin ich zum Eremiten geworden.

Und doch merke ich, dass es für Sessa ebenso wenig ein Spiel ist wie für mich.

»Ich liebe dich«, sage ich.

»Ich liebe dich«, sagt sie.

Nebeneinander gleiten wir am Stamm entlang auf den abgeschlagenen Ast, der darunter liegt. Wir setzen uns, halten uns an den Händen und sehen in Richtung des Hauses. Licht dringt von dort zu uns, sodass ich Sessas Gesicht erkennen kann – nicht genau, aber die Form ihrer Lippen, ihrer Nase, ihrer Stirn und ihres Kinns, das leicht trotzig hervorgereckt wirkt. Doch es ist kein Trotz, den sie ausdrückt. So ist ihr Kinn nun einmal gewachsen. Es ist, als wäre alles, was wir je zueinander sagen könnten, bereits gesagt. Sie lehnt ihren Kopf an meine Schulter. Ich lege meinen Arm um ihren Rücken. Sie sinkt noch näher an mich. Ich wünschte so sehr, ihr immer auf diese Weise Halt geben zu können, ihr nah zu sein ohne Worte. Dass es einfach nur uns beide gäbe, die Welt drumherum ganz weit weggerückt. Ich möchte sie beschützen vor allem Leid, sie nicht mehr gehen lassen.

»Was macht ihr denn da!« Es ist keine Frage, sondern ein Entsetzensschrei von Inger. In ihrer Hand hält sie einen Beutel.

»Hast du etwas bekommen, was Kalla helfen wird?«, fragt Sessa.

Inger packt Sessa erst am Kragen, dann am Arm, schleift sie weg von mir. »Um dich kümmere ich mich noch«, sagt sie in meine Richtung.

Wie betäubt bleibe ich sitzen. Nur wenige Minuten danach hört die Musik auf zu spielen. Die Geburtstagsgäste rennen aus dem Haus, als wäre ein Dämon hinter ihnen her. Es ist ein Trappeln, Schreien, Fluchen, dann kehrt vollkommene Stille ein. Ich ahne, was geschehen ist. Vorsichtig schleiche ich kurze Zeit später auf das Licht zu, werfe Steinchen gegen das Zimmer der Mädchen.

Sessa öffnet, schüttelt den Kopf.

»Und wenn du durchs Fenster der Werkstatt wieder nach draußen kommst?«, frage ich.

»Es wird sie nur noch mehr gegen uns aufbringen. Ich habe Mama bestimmt fünf Mal erklärt, dass wir beide nur dagesessen haben, weil Ebbe mich küssen wollte und mich bedrängt hat, aber sie glaubt es nicht. Jetzt ist sie bei Kalla. Nebenan. Sie haben mich eingeschlossen. Und ich soll die Nacht allein in der Werkstatt …« Hektisch schließt sie das Fenster.

Ein Streit ist zu hören, dann ein Gepolter im Treppenhaus. Von außen sehe ich, wie das Licht in der Werkstatt angeht, wie Sessa dort hingebracht wird. Ihre Gegenwehr hat sie aufgegeben, auch die Versuche, sich zu erklären. Sie wirkt, als ob sie die Strafe annehmen will, obwohl es ungerecht ist. Wir haben doch nichts getan! Wo soll sie denn schlafen?

Niemand bemerkt, dass ich ins Haus komme und direkt in mein Zimmer schleiche, oder sie ignorieren mich. Ich probiere erst gar nicht, Sessa ihre Decke und ihr Kissen aus dem Mädchenzimmer zu holen. Es reicht, wenn Sessa es weich und warm hat. Ich kann auch im Sitzen am Schreibtisch schlafen oder auf dem Boden. In den letzten Jahren habe ich an viel unwirtlicheren Orten in unwirtlicheren Positionen geschlafen. Mit Schwung raffe ich mein Bettzeug zusammen und halte inne.

Es ist der Geruch, der mich stutzig werden lässt. Jemand war in meinem Zimmer und es war niemand aus der Familie. Es riecht nach Schweiß, nach jungen Männern und nach Alkohol. Mats lebt völlig abstinent, er trinkt weder Wein noch Bier. Und Inger hält Trunkenheit für eins der größten Übel überhaupt. Ich öffne eine Schublade nach der anderen und bald ist klar, dass alle Zeichnungen, die Sessa mir geschenkt hat, verschwunden sind, auch die kurzen Nachrichten, die sie mir unter der Tür durchgeschoben hat, wenn sie besonders früh aus dem Haus gehen musste. Die Zettel von Sessa sind nicht verfänglich, es sind keine Liebeserklärungen. Auf den Bildern, die sie für mich gezeichnet hat, sind zumeist Tiere und Landschaften abgebildet. Trotzdem steigt Magensäure bis in meinen Hals auf. Etwas entwickelt sich in die völlig verkehrte Richtung.

So rolle ich mein Bettzeug zusammen, fixiere es mit einem Gürtel, schließe die Tür zur Werkstatt auf und übergebe Sessa das weiche Bündel mit einer hastigen Umarmung.

»Alles wird gut«, sagt sie. »Mama meint es nicht so.«

Ich drücke sie zum Abschied. »Schlaf schön.«

»Schlaf auch schön.«

Es fällt mir schwer, mich von ihr abzuwenden, sie wieder einzusperren und in meine Kammer zurückzukehren. Noch lange lausche ich auf die Geräusche im Haus, auf Kallas Husten, auf die leisen Gespräche zwischen Mats und Inger, auf das Knarren der Dielen über mir, bis vollständige Stille einkehrt.

# 23

Claudia begann, die benutzten Teller zusammenzustellen. Inzwischen war es Zeit, den Tisch für das Mittagessen zu decken. Sie war ihrem Vater noch immer dankbar, dass er die Aufmerksamkeit auf etwas anderes gelenkt hatte, weg von ihr, dem Schwangerschaftsgeständnis und ihrem inneren Chaos.

Die Haustür ging mit einem solchen Schwung auf, dass das Holz gegen die Wand krachte. Ein Donnern war im Flur zu hören, dann wankte Holger durch die Tür.

»So bist du gefahren?«, fragte Claudia.

»Solange ich keinen Unfall gebaut habe, kann es dir doch egal sein.«

»Das ist verantwortungslos! So kenne ich dich gar nicht!« Sie wandte sich ab, trug die Teller zur Spüle, um nicht wieder eine Diskussion vom Zaun zu brechen.

»Wer kennt hier überhaupt noch wen?« Holger rollte mit den Augen. »Aber was soll's. Damit ich euch mit meiner Anwesenheit nicht belästige: Gerhard, kann ich mich oben in dein Bett legen?«

»Das ist wenigstens nah genug am Bad, falls dir schlecht wird«, sagte Gerhard.

»Sehr witzig.« Holger polterte die Treppe hinauf, als wollte er seine Ankunft im Hinblick auf die Lautstärke noch übertreffen.

»Tut mir leid.« Claudia merkte, wie es hinter ihrer Stirn pulsierte und ihre Wangen heiß wurden. Sie wünschte sich zu wissen, wie sie die Situation wieder in den Griff bekommen konnte.

»Schon gut«, sagte Antonia. »Der fängt sich.«

»Ich helfe dir.« Niklas sammelte das Besteck ein und brachte es in die Küche. Sie hatte mehr Protest oder Skepsis in Bezug auf ihre Schwangerschaft seitens der Kinder erwartet. Konnte sie sich doch gut vorstellen, dass die Umstellung weder für Antonia noch für Niklas leicht wäre, wenn sich zu Hause wieder alles um einen Säugling drehte.

»Ich lasse schon mal Wasser ein.« Simone ging zur Spüle und drehte den Hahn auf.

Claudia schloss die Tür, als von oben ein Würgen zu hören war, gefolgt vom Rauschen der Toilettenspülung. Gemeinsam begannen sie zu sechst, das Mittagessen vorzubereiten. Einen großen Topf Gemüseauflauf sollte es geben. Über eine halbe Stunde lang redete niemand, alle waren mit Schnippeln und Schälen beschäftigt.

»Du guckst so traurig«, sagte Niklas. Er setzte sich neben Gerhard.

Gerhard drehte den Kopf weg.

»Ist es wegen Fritz?«

Gerhard nickte. »Ich habe mich gerade an den Gedanken gewöhnt. Es wäre wirklich ein gutes Geschenk gewesen. Doch. Obwohl ich mit allem gerechnet hätte, nur nicht damit. Fritz hätte neben meinem Bett in einem Korb schlafen können. Auch beim Einkaufen hätte er nicht gestört. Im Gegenteil. Der Weg zum Supermarkt über die Felder hätte ihm bestimmt gut gefallen. Ich hätte das Rad genommen anstelle des Wagens und er wäre nebenhergelaufen.«

»Wir hängen Suchzettel auf«, überlegte Alexandra.

»Ohne Foto hat das wohl keinen Zweck.« Antonia zog die Augenbrauen hoch.

»Das ist nicht das Problem.« Alexandra trocknete sich die Hände ab, verließ den Raum und kam wenig später mit ihrem Handy zurück. »Auf dem Bild ist er am besten ...«

Das Türklingeln war so laut, dass es den Rest von Alexandras Satz übertönte. Claudia verschluckte sich vor Schreck an einem Stück Möhre.

»Ich gehe«, rief Niklas und stürmte zur Tür.

Claudia wandte sich wieder der Sellerieknolle zu. Als alle anderen zur Tür eilten, tat sie es ihnen nach. Beim Blick des jungen Mannes stutzte sie. Sie musste zweimal hinsehen, um ihn wiederzuerkennen. Claudia reichte ihm die Hand.

»Julian!« Claudia zögerte. »Du hier? Komm rein. Was für eine Überraschung! Hast du denn kein Gepäck dabei?« Sie sah sich nach Antonia um, die sich abseits hielt und zu Boden blickte. »Woher kennst du diese Adresse? Das kann doch kein Zufall sein, dass wir uns hier treffen? Hast du noch Kontakt zu Antonia? Ich meine ... ach, komm erst mal rein.«

»Wo ist denn Holger?«, fragte Julian.

»Der ist beschäftigt«, drückte Claudia es unverfänglich aus. »Er kommt bestimmt bald. Du wolltest zu Holger?« Sie begriff immer weniger. Was wollte Julian, über Jahre der Schwarm und beste Freund von Antonia, von Holger?

»Ich weiß nicht, ob es Holger recht ist, wenn ich reinkomme ... Dann warte ich besser draußen. Buffy habe ich auch im Wohnmobil gelassen. Sie ist nicht gern allein.«

Er ging wieder hinaus, ohne eine Antwort abzuwarten.

»Buffy?« Antonia hustete. Alle Farbe wich aus ihrem Gesicht.

»Am besten kümmern wir uns erst mal um das Mittagessen, wir können ihn und Buffy ja dazu einladen.«

»Nur über meine Leiche! Meinst du, ich gucke mir an, wie die beiden dann auch noch Händchen halten oder rumknutschen? Was will der überhaupt hier? Er soll sich einfach verpissen und gut ist!«

»Antonia!« Claudia merkte, wie ihr die Hitze ins Gesicht stieg. Mehr als über Antonias Ausdrucksweise ärgerte sie sich über das demonstrative Stirnrunzeln von Simone, mit dem sie abwechselnd von Claudia zu Antonia sah und wieder zu Claudia.

»Stimmt doch.« Antonia wurde lauter. »Was soll das alles? Will er mir beweisen, wie toll er ohne mich zurechtkommt? Dass er nicht auf mich angewiesen ist? Dass das Leben weitergeht und ich ihm sowieso egal bin? So ein verdammter Mist. Ich hole Papa. Er hat Julian ja wohl geholt, dann kann er auch dafür sorgen, dass er sich wieder verdrückt.«

»Hey Toni.« Niklas versuchte, seine Schwester zu umarmen, aber Antonia stieß ihn weg. »Er hat es nicht verdient, dass du dich aufregst. Buffy. Was für ein Name! Die ist bestimmt absolut bescheuert. Wer heißt denn so? Da müssen ja schon die Eltern einen Knall haben. Buffy. Im Bann von Julian. Das wird dann die neue Fernsehserie. Big Brother 2.0.«

Antonia lachte auf. Doch noch immer war ihr die Enttäuschung anzumerken. Sie drehte sich um und eilte die Treppe hinauf. Anscheinend war die Tür abgeschlossen, denn Antonia hämmerte so laut gegen das Holz, als wollte sie die Tür einschlagen.

Claudia ging in die Küche. Sollte Holger das Problem lösen, das er ihnen eingebrockt hatte. Auch wenn Antonia nie darüber gesprochen hatte, wusste Claudia, wie sehr ihre Tochter noch an dem Freund hing, den sie schon seit Kindergartenzeiten kannte. Anfangs waren die beiden wie Feuer und Wasser gewesen – sobald sie aufeinandergetroffen waren, hatten sie sich geprügelt. Einmal hatte Antonia Julian in einem Streit so fest in den Arm gebissen, dass Julian genäht werden musste. Doch als Julian dann in der Grundschule wegen seiner Brille gehänselt worden war, war es Antonia gewesen, die ihm als Einzige zur Seite gesprungen war, obwohl er damals die dritte Klasse besucht hatte und sie die erste. Inzwischen hatte Julian seine Brille längst durch Kontaktlinsen ersetzt. In der Mittelstufe war er sogar zum Schulsprecher gewählt worden. Aus dem schüchternen Jungen war nicht nur ein Mädchenschwarm, sondern auch Antonias Freund geworden. Jahrelang war er für Claudia wie ein drittes Kind gewesen. Antonia und er hatten nicht nur Nächte durchgefeiert, er hatte ihr auch oft bei den Vorbereitungen für Klassenarbeiten geholfen. Dann war er zum Studieren nach Heidelberg in ein Studentenwohnheim gezogen. Antonia hatte ihn so vermisst, dass sie mehrere Kilogramm abgenommen hatte. Anfangs hatten sie sich noch regelmäßig per WhatsApp und Mail geschrieben, sich in den Semesterferien gesehen. Doch seit einem Jahr hatte Claudia nichts mehr von Julian gehört.

Antonia donnerte die Treppe herunter. Fluchend ging sie zu ihrem Schneidebrett. Sie zerteilte die Kartoffeln mit solcher Wucht, als wollte sie jede einzelne davon erstechen. Das Messer knallte bei jedem Schnitt hart auf dem Plastik auf. Immer wieder schweifte Antonias Blick zum Fenster. Julian hatte so dicht vor dem Haus geparkt, dass durch die Beleuchtung im Wohnmobil jede seiner Bewegungen sichtbar war, wie er auf- und abging und sich schließlich setzte. Jedes Mal, wenn Antonia aufblickte, hämmerte sie anschließend mit umso größerer Wucht auf die Kartoffeln ein. Die Gespräche der anderen drehten sich um die besten Aufhängeorte für die Suchplakate. Niklas plädierte dafür, einen Facebook-Aufruf zu starten, eine Extraseite für die Suchaktion zu erstellen. Doch wie Antonia konnte auch Claudia sich nicht richtig auf das Thema Hund konzentrieren.

»Ich gehe mal nachsehen, wo Holger bleibt«, sagte sie. Es tat ihr in der Seele weh zuzusehen, wie Antonia innerlich kämpfte. Sollte Holger mit Julian klären, was es zu klären gab, damit sie bald wieder ihre Ruhe hatten. Abgesehen davon: Was war es für eine Schnapsidee, an Heiligabend eine solche Verabredung zu treffen?

Vergeblich versuchte sie, die Tür zu Gerhards Schlafzimmer zu öffnen.

»Aufmachen! Holger, jetzt komm!«

Aus dem Zimmer war ein unverständliches Grummeln zu hören.

»Julian ist draußen in seinem Wohnmobil. Er will zu dir!«

»Wer?«

»Julian!«

»Julian? Was ist mit ihm?«

»Jetzt mach die Tür auf! Steh auf und komm.« Sie erinnerte sich an ihren Trick, zu dem sie zweimal gegriffen hatte, als sich ihre beiden Schwestern vor rund dreißig Jahren in diesem Zimmer verbarrikadiert hatten. Claudia ging in die Wohnküche, um eine Doppelseite aus einer der herumliegenden Zeitschriften zu reißen. Dazu steckte sie noch einen kleinen Löffel in die Hosentasche. Zuerst schob sie das Papier unter dem Türrahmen von Gerhards Schlafraum durch, dann drückte sie mit dem Löffelstiel den Schlüssel aus dem Schloss. Sie hatte Glück, dass der Schlüssel direkt auf das Papier fiel und sie ihn so problemlos durch den unteren Türspalt hindurchschieben konnte. So gelang es ihr innerhalb von Sekunden, den Raum zu betreten. Holger lag reglos mit geöffnetem Mund auf dem Bett. Sein Brustkorb hob und senkte sich langsam und gleichmäßig. Noch immer roch er nach Alkohol. Sie rüttelte ihn. Als er nicht reagierte, holte sie einen Zahnputzbecher voller Wasser aus dem Badezimmer und kippte ihn über Holger aus.

Er schrie auf.

»Spinnst du total?« Holger rappelte sich hoch, blickte sich orientierungslos um. Erst jetzt schien er langsam zu realisieren, wo er sich befand.

»Unten ist Julian«, sagte Claudia.

»Wer?«

»Julian. Unser Julian. Aus der Nachbarschaft zu Hause. Im Wohnmobil vor der Tür mit seiner Buffy. Du hast ihn eingeladen?«

Holger nickte schwerfällig. Er wankte ins Bad, hielt sich das Gesicht unter den Wasserhahn, wusch sich, füllte mehrmals einen Zahnputzbecher aus dem Hahn auf und trank. Mit einem Mal schien er wieder hellwach und klar zu sein.

»Julian ist unten«, sagte Claudia noch einmal. »Du solltest dich darum kümmern.«

Holgers Blick wurde konzentriert, seine Bewegungen hatten das Fahrige verloren. Von unten klang die ruhige Stimme von Gerhard herauf, wie er von früher erzählte. Claudia hätte ihm gern zugehört. So redselig wie in den vergangenen Tagen kannte sie ihn gar nicht! Doch zuerst musste sie dafür sorgen, dass das Julian-Problem gelöst wurde, damit Antonia sich wieder beruhigen konnte.

# 24

## DEZEMBER 1945, BEI PATAHOLM, SMÅLAND

Am nächsten Montag kommt Sessa zwei Stunden früher aus der Schule. Sie rennt auf das Haus zu, trägt nur einen Schuh. Ihre Schultasche hat sie nicht dabei, ihre Jacke ist zerrissen. Ich stehe gerade am Brunnen und versuche, in einem Eimer die Pinsel zu reinigen. Hektisch sieht sie sich um, als würde sie verfolgt.

»Es war Ebbe.« Sie ist so außer Atem, dass ich sie kaum verstehen kann. Sie öffnet den oberen Knopf ihrer Bluse und ich entdecke Würgemale.

»Ich bringe ihn um!« Das ist nicht einfach dahergesagt. In dem Moment hätte ich ohne zu zögern meine Finger um Ebbes Hals gelegt. Wie kann er nur!

»Das hilft nichts. Es ist nicht nur Ebbe. Er hat mir mit Freunden am Schulhof aufgelauert, mich vom Hof und von den anderen weggelockt. Und ich dumme Gans bin noch zu ihm gegangen. Er müsse mir etwas zeigen, hat er gemeint. Es waren die Zettel, die wir beide uns geschrieben haben. Deine Antworten darauf. Er kann gut kombinieren. Er weiß jetzt alles. Dass du ein deutscher Soldat warst. Dass du dich bei uns versteckt hast. Dass wir uns lieben.«

»Das haben wir doch nie aufgeschrieben! Nichts davon steht in den Briefen!«

»Ebbe ist nicht blöd. Es haben wohl alle gemerkt, was ich für dich empfinde. Es war einfach nur so schön, dass du da warst.«

»War? Ich bin noch da.«

»Und das sollst du bleiben. Was sie sich auch einfallen lassen, sie können uns nichts anhaben. Ich ignoriere sie. Dann suchen sie sich jemand anderen, den sie schikanieren können.«

Ich weiß nicht, ob ich Sessas Zuversicht teilen kann. Die Würgemale an ihrem Hals sind hochrot und zeigen genau, wo Ebbe zugedrückt hat. Nie zuvor habe ich sie so aufgelöst erlebt.

»Und was ist mit deiner Schultasche? Und wo ist dein zweiter Schuh?«, frage ich.

Sie zuckt mit den Schultern.

»In der Schule hattest du beides noch?«

Sie nickt.

Ich ziehe meine Schuhe aus, nehme ihr den einen Schuh vom Fuß und helfe ihr, in meine Schuhe zu schlüpfen. Schon nach wenigen Sekunden brennen meine Zehen vor Kälte, die Socken werden nass vom Schnee, der darunter schmilzt. »Sag mir, wo Ebbe wohnt!« Der Schmerz an den Füßen hält mich nicht von meinem Plan ab, im Gegenteil. Die beginnende Taubheit steigert nur meine Wut und Entschlossenheit.

Sessas Stimme klingt brüchig. »Der Schuh und die Tasche sind entweder irgendwo auf dem Weg zwischen Schule und hier oder Ebbe hat beides. Ich weiß es doch auch nicht.«

»Leg dich ins Bett, sag, dass du dich bei Kalla angesteckt hast, und ich kümmere mich darum.«

»Aber Papa braucht dich. Er hat versprochen, die Aufträge noch diese Woche …«

»Er sagt mir schon seit Monaten, ich solle einmal einen Nachmittag oder einen ganzen Tag freinehmen und in die Stadt gehen, anstatt immer nur in meiner Kammer zu hocken.«

Nun laufen Tränen über Sessas Gesicht. Sie ist so voller Erde und Staub, dass die Tränen helle Straßen auf der Gesichtshaut hinterlassen, vom Augenwinkel über die Nasenwurzel bis zum Mundwinkel und dann weiter über das Kinn.

»Wo wohnt er?«, frage ich und umarme sie.

Auch wenn Sessa nur flüstert, verstehe ich sie genau. Und mit jedem Wort, aus dem ihre Verzweiflung spricht, steigert sich meine Wut auf diejenigen, die ihr das angetan haben.

# 25

»Du hast Julian eingeladen«, sagte Claudia. Es war keine Frage, sondern eine Feststellung. »Was hast du dir dabei gedacht?«

»Das Wichtelspiel. Ich habe Antonia gezogen. Es war eine spontane Idee. Am Abend vor unserer Abfahrt habe ich gesehen, wie sie mit ihrem Laptop auf dem Sofa saß und die alten Mails von Julian durchgelesen hat. Sie hat Sprachnachrichten abgespielt, die er ihr geschickt hat. Dabei war sie so in Gedanken versunken, dass sie nicht mal gemerkt hat, dass ich mit im Raum war. Später habe ich etwas recherchiert. Ist heute ja nicht schwer, bei all den öffentlichen Onlineprofilen. Dadurch wusste ich, dass er hier ganz in der Nähe mit einem Wohnmobil rumtourt.«

»Dass er seine neue Freundin dabeihat, hat er wohl nicht gepostet?«

»Mein Kopf.« Holger massierte sich die Schläfen. »Ich hätte wirklich nicht so viel trinken sollen. Noch mal langsam. Seine Freundin?«

»Klär das am besten selbst mit ihm.« Claudia hakte sich vorsichtshalber bei Holger ein, um ihn auf der Treppe zu stützen, doch von seinem Rausch war nun nichts mehr zu spüren. Es war, als wäre er von einer Sekunde auf die andere wieder nüchtern geworden. Sie schob ihn durch den Flur, wartete, bis er sich seine Stiefel angezogen hatte, dann öffnete sie die Tür.

Gleichzeitig ging auch die Tür des Wohnmobils auf. Julian trat ins Freie.

»Ich wollte gerade mit Buffy eine Runde um den See gehen«, sagte er. Er wandte sich an Holger. »Ich wusste nicht, ob es okay ist, wenn ich einfach so zu euch reingehe, ohne dass wir vorher etwas abgeklärt haben.«

»Du solltest doch anrufen.«

»Wie denn, wenn hier überall kein Handyempfang ist?«

»Du hast deine Freundin dabei?« Holgers Worte klangen gepresst. Claudia schob mit ihrer Schuhspitze Schnee zu einem Haufen, um keinen der beiden ansehen zu müssen. Die Situation war ihr mehr als unangenehm. Sie verbot sich, einen Kommentar abzugeben. So viel zu gut einsehbaren Onlineprofilen …

»Freundin?« Julian kräuselte die Nase.

»Ihr wolltet gerade eine Runde um den See gehen«, sagte Claudia. »Buffy.«

»Buffy?« Julian prustete los und Claudia hätte ihn am liebsten geschüttelt, damit er zu grinsen aufhörte.

»Das hättest du doch sagen können. Im Vorfeld.« Holger räusperte sich. Er trat in der Kälte von einem Bein auf das andere.

»Buffy, komm!«, rief Julian.

Ein überdimensioniertes grauschwarz gewolktes Fellknäuel sprang aus dem Wohnmobil in den Schnee und begann tief zu bellen.

Claudia wich einen Schritt zurück, als er auf sie zukam. Obwohl der Rücken des Hundes ihr nur bis zu den Knien reichte, war er durch sein dichtes Fell und sein wolfsartiges Aussehen eine beeindruckende Erscheinung, die ihr Respekt einflößte. Es war kein Hund, dem sie bei Dunkelheit allein begegnen wollte, obwohl er eher gelassen als aggressiv schien.

»Darf ich vorstellen: Buffy.« Buffy legte sich zu seinen Füßen, streckte sich aus, als würde sie die Kälte überhaupt nicht stören. »Ein Wolfsspitz.«

»Von ihr habe ich online gar kein Bild entdeckt«, sagte Holger. »Ich meine, von Buffy!«

Julian stockte. »Sie war an einem Autobahnrastplatz angebunden. Der Besitzer lässt sich nicht feststellen, der Hund ist nicht gechippt und nicht tätowiert. Ich wollte sie nicht ins Tierheim geben und so ist Buffy vor zwei Monaten bei mir eingezogen. Es ist nur so, dass ich aufpassen muss, wer davon erfährt. Die Situation ist kompliziert. Bisher konnte ich sie immer unbemerkt in mein Zimmer rein- und wieder rausschmuggeln, weil ich früh gegangen bin und spät gekommen, wenn alle anderen geschlafen haben und die Flure leer waren. Sie kläfft nicht, bleibt ganz ruhig. Im Studentenwohnheim ist Tierhaltung sicher nicht erlaubt. Es steht zwar nichts dazu im Mietvertrag, aber … Na ja, eine eigene, bezahlbare Wohnung zu finden, ist sowieso schon schwer genug. Wenn noch ein Hund dabei ist, ist es so gut wie unmöglich. Deshalb will ich die Sache mit ihr nicht an die große Glocke hängen.«

»Kommt doch erst mal rein«, sagte Holger. »Antonia wird sich freuen.«

Buffy hielt sich hinter Julian, immer nur wenige Zentimeter von ihm entfernt. Trotzdem zog sie mehr Aufmerksamkeit auf sich als Julian selbst.

»Das ist meine Überraschung für dich!« Holger legte seinen Arm um Antonia, die sich demonstrativ wegdrehte, und lenkte auf diese Weise sanft ihren Blick zu ihrem bisher allerbesten Freund.

»Wow!« Antonia beugte sich zu Buffy hinunter, um sie zu streicheln, doch der Hund wich aus, platzierte sich in der

Mitte des Raumes, präsentierte seinen Bauch und ließ sich von Antonia und Niklas zugleich kraulen. Julian trat unruhig von einem Bein aufs andere. Immer wieder warf er Antonia einen Blick zu, den diese aber nicht erwiderte. Stattdessen konzentrierte sie sich weiterhin auf den Hund.

»Buffy muss noch mal raus. Ich wollte mit ihr um den See gehen. Kommst du mit?«, fragte Julian Antonia.

»Draußen ist es megakalt. Nicht mein Ding.«

»Wenn wir uns bewegen, wird es schon warm.«

»Lass mal.«

Claudia wartete darauf, dass Antonia sich umentschied, dass sie Julian doch folgte, stattdessen setzte sich Antonia neben Gerhard und schmiegte sich an ihren Opa.

Claudia blickte hilflos zu Holger. Holger zuckte mit den Schultern. Es schien wohl einiges zu geben, was sie beide über die Veränderungen in Julians und auch Antonias Leben nicht wussten.

»Erzähl weiter, Opa. Erinnerst du dich, wo du aufgehört hast?«, fragte Antonia.

# 26

## DEZEMBER 1945, BEI PATAHOLM, SMÅLAND

Ich trage Sessa ins Bett, bringe einen Wärmestein für ihre Füße, eingewickelt in ein Tuch. Dann ziehe ich meine Schuhe wieder selbst an und breche auf, unentwegt das Bild von Sessa vor Augen, wie sie wie ein verletzter Vogel in Decken eingehüllt liegt, zitternd vor Kälte, voller Angst und entkräftet.

Nur wenige Stunden später kann ich Sessa den Schuh und den Ranzen zurückbringen, dazu ein ausgerissenes Haarbüschel von Ebbe und einen von ihm geschriebenen Entschuldigungsbrief. Und ich kann ihr versichern, dass die Würgemale an Ebbes Hals mindestens so deutlich zu sehen sind wie die an ihrem. Ich habe getan, was nötig war, um für einen gerechten Ausgleich zu sorgen. Ich habe damit gerechnet, dass sie erleichtert wäre, glücklich, dass ich die Angelegenheit aus der Welt geschafft habe. Stattdessen weicht alle Farbe aus ihrem Gesicht, das nun durchsichtig blass aussieht, die Lippen bläulich.

»Das hättest du nicht tun dürfen«, flüstert sie und fasst sich an den Hals.

»Er hat seine Abreibung bekommen. Er wird dich in Ruhe lassen.«

»So funktioniert das nicht.«

Ich nehme sie in den Arm, ziehe sie in eine sitzende Position, drücke sie an mich. »Du machst dir zu viele Gedanken.« Wie soll Sessa wissen, wie man Auseinandersetzungen löst? Mit Auseinandersetzungen kenne ich mich aus, davon hatten wir in der Kaserne und an der Front mehr als genug. Und ich habe nie zu denjenigen gehört, die den Kürzeren gezogen haben. Wer sich mit mir anlegt oder das bedroht, was mir wichtig ist, muss wissen, was ihn zu erwarten hat. So funktioniert das Leben – denke ich zumindest damals. »Ich passe auf dich auf. Ich lasse nicht zu, dass dir Leid geschieht. Alle sollen wissen, dass sie sich mit mir anlegen, wenn sie dir etwas antun.«

»Es könnte so schön sein. Wir heiraten. Du führst die Werkstatt weiter, wenn sich Mats zur Ruhe setzt. Wir wohnen hier mit unseren Kindern und meinen Eltern, die sich um ihre Enkelkinder kümmern können.«

»Das möchte ich auch.« Kurz denke ich an Ingers Schweigen mir gegenüber, schiebe die aufkommenden Zweifel aber schnell beiseite. Selbst Inger und ich werden lernen, miteinander auszukommen. Für Sessa. Ich nehme mir fest vor, alles dafür zu tun, was mir möglich ist, um mein Verhältnis zu Inger zu verbessern. Weniger Widerworte zu geben. Ihr ungefragt zur Hand zu gehen.

Anstatt mir Schuhe und Schultasche abzunehmen, betrachtet Sessa meinen ausgestreckten Arm, als wäre er ein Fremdkörper, als würden ihr die Gegenstände in meiner Hand gar nicht gehören und als wüsste sie nicht, was sie damit tun soll. Sie bricht in Tränen aus. Ihr ganzer Körper wird vom Weinen geschüttelt. Sie wendet sich von mir ab, zieht sich die Decke über den Kopf.

Ich gehe nach unten, um den Wärmestein zu erneuern, und lasse ihr anschließend die Ruhe, die sie anscheinend haben möchte. Nachdenklich reinige ich am Brunnen Schuhe und Tasche vom Matsch, ordne in der Schultasche die Bücher und Hefte wieder ordentlich ein, der Größe nach. Hinten kommen die großen Bücher hin, dann folgen die kleineren. Das Federmäppchen klemme ich an die Seite neben die kleineren Bücher. Tasche und Schuhe stelle ich vor die Tür des Mädchenzimmers – leise, um sie nicht zu wecken, falls sie eingeschlafen ist. Doch sie hat mein Kommen trotzdem bemerkt.

»Geh!«, ruft sie von innen, obwohl ich gar nicht angeklopft habe und gar nicht zu ihr gehen wollte. Es ist eine Erleichterung, dass Inger mit Kalla und Yva Freunde besucht und Mats am See das undichte Dach des Bootsschuppens repariert. So hat Sessa Ruhe, um wieder zu sich zu finden. Und ich kann meine Wut abkühlen, die mich stärker als zuvor packt, wenn ich an Ebbe denke. Viel zu sanft war ich noch zu ihm! Erschöpft von der Prügelei kehre ich in meine Kammer zurück, setze mich auf mein Bett, höre von oben Sessas Schluchzen. Nur kurz will ich den Oberkörper zurücklegen, merke kaum, wie meine Augenlider schwerer werden.

Irgendwann wache ich auf. Blicke mich um und merke, dass es draußen schon dunkel geworden ist. Das Tellerklappern von nebenan nehme ich wie aus der Ferne wahr, als wäre es nur ein Traum. Dann falle ich wieder in einen tiefen Schlaf, die Füße noch immer vor dem Bett abgestellt, den Oberkörper auf dem Bett. Ob jemand hereinkommt, um mich zum Abendessen zu rufen, weiß ich nicht. Die Erinnerung an die Prügelei, die Sehnsucht nach Sessas Nähe, die Gedanken an Sessas Furcht vermischen sich im Halbschlaf zu einem gleichmäßigen Surren wie das eines Bienenschwarms, das meine Müdigkeit nur verstärkt.

Erst mitten in der Nacht erwache ich wieder von der Kälte und von dem Kribbeln in meinen eingeschlafenen Füßen. Ich löse die Schnürsenkel, streife die Schuhe ab und krieche unter die Decke.

Mit einem Ruck wache ich kurz danach wieder auf. Ich denke, es hätte mir jemand das Bett unter dem Körper weggezogen. Es war nur ein Traum. Eine Weile brauche ich, um mich zu orientieren. Noch immer liege ich auf der Matratze in meinem Bett, in meiner Kammer, die Decke zerwühlt über mir, das Kissen nass geschwitzt. In Gedanken bin ich in dem Traum gefangen, habe obendrein das Gefühl zu stürzen und weiter zu fallen, tiefer und tiefer. Doch etwas irritiert mich, ohne dass ich direkt die Ursache erkenne. Es ist so hell! Die Sonne steht schon hoch am Horizont. Aus der Küche dringt das Plappern der beiden Kleinen herüber, unterbrochen von Ingers sonorer Stimme. Kurz stutze ich, weil Kalla und Yva nicht in der Schule sind, dann erinnere ich mich, dass Samstag ist. Aber samstags weckt mich Mats üblicherweise früh, damit wir Esel leihen und zum Markt gehen. Ich stehe auf und sehe aus dem Fenster. Neben dem Brunnen im Schnee steht der Futtereimer für die Rückkehr der Esel, was bedeutet, dass Mats schon aufgebrochen ist, ohne mich.

Vorsichtig schleiche ich an der geschlossenen Küchentür vorbei ins Mädchenzimmer, hoffe, Sessa dort zu treffen, aber sie ist nicht da. Ich suche in der Werkstatt, laufe draußen ums Haus herum und nehme dann all meinen Mut zusammen, um in die Küche zu gehen.

Inger steht am Herd und kocht. Sie schiebt gerade neue Holzscheite nach. Kalla und Yva sitzen am Tisch und spielen mit Holzfigürchen, die Mats für sie geschnitzt hat.

»Guten Morgen«, sage ich.

»Es ist doch gar nicht mehr Morgen.« Kalla lacht.

Ich merke, wie mir die Hitze ins Gesicht steigt, wie ich rot werde. Wie ich es hasse, dass so ein kleines Mädchen mich völlig aus dem Konzept bringt. Kurz vergesse ich, warum ich überhaupt gekommen bin.

»Wo ist Sessa?«, frage ich.

Inger rührt so kräftig mit dem Löffel im Topf, dass es klingt, als würde sie eine Glocke schlagen.

Kalla und Yva wechseln vielsagende Blicke.

»Weg.« Kalla sieht mich an. Nun lacht sie nicht mehr. Ihren Gesichtsausdruck kann ich nicht deuten. Es ist irgendetwas zwischen Entsetzen und Schadenfreude.

»Aber wohin?« Ich verstehe immer weniger.

»Es ist besser, du gehst zurück in dein Zimmer. Und du solltest schon mal packen. Mats wird später mit dir reden.« Inger dreht sich zu mir. Ihr Gesicht ist gerötet und aufgequollen. Sie hat geweint. Ihre Stimme ist fremd. Seit Monaten hat sie nicht mit mir gesprochen. Sie klingt anders, als wenn sie zu den Mädchen oder zu Mats etwas sagt: härter, kälter.

Ich nicke, weil mir klar wird, dass ich sowieso keine Antworten bekomme, wenn ich weiter Fragen stelle. So beschließe ich, auf Mats zu warten, damit er zwischen Inger und mir vermitteln kann und mir erklärt, was all das zu bedeuten hat.

Mit dem Blick nach draußen setze ich mich an den Tisch in meiner Kammer. So kann ich genau sehen, wer kommt und wer hinausgeht. Stundenlang geschieht nichts, nicht einmal eines der Mädchen geht durch die Tür, um den Abort aufzusuchen. Zum Abendessen klopft es an meiner Tür und ich finde einen Teller Gemüsebrei an der Schwelle. Ich nehme den Teller mit ins Zimmer und esse allein. So war das anscheinend von Inger gedacht. Mats ist noch immer nicht zurück.

In der Nacht kann ich nicht schlafen. Sessa ist weiterhin weg. Niemand hat mit mir gesprochen oder mich aus meiner

Kammer gebeten. Und auch Mats kommt nicht. Die Worte, die zwischen Inger, Kalla und Yva gewechselt werden, sind nur ein Flüstern, das unentwegt zu hören ist. In dieser Nacht schläft niemand hier im Haus. Dann wird es wieder hell. Mein Körper schmerzt vom Muskelkater. Mein Kopf rauscht vor Müdigkeit. Inger und die Mädchen bewegen sich inzwischen so leise durch die Räume, dass ich nicht mitbekomme, wie sie mir Essen vor die Tür stellen. Ich finde das Brot und die Milch erst, als ich nach draußen treten muss.

Es wird Mittag. Ich entdecke Suppe vor meiner Tür. Um mich zu beruhigen, sage ich mir, dass es ein gutes Zeichen ist, dass sie mir Nahrung bringen. Es beweist, dass ich ihnen nicht egal bin, sie nur wütend auf mich sind. Wut kann sich wieder legen. Die leeren Teller und das Besteck stelle ich nun dorthin, wo ich vorher die gefüllten Teller gefunden habe: vor meine Tür. In Gedanken stürme ich in die Küche, verlange von Inger, dass sie mir erklärt, was vor sich geht. Doch in der Realität bleibe ich an meinem kleinen Tisch auf dem harten Stuhl sitzen, auch wenn mein Rücken längst steif ist und schmerzt, und starre nach draußen. Vom stundenlangen Starren auf all das Weiß verschwimmen langsam die Konturen. Ob irgendwo am Horizont Mats auftaucht? Er tut es nicht.

Dann, nach noch einer Nacht, als die Morgendämmerung gerade hereinbricht, klopft es an meiner Tür.

# 27

Einerseits freute sich Claudia über Gerhards Offenheit und das Interesse, mit dem besonders Niklas und Antonia zuhörten, hassten doch beide in der Schule das Fach Geschichte und gingen auch meistens zu Hause in ihre Zimmer, wenn das Gespräch auf frühere Zeiten kam. Doch es blieb die Befürchtung, dass Antonia dadurch nur davon ablenkte, offen aussprechen zu müssen, dass sie Julian gar nicht sehen wollte, dass sie der Frage vorbeugen wollte, was denn zwischen ihr und Julian vorgefallen war. Außerdem bereitete Claudia Sorgen, wie ihr Vater seit dem Verschwinden von Fritz die Gegenwart auszublenden schien, wie er mehr und mehr in die Vergangenheit glitt. Seine Bewegungen hatten sich verlangsamt, als hätte er nächtelang nicht geschlafen, obwohl Fritz erst vor Kurzem weggelaufen war. Doch seitdem war Gerhard ein anderer geworden. Auf dem dick gepolsterten Ohrensessel wirkte er noch kleiner und zerbrechlicher. Seine Brust hob und senkte sich schnell bei jedem Atemzug, als bekäme er zu wenig Luft.

»Ist der Auflauf im Ofen nicht bald fertig?«, fragte Claudia. Der Duft nach zerlaufenem Käse war nun so intensiv, dass ihr das Wasser im Mund zusammenlief. Ihr Magen knurrte laut und ihre Füße und Hände fühlten sich kalt an.

»Wir sollten auf Julian warten«, sagte Holger.

Antonia stöhnte auf.

»Freust du dich denn gar nicht?« Holger wandte sich von Antonia ab. Er war sichtlich enttäuscht, erwartete schon gar keine Antwort mehr.

»Wo liegt das Problem, dass ihr mich nicht einfach mal in Ruhe lassen könnt?«, fragte Antonia.

»Ich muss mal raus. Die Beine vertreten. Hier drinnen ist es so stickig. Das Essen braucht noch knapp zwanzig Minuten.« Holger ging zur Garderobe.

»Aber du bist zum Essen zurück?« Claudia folgte ihm.

Er antwortete nicht.

So zog sich auch Claudia ihre Stiefel an und ging mit nach draußen. Die Sonne strahlte vom Himmel. An diesem Tag war keine Wolke zu sehen, die Temperatur war noch weiter gesunken. Der Schnee leuchtete so gleißend hell, dass Claudia die Augen zusammenkniff. Das Licht war an diesem Ort genauso intensiv wie die Dunkelheit. Die Nächte waren so lang, still und schwarz, dass sie manchmal beim Blick aus dem Fenster dachte, es würde nie mehr Tag werden. Doch wenn die Sonne schien, war es, als würde alles mit Helligkeit geflutet. Holgers und ihre Schritte knirschten im Schnee. Eine Zeit lang liefen sie schweigend nebeneinander her. Claudia hielt nach Julian und seinem Hund Ausschau, aber von beiden war nichts zu sehen. Durch den Wind und die lockere Schicht Neuschnee, die obenauf lag, waren die Fußspuren längst verweht.

»Das Wichteln läuft dieses Mal völlig schief«, sagte Claudia. »Nur bei Niklas hat Simone einen Überraschungstreffer gelandet. Aber ansonsten …«

»Vielleicht kriegt jeder von uns doch im Grunde das, was er braucht.«

»Wie meinst du das?«

Holger starrte beim Gehen geradeaus. Claudia wünschte, sie könnte seine Zurückgezogenheit und die abweisende

Körperhaltung mit den verschränkten Armen auf seinen Alkoholkonsum zurückführen, aber er schien wieder nüchtern zu sein. Seine Stimme klang deutlich und überlegt.

»Wenn ich an früher denke …«, begann Claudia erneut, um ein Gespräch in Gang zu bringen. »Was waren wir blauäugig bei der Schwangerschaft mit Antonia. Wir dachten, zu dritt würde unser Leben weitergehen wie bisher. Jetzt fällt mir der Gedanke an noch ein Kind überhaupt nicht leicht. Und dann das Theater in der Frauenarztpraxis mit all den Tests, den Zweifeln, Statistiken, Risiken. Aber es muss doch auch nicht alles über den Haufen werfen. Weißt du, was ich meine?«

Holger sah weiterhin vor sich auf den Boden. Er drehte nicht einmal den Kopf in ihre Richtung.

Claudia blieb stehen.

Holger ging weiter.

»Ich gehe dann zurück«, rief sie ihm zu und wandte sich um. Nichts war fürchterlicher, als auf diese Art und Weise nebeneinanderher zu laufen. Nie konnte man einsamer sein als zu zweit, wenn der andere nichts von dem wahrzunehmen schien, was man aussandte, wenn alle Gesprächsversuche scheiterten und es war, als würde man gegen eine Wand reden, in der Hoffnung, die Steine würden sich auf einen zubewegen.

»Warte!«, rief Holger, als sie gar nicht mehr damit gerechnet hatte. Sie war so in Gedanken versunken, dass sie nicht gemerkt hatte, dass Holger ihr gefolgt war. »Bleib doch mal stehen.«

Claudia spürte seinen Arm an ihrer Hüfte. Ihr Hals wurde eng bei der Erinnerung, wie sie früher oft in der Weise umschlungen durch den Wald und durch die Stadt geschlendert waren, seinen Arm um ihre Mitte gelegt, ihre Hand in seine Hosentasche gesteckt. Sie war niemand, der allzu oft an die Vergangenheit dachte. Claudia fragte sich, ob die melancholischen Gedanken durch diesen Ort bedingt waren oder weil

Gerhard so viel von seinen früheren Erlebnissen erzählte. Auf jeden Fall schmerzte es.

»Wir hätten uns einen Monat vor Antonias Geburt zusammensetzen sollen und Abschied feiern«, sagte sie mehr zu sich als zu Holger. »Wir hätten uns Lebewohl sagen sollen, so, wie wir damals waren. Ich glaube, man braucht ein definitives Abschiednehmen, um wirklich neu anfangen zu können. Aber da ahnten wir ja nicht, dass wir uns bald nicht mehr in der Weise begegnen würden, dass es so ein Einschnitt sein würde, vor dem Kind und nach dem Kind.« Sie schwieg, weil sie fand, dass es zu pathetisch klang und außerdem zu wirr. Mit einem Mal kam sie sich lächerlich vor, wie sie plötzlich dastand wie ein unsicherer Teenager mit ihrer Melancholie, von der sie nicht wusste, woher sie kam. All die Jahre hatte sie sich darauf konzentriert, das zu tun, was notwendig war, sich an Fakten und To-do-Listen festgehalten. Nun funktionierte es nicht mehr.

Sie wartete, dass Holger sie losließ, weil es ja nichts gab, was sie sich aktuell zu sagen hatten, weil er auch kein Interesse an einem Gespräch zeigte. Es war nur das Pfeifen des Windes zu hören, das Geräusch ihres Atems und das Knirschen ihrer Schritte, das nun überlaut wirkte. Die oberste Schneeschicht war in dauernder Bewegung. Wenn sie sich auf dieses ununterbrochene Gleiten konzentrierte, wurde ihr schwindelig und der Boden unter ihr schien zu zerfließen. Holger hielt seine Berührung aufrecht. Sie zögerte, dann steckte sie ihre Hand in seine Hosentasche. Es war so lange her, dass sie es getan hatte, dass sie sich nicht erinnern konnte, wann sie das letzte Mal so miteinander spaziert waren. Zuerst fühlte es sich fremd an, doch dieses Gefühl währte nur kurze Zeit. Nach ein paar Minuten war es, als hätte sie nie die Hand aus seiner Hosentasche genommen, als wären sie immer auf diese Weise durch die Welt gegangen.

»Gib mir einfach Zeit«, sagte Holger. Das Haus war schon in Sichtweite. »Ich brauche länger als du. Ich kann nicht sofort irgendwas Kluges sagen. Ich habe nicht sofort einen Plan. Du kommst daher wie ein Wirbelwind. Peng, ist alles über den Haufen geworfen.«

Sie merkte, wie ihr Atem schneller ging, wie ihre Schultern sich anspannten und auch wieder entspannten. Seine Berührung, die nun intensiver wurde, nahm das Gefühl von Einsamkeit und Bedrohung.

»Das heißt?«, fragte sie und dachte an ihre Schwangerschaft.

Nun war es Claudia, die schwieg. Sie wollte von ihm hören, dass er zu ihr hielt, egal, wie es im Hinblick auf das dritte Kind weiterging, ob es überhaupt ein weiteres Baby geben würde oder nicht. Dass er sagte, dass er sie unterstützte. Dass sie es gemeinsam schaffen würden. Aber wenn sie es in einer Frage konkretisierte, wenn sie ihm die Worte in den Mund legte, käme es nicht mehr von ihm selbst.

»Setzen wir uns doch.« Holger zeigte auf das umgekippte Ruderboot und fegte den Schnee vom Holz. »Ja, damals haben wir keinen Abschied feiern können, weil wir nicht wussten, dass es ihn geben würde mit Antonia. Tun wir es diesmal.«

»Wie das?«

»Nehmen wir eine Flasche Wein, zünden wir ein Lagerfeuer an oder was auch immer. Und verabschieden uns. Tun wir es heute.«

»Aber vielleicht wird es ja nichts. Mit dem Kind, meine ich. Möglich, dass alles beim Alten bleibt.«

Holger drückte sie an sich. »Das ist egal. Ob du es bekommst oder nicht, ob es gesund ist oder nicht, es wird nie wieder so sein, wie es vorher war.«

Sie nickte. Der Streit über ihr Fotogeschenk, die Auseinandersetzungen und Spannungen der letzten Tage, das alles rückte in den Hintergrund. Sie wünschte, die Zeit anhalten

175

zu können. So nah wie nun waren sie sich schon seit Jahren nicht mehr gewesen. Es gab nur sie und ihn. Genauso, wie er anwesend war und bei ihr, war sie bei ihm, nicht nur körperlich, sondern ganz. Es war wunderschön. Gleichzeitig schmerzte es, dass er recht hatte. Egal, was passierte, es würde nie wieder so werden, wie es früher gewesen war.

»Ich brauche kein Lagerfeuer und keinen Wein«, sagte sie. »Mir reicht das hier. Wie wir hier sitzen. Und reden. Und da sind.«

Er hob seine Hand, als würde er ein Glas halten und mit ihr anstoßen. »Auf den Neuanfang. Tschüss wilde Lebensphase.«

Sie schüttelte den Kopf. »Du kannst trotzdem mit Freunden was unternehmen. Auch wenn das Baby da ist. Deine Motorradtouren musst du nicht aufgeben. Nicht deswegen. Das wäre ein schlechter Grund. Und du würdest es dem Kind vorwerfen, irgendwann, obwohl es gar nichts dafür kann, nicht darum gebeten hat.«

»Es ist sowieso vorbei.«

»Warum denn? Das ist Quatsch!« Sie küsste ihn, zog ihn näher zu sich. »Hey, sieh das doch alles nicht so negativ.«

»Das hat gar nichts mit Baby oder Nicht-Baby zu tun. Es ist nur, weil mir klar geworden ist, was mir wirklich wichtig ist. Es war viel zu lange nur ein Ich und ein Du. Wir haben es eine Zeit lang beide gebraucht. Aber wollen wir so weiterleben für die restlichen Jahrzehnte? Ist es nicht Zeit für einen Neuanfang? Einmal Bilanz zu ziehen?«

Claudia überlegte. Sie wusste nicht, was sie sagen sollte. Es klang so absolut. »Hm.« Nun war sie diejenige, die überwältigt war. Sie hatte mit allem gerechnet, nur nicht damit, dass Holger einen generellen Umbruch erlebte.

# 28

## DEZEMBER 1945, BEI PATAHOLM, SMÅLAND

»Wo ist Sessa?«, frage ich Mats.

»Ich habe sie zu ihren Großeltern gebracht. Es ist besser so. Sie kommt erst einmal nicht mehr wieder. Die Gemüter müssen sich beruhigen.«

»Warum?«

Er zieht einen Umschlag aus seiner Jacke hervor, reicht ihn mir. »Dafür musste ich all unsere Ersparnisse aufbrauchen. Aber ich bin es dir schuldig. Du bist wie ein Sohn für mich geworden.«

Erst nach mehrmaligen Versuchen gelingt es mir, den Umschlag mit meinen zitternden Fingern zu öffnen. Mein erster Gedanke ist, dass es sich um ein kleines Buch handelt, dann lese ich die Schrift: Passport. Die Buchstaben sind golden auf grünlich-blauem Hintergrund, der aus lauter kreisrunden Wappen besteht. Darunter ist ein goldenes Siegel abgedruckt: ein Weißkopfseeadler mit einer unvollendeten Pyramide auf der Rückseite. Das »Auge der Vorsehung« nennt man den Kreis darüber. Unter dem Wappen glänzt der Schriftzug »United States of America«.

Der Pass ist auf den Namen »John Becker« ausgestellt. Das Bild darauf ist mir so ähnlich, als wäre ich wirklich abgebildet, doch ich bin es nicht. Auch das Geburtsdatum stimmt nicht, der Pass gehört jemandem, der zwei Jahre älter ist als ich. Ich kenne mich mit Fälschungen aus, habe bei meiner Ankunft überlegt, solch einen Pass zu erwerben, aber alle Nachahmungen von Pässen, die mir damals angeboten wurden, waren deutlich schlechter als dieses Dokument und zugleich unbezahlbar teuer.

»Du hast gesagt, du wolltest nach Amerika auswandern, an die Westküste, wo ein Großonkel von dir lebt«, sagt Mats.

Ich kann mich nicht erinnern, je solche Pläne geäußert zu haben. Und ich verstehe nicht, was das alles bedeutet. Je genauer ich den Pass untersuche, umso mehr gerate ich ins Staunen. Er wirkt so echt, dass er ein Vermögen gekostet haben muss. »Vielleicht habe ich das am Anfang überlegt«, fällt es mir wieder ein, »aber es war nur ein Gedanke.«

»Hier kannst du nicht bleiben. Mit den Papieren hast du die Möglichkeit, noch einmal neu anzufangen, als ein anderer Mensch.«

Ich lege den Pass auf den Schreibtisch, weil Mats ihn mir nicht abnimmt, obwohl ich ihn zurückgeben möchte. »Ich will nicht neu anfangen, sondern hierbleiben. Mit dir in der Werkstatt arbeiten. Bei Sessa sein.«

»Das geht nicht mehr. Ich weiß, dass du Sessa nur beschützen wolltest. Aber du hast einen Streit innerhalb der Familie entfacht, bei dem es keine Gewinner geben kann. Nur Verlierer. Wir sind hier aufeinander angewiesen. Niemand kann ohne die anderen überleben. Du bist der Auslöser allen Zwiespalts. Ich habe versprochen, dass ich das Problem löse.«

»Und das heißt, du schickst mich weg? Hast du Sessa gefragt, was geschehen ist? Hast du ihren Hals gesehen?«

»Du begreifst das nicht.« Mats seufzt.

Nein, das tue ich nicht. »Dann erklär es mir. Wenn ich schon gehe, muss ich verstehen, warum ich es tun soll.«

Mats erzählt von einer längst vergangenen Fehde, von dem Streit seines Großvaters mit dessen Bruder, die die Ländereien aufgeteilt hatten in einen Bereich oberhalb des Sees und unterhalb des Sees. Dass es einen Toten gab, der erschossen wurde, einen vierzehnjährigen Jungen, der im falschen Bereich des Sees gefischt hat. Mats redet immer schneller, sodass ich Mühe habe, seinen Berichten von brennenden Häusern und den Hintergründen einer Entführung zu folgen. All die Namen, die fallen, habe ich nie gehört und kann sie mir auch nicht merken. Dann kehrt Stille ein. Mats ist erschöpft. Er setzt sich auf mein Bett.

»Was du erzählst, das war vor mehr als dreißig Jahren«, rechne ich.

»Der See wurde vor genau 43 Jahren aufgeteilt und vor elf Jahren haben wir die Trennung aufgehoben. Es gab ein großes Fest zur Versöhnung. Aber nun ist durch dich der damalige Streit wieder aufgebrochen, weil die Familie sich in dieselben Lager geteilt hat, wie sie sich früher gegenüberstanden. Die einen schlagen sich auf Ebbes Seite. Die anderen heißen es gut, dass du Ebbe in die Schranken verwiesen hast.«

»Findest du, es war unrecht? Dass ich falsch gehandelt habe? Hätte ich zulassen sollen, dass deine eigene Tochter verletzt und gedemütigt wird?« Es ist unglaublich. »Wie kannst du dich nur auf Ebbes Seite stellen?« Nie habe ich Mats als schwächer empfunden. Er schützt nicht einmal seine eigene Familie? Er lässt zu, dass Sessa ein Leid geschieht?

»Ich bin auf niemandes Seite. Wie soll ich einen Vorfall beurteilen, von dem jeder mir etwas anderes berichtet? Wie soll ich Wahrheit von Unwahrheit unterscheiden? Ich weiß nur eins: Wir hatten längst Frieden geschlossen. Und ich will, dass wir in Frieden weiterleben und nicht im Krieg.«

»Und um das zu erreichen, schickst du deine Tochter und mich weg?«

»Ich tue, was notwendig ist.«

Ich ziehe mir meinen Mantel über und stürme aus dem Haus – ohne zu packen, um Mats nicht zu schlagen.

# 29

Claudia sah immer wieder zu Holger. Es war, als würden sich während dieser kürzesten und dunkelsten Tage im Jahr Vergangenheit und Zukunft verbinden, sich die Grenzen zwischen Abgeschlossenem und Kommendem auflösen, nicht nur bei Gerhard, sondern auch bei ihr. Sie gönnte sich einen Nachschlag vom Auflauf und anschließend noch ein Eis, obwohl sie eigentlich schon satt war, um die Gedanken an Antonia beiseitezuschieben, die bei Julian im Wohnmobil war. Niemand der anderen schien sich daran zu stören. Beim Gedanken an das Wohnmobil, das abseits des Hauses stand, und was dort fern von aller Vernunft geschehen könnte, fand Claudia das Wichtelgeschenk von Holger überhaupt keine gute Idee. Julian hatte sich verändert, war älter geworden, selbstständiger und für Antonia möglicherweise längst nicht mehr nur ein Kumpel oder Helfer beim Lernen für Arbeiten. Wie wenig sie über die Beziehung zwischen den beiden wusste, das hatte sie schon bei Julians Ankunft bemerkt.

»Ich gehe jetzt Antonia holen.« Claudia richtete sich auf. Die Beine ihres Stuhls schabten laut über den Holzboden.

»Lass sie besser.« Niklas stand auf und überholte sie auf dem Weg zur Haustür. Wie ein Türsteher stellte er sich davor.

Claudia schüttelte den Kopf.

»Du bist voll peinlich.« Niklas rollte die Augen und sprach langsam, als wäre sie schwer von Begriff. »Das ist, wie wenn Eltern zum Kindergeburtstag einladen. Und dann auch noch Topfschlagen machen wollen«, sagte Niklas. »Toni will nicht, dass ihr euch da einmischt. Das ist mega daneben. Wie sie sonst dasteht!«

»Wie steht sie denn da?«

»Ach, vergiss es.« Niklas stöhnte.

»Okay, ich setze mich zurück an den Tisch. Nur noch eins. Weißt du, wie Antonia zu Julian steht? Was die beiden miteinander treiben? Was denkt ihr eigentlich …« Sie wandte sich weg von der Tür, ohne ihre Frage vollständig zu stellen, weil sie wusste, dass sie sowieso keine Antwort erhalten würde. Wieder war es, als würde sie nicht nur die Türschwelle zur Wohnküche überschreiten, sondern einen Graben überspringen, von wo es anschließend kein Zurück mehr gab. Ihre Kleine war längst nicht mehr klein. In nicht einmal einem Jahr wurde sie volljährig. Und schon jetzt hatte sie wenig Einfluss auf das, was Antonia tat. Nun half es nur noch, Antonia zu vertrauen – darauf, dass sich all die Gespräche in der Vergangenheit nun auszahlten. Dass das, was sie ihrer Tochter versucht hatte, fürs Leben mitzugeben, nun Früchte trug. Dass Antonia umsichtig blieb und fähig war, ihre Zukunft selbst in die Hand zu nehmen.

Claudia beneidete Holger um seine Lockerheit, um die Zuversicht, die er einfach hatte und um die sie so sehr kämpfen musste. Es war schon immer so gewesen und es würde wohl bei ihrem dritten Kind wieder so werden. Holger hatte seine tapsigen Kleinkinder in Windeln angefeuert, höher aufs Klettergerüst zu steigen. Auch wenn er mit ausgebreiteten Armen daruntergestanden hatte, war ihr jedes Mal das Herz stehen geblieben. Er hatte sich am allerersten Tag im Kindergarten und am ersten Tag in der neuen Schule froh verabschiedet, hatte

Schulwechsel genauso locker genommen, wie er morgens die Pausenbrote schmierte.

»Ich hab mit dem Drucker, der eigentlich Sebastian gehört, Suchplakate fertig«, sagte Niklas. »Die will ich heute noch aufhängen. Fährt mich jemand durch die Gegend? Zu Fuß komme ich nicht weit.«

»Ich fahre.« Alexandra stand auf. »Fritz mit hierherzunehmen, war immerhin meine Idee. Jetzt kümmere ich mich darum, dass wir ihn wiederfinden.«

»Aber in zwei Stunden seid ihr zurück, oder? Was wird sonst aus der Bescherung?«, fragte Holger. »Ich habe die Geschenke extra eingepackt.«

»Und von mir kriegt ihr natürlich auch euren üblichen Obolus«, sagte Gerhard.

»Klar!« Niklas umarmte Holger zum Abschied, dann verließ er mit Alexandra das Haus.

Sofort wurde es stiller am Tisch. Claudia versuchte, durchs Fenster auf den Wohnwagen zu sehen, doch er stand so weit abseits, dass von ihrem Sitzplatz aus nichts zu erkennen war. So ruhig und noch viel ruhiger würde es in Zukunft öfter sein, dachte sie, ohne drittes Kind. Es war völlig ungewohnt ohne Kinder, obwohl ihr Vater da war, ihre Schwester und Holger. Trotzdem war es ein großer Unterschied, ob Kinder oder Jugendliche dabei waren oder nicht. Sie strahlten eine Lebendigkeit, Zuversicht und auch Unbeschwertheit aus, weil für sie meistens nur die Gegenwart und vielleicht noch das Morgen von Bedeutung war. Sie grübelten nicht oder nicht lang anhaltend.

Holger setzte sich neben sie. Er schob Alexandras Teller beiseite und rückte näher. Vorsichtig nahm er ihre Hand, als ahnte er, was in ihr vorging. Claudia wollte aufstehen, um der Nachdenklichkeit nicht zu viel Raum zu geben, da fiel ihr Blick auf Gerhards Teller. Er war noch voll, die Soße hatte schon eine Haut gebildet.

»Du hast ja kaum etwas gegessen«, sagte sie. »Soll ich es dir noch mal aufwärmen?«

»Lass nur.« Er starrte geradeaus, antwortete, ohne sie anzusehen. Die Bewegung, mit der er sein Wasserglas an den Mund führte, war langsam.

»Was kann ich denn tun, um dich aufzuheitern?«, fragte Simone.

»Ist es noch immer wegen Fritz?« Claudia bereute sofort, es ausgesprochen zu haben, weil Gerhard nun Tränen in die Augen traten. Sie wusste, dass es nicht half, mit Logik zu argumentieren. Er kannte Fritz gar nicht richtig, zu kurz war die Begegnung gewesen. Es gab unzählige Hunde, die in den Tierheimen auf neue Besitzer warteten. Fritz war so lange allein draußen zurechtgekommen, dass es ihm bestimmt auch in Zukunft gelingen würde. Doch für Gerhard war Zuneigung und Nähe nichts, was sich entwickelte, was langsam wuchs. Es war da oder nicht da. Wie bei Sessa. Wenn er liebte, dann sofort, mit ganzem Herzen und ohne Bedingung.

»Hast du Sessa eigentlich danach noch einmal wiedergesehen?«, fragte sie, nicht nur, um ihn abzulenken, sondern weil sie die Antwort wirklich interessierte. »Nachdem du ohne Gepäck das Haus verlassen hast?«

# 30

## FEBRUAR 1946, SMÅLAND

Zuerst wollte ich auf einem Lastschiff anheuern, das mich so weit wegbringt, wie es nur irgend möglich ist. Doch in Kalmar am Hafen ist mir klar geworden, dass ich nicht gehen kann, nicht ohne mich von Sessa verabschiedet zu haben. Sie soll mir persönlich und mit Blick in mein Gesicht sagen, dass sie mich nicht wiedersehen will. Dann werde ich ihr nicht mehr unter die Augen treten. Sie allein ist diejenige, die das entscheiden darf, weder ihre Mutter noch ihr Vater oder die Verwandtschaft.

Manchmal gelingt es mir, an drei Tagen in der Woche Arbeit zu finden. Das sind gute Wochen. In schlechten Wochen stehe ich stundenlang am Hafen, warte auf einlaufende Schiffe, spreche Seeleute an und werde direkt abgewiesen. Dann nagt der Hunger so an mir, dass es schmerzt, als würde der Magen sich selbst verdauen. Manche behaupten, der Hunger würde bald verschwinden, wenn man nichts isst. Bei mir stimmt es nicht, im Gegenteil. Der leere Magen wird zu einem Loch, der alles andere aufsaugt, die Gedanken, die Pläne. Von Haus zu Haus ziehen und betteln kann ich nicht, weil ich befürchten muss, dann Ebbe zu begegnen oder jemandem, der mich kennt. Ich möchte auch nicht, dass Mats erfährt, dass ich mich noch in seiner Nähe aufhalte, was meine Arbeitsmöglichkeiten zusätzlich einschränkt. So bitte ich nur bei einlaufenden Schiffen aus dem Ausland um Arbeit, nicht bei schwedischen Seglern. Gleichzeitig kann ich meinen Radius für die Suche nach einer Anstellung nicht genug ausweiten, sodass meine Bemühungen Flickenschusterei bleiben müssen. Denn das Wichtigste ist, dass ich regelmäßig aus der Ferne Mats' Haus beobachte und auch immer wieder vor dem Schulgebäude ausharre, um den Zeitpunkt von Sessas Rückkehr nicht zu verpassen, wenn sie zurück zur Schule in ihre alte Klasse geht. Sie kann nicht ewig bei den Großeltern bleiben, da bin ich mir sicher. Zu sehr ist die Familie auf jede Arbeitskraft angewiesen, darauf, dass Sessa sich mit um ihre beiden kleinen Schwestern kümmert und ihrer Mutter in der Küche und bei der Wäsche zur Hand geht.

Als ich mal wieder am Hafen herumlungere und auf ein einlaufendes Schiff warte, kommt sie auf mich zu. Zuerst denke ich, es ist eine Verwechslung wie all die Male zuvor, als ich eine junge Frau gesehen habe mit ähnlicher Statur, ihr zugerufen habe, nachgelaufen bin, bis ich meinen Irrtum erkannt habe. Sessas Haare sind kurz geschnitten wie bei einem Bub, wirken dadurch dunkler. Sie ist größer geworden und schlanker, so schlank, dass ihre Beine dünner sind als meine Arme. Sie umarmt mich zur Begrüßung und ich umarme sie, vorsichtig, als könnte ich sie mit meiner Liebe erdrücken und ihr die Luft nehmen. Sie wirkt so zerbrechlich. So nah und zugleich so fern, dass es schmerzt.

»Ich wollte eher kommen«, sagt sie, »aber es ging nicht. Sie haben mich nicht aus den Augen gelassen. Kalla hat dich zufällig bei einem Ausflug mit einer Freundin entdeckt und mir gesagt, dass du noch am Hafen bist und nicht abgereist. Ich hätte von ihr erwartet, dass sie es zuerst unseren Eltern verrät, aber das hat sie nicht. Ist das nicht unglaublich? Auch meine kleinen Schwestern haben sich verändert, seit du weg bist, nicht nur ich. Heute haben wir schulfrei, die Lehrerin ist krank.«

Ich drücke sie fester an mich, ihre Worte schaffen sofort Nähe. »Sag Kalla einen ganz herzlichen Gruß von mir.« Wie Sessa hätte auch ich niemals erwartet, dass Kalla so eine Hilfe sein würde, habe ich sie doch immer nur als Anhang ihrer Mutter wahrgenommen.

»Weißt du, dass du der Erste warst, der mir wirklich zugehört hat?«, fragt sie.

»Du kennst Geheimnisse von mir, die sonst niemand auch nur ahnt«, flüstere ich und weine, obwohl ich glücklich bin wie nie zuvor in meinem Leben. Ich weiß, was sie meint, spüre ich doch dasselbe: Erst dass wir offen zueinander sein konnten, darüber reden konnten, was wir uns von unserer Zukunft erhoffen, wie wir die Dinge sehen, hat uns zu den Menschen gemacht, die wir nun sind. Es ist das Zuhören und aufeinander Eingehen, das uns lebendig werden lässt. Ohne Sessa bin ich nichts. Und das liegt nicht daran, dass sie mir die Sprache dieses Landes beigebracht hat, oder daran, dass ich mir nichts sehnlicher wünsche, als sie zu berühren und nie mehr loszulassen. Es waren unsere nächtlichen Begegnungen am Brunnen, in denen unsere Seelen sich entblößt und schutzlos gegenübergestanden haben, die uns unauslöschlich aneinanderbinden. In den Nächten mussten wir nichts leisten, nichts darstellen, nichts planen, nichts versprechen. Es reichte, wenn ich ich war und Sessa Sessa. Wenn sie mich ansieht, ist es, als ob sie alles erkennt, auch alles, was ich sonst verberge und überspiele: die Angst, die Unsicherheit, das Grauen des Krieges, all die Toten in meiner Erinnerung, mein Zaudern. Doch sie schreckt vor alledem nicht zurück, sondern lässt es einfach bestehen. Sie nimmt es hin wie die Farbe einer Katze, ob sie nun schwarz, weiß, rot, gestromt, gefleckt oder einfarbig ist.

Hektisch sieht sich Sessa um. »Ich kann nicht bleiben.«

»Hier wird uns niemand sehen, am Hafen zwischen all den Containern und Seeleuten.«

»Wenn du wüsstest ...« Sie beendet den Satz nicht.

»Das glaube ich nicht. Die Sache zwischen Ebbe und mir, die ist längst aus der Welt. Wer erinnert sich schon daran, solange ich mich von deiner Familie fernhalte?«

Sessa schüttelt den Kopf. »Ebbe gibt Ruhe, weil du aus dem Haus bist, weg von mir. Wenn du als Herumtreiber am Hafen herumlungerst, bist du für ihn geschlagen, mehr interessiert ihn nicht.« Wieder sieht sie sich um, zieht mich hinter einen Pferdekarren, drückt mich an den Schultern herunter, sodass wir zwischen Karren und Wand kauern. »Sag jetzt nichts. Hör mir einfach zu. Wenn du von unserem Haus ausgehend den See umrundest, führt ein Weg in den Wald. Den musst du nehmen. Danach wird es schwierig. Ungefähr zwanzig Minuten lang geht es geradeaus. An einem Baum auf der rechten Seite habe ich einen Kreis in die Rinde geritzt und ihn blau eingefärbt. Dahinter beginnt Buschwerk. Die Zweige sind lose, du schiebst sie beiseite. Dann siehst du einen Pfad, der tiefer in den Wald hineinführt. Denk daran, anschließend den Zugang wieder zu verbergen, damit dir niemand folgen kann. Es ist ein ausgetretener Wildpfad, den du entlangläufst. Er führt zu einer Lichtung und einer alten Einsiedlerhütte. Die steht seit ungefähr zehn Jahren leer. An den Brunnen dort habe ich einen neuen Eimer geknotet. Du findest etwas zu essen, das wird für eine Woche reichen. Als Bettunterlage habe ich frisches Stroh geholt, eine Decke darübergelegt. Zwei weitere Decken gibt es, damit du nachts nicht frierst. Der Ofen funktioniert nicht. Es gibt ein Problem mit dem Rauchabzug, dem ich nicht auf die Spur gekommen bin. Vielleicht kannst du ihn reparieren und trockene Äste aus dem Wald verfeuern. Hast du dir alles merken können?«

»Ja, aber …« Ihre Worte schwirren wie ein Gewitter in meinem Kopf herum. So viel wie in den vergangenen Minuten habe ich in all den letzten Wochen zusammen nicht geredet.

»Also: Hast du es dir gemerkt?«

»Ich glaube.« Sicher bin ich mir nicht, vor allem, was sie über den Wildpfad erzählt hat, kann ich mir nicht vorstellen. Wie soll ich einen so gut versteckten Zugang jemals finden, ohne dass ihn mir jemand vorab gezeigt hat?

Sie drückt mir einen Kuss auf die Stirn und läuft so schnell weg, dass ich sie nicht aufhalten kann.

# 31

Das Läuten an der Haustür unterbrach Gerhards Erzählung. Seine Augen waren nun wieder lebendig, seine Stimme kraftvoll. Er saß so aufrecht, als wäre er noch einmal der junge Mann, der sich nach nichts mehr sehnte als nach einer Wiederbegegnung mit seiner Liebsten. Claudia blickte aus dem Fenster. Ein Taxi stand vor dem Haus. Sie erkannte Sebastian, elegant gekleidet, als käme er gerade von einem Staatsempfang.

»Hallo! Ist niemand ...«, rief er und hielt inne, als Alexandra mit Niklas in die Einfahrt fuhr. Alexandra bremste so abrupt hinter dem Taxi, dass Schnee aufspritzte, öffnete die Fahrertür, stürmte mit einem Freudenschrei auf Sebastian zu und umarmte ihn.

Holger stand auf, um zu öffnen. Nacheinander kamen Holger, Sebastian, Alexandra und Niklas in die Wohnküche. Nur Antonia fehlte weiterhin. Das muntere Geplapper, das so durcheinanderging, dass Claudia kein einziges Wort verstand, vertrieb ihre trüben Gedanken.

»Ich habe einen Baum mitgebracht. Und Schmuck. Den habe ich hier in keinem der Schränke entdeckt«, sagte Sebastian. Er sah sich um. »Ich hoffe, ich komme noch pünktlich zur Bescherung? Hilft noch jemand von euch dem Taxifahrer beim Ausladen? Ich habe ihm gesagt, er soll warten.«

Claudia wandte sich an Holger. »Gehst du anschließend Antonia holen, damit sie in einer halben Stunde dabei ist? Mehr Zeit brauchen wir ja nicht, um einen Baum zu schmücken.«

Holger schlüpfte in seine Stiefel und eilte nach draußen. Zuerst half er mit Sebastian, den Weihnachtsbaum aus dem Kofferraum des Taxis zu holen und die übrigen Kartons und Gepäckstücke vom Rücksitz zu heben. Dann ging er aufs Wohnmobil zu, während das Taxi abfuhr. Nur wenig später kam Holger zurück, ohne Antonia. Er zuckte mit den Schultern.

»Was ist?«, fragte Claudia.

»Ich habe mit ihr gesprochen. Sie wollen heute noch aufbrechen, an der Küste entlang in Richtung Stockholm, und schon bald losfahren, um rechtzeitig einen guten Stellplatz für die kommende Nacht zu finden.«

»Das ist nicht dein Ernst!« Claudia zwang sich, ruhig zu bleiben. Sie versuchte, sich in all dem Trubel zu sammeln. Es half nichts, mit Antonia in eine Auseinandersetzung zu gehen, weil es deren Protest nur verstärken würde, das wusste sie. Aber bei aller Liebe und Toleranz – das ging nicht! »Jetzt vor der Bescherung aufzubrechen! So eine Schnapsidee! Sie verliert nichts, wenn sie bis morgen früh wartet. Das ist wohl das Mindeste …« In Hausschuhen trat sie ins Freie. Es war ihr gleichgültig, dass der Wind durch die Maschen ihres Wollpullovers blies. Der Schnee war so trocken, dass ihre Füße zwar kalt, aber nicht nass wurden. Laute Rockmusik drang aus dem Caravan. Claudia klopfte an die Wohnwagentür. Sie wartete, dann klopfte sie noch einmal, begann zu hämmern und öffnete schließlich die Tür, obwohl niemand sie hereingebeten hatte. Von Antonia und auch von Julian war keine Spur zu entdecken. Nur der Hund lag mitten auf dem Teppich vor dem Tisch und sprang bellend auf, als sie hereintrat, sprang sie an, drückte seine Pfoten so fest gegen ihren Oberkörper, dass sie sich kaum auf den Beinen halten konnte. Der Vorhang über der

Fahrerkabine wurde zurückgeschoben. Julians Kopf lugte hervor. Claudia wandte sich ab, als sie seinen nackten Oberkörper sah. Sie merkte, wie ihr die Hitze ins Gesicht stieg.

»Kannst du den Hund bitte zur Ruhe bringen?«, fragte sie. Buffy sprang weiter an ihr hoch. Claudia drückte ihn mit Wucht von sich weg, was aber wenig Erfolg versprechend war. Während sie langsam die Kraft verließ, steigerte sich der Hund immer mehr in die Aufregung hinein.

»Was?«, rief Antonia.

»Den Hund zur Ruhe bringen!«, schrie Claudia gegen die Musik an, die nun stoppte.

»Buffy. Aus!«, sagte Julian.

Der Hund legte sich, doch ließ er Claudia weiterhin nicht aus den Augen.

»Ihr wollt gleich abfahren?«, fragte Claudia, auch wenn sie die Antwort bereits kannte.

»Was dagegen?« Antonia kletterte in eine Decke gehüllt aus dem Alkoven.

»Was ist mit der Bescherung? Mit dem Wichtelspiel?«

»Ich habe Simone gezogen. Was soll ich der denn schenken? Noch einen schwarzen Rollkragenpulli für ihre Sammlung?«

»Antonia!« Claudia hielt den Atem an. Sie kannte Antonias Trotz, aber nicht in der Intensität.

»Stimmt doch. Sie ist so was von langweilig. Dass ich überhaupt mit hierhergekommen bin …«

»Wobei«, mischte sich Julian ein. »Im Grunde hat deine Mutter recht.«

Antonia öffnete den Mund und schloss ihn wieder. Verdutzt sah sie zu Julian.

»Übermorgen brechen hier doch sowieso alle auf«, sagte Julian. »Wir können auch anders planen. Was, wenn wir anschließend noch hierbleiben? Hier im Haus?« Er biss sich auf die Unterlippe. »Ich befürchte nämlich, wir haben ein kleines

Problem. Dass ich das Gas wegen der Kälte nie abdrehen kann, hätte ich nicht gedacht. Ich muss den Ofen laufen lassen, selbst wenn ich mal länger rausgehe, weil es sonst so auskühlt, dass es Stunden braucht, bis es wieder warm wird. Und wenn die Flasche leer ist, gibt es hier keinen Ersatz.«

Antonia machte eine wegwischende Handbewegung. »Dann kaufen wir eine neue Flasche.«

»Die Anschlüsse sind nicht international genormt. Ich hatte schon damit gerechnet, ein Hotelzimmer mieten zu müssen. Aber ein ganzes Haus, nur für uns, das ist doch perfekt. Und wir müssten nicht mal was dafür bezahlen.«

»Wenn du meinst …« Antonia klang nicht überzeugt, eher resigniert.

»Kommt ihr dann zur Bescherung?«, fragte Claudia.

»Klar. Wir ziehen uns nur kurz an.«

Claudia wandte sich ab. »Ich gehe mal vor.« Sie beeilte sich, aus dem Blickfeld des Hundes zu kommen, den Wohnwagen zu verlassen und dabei die Kussgeräusche zu ignorieren.

Draußen wurde es ihr abwechselnd heiß und kalt. Noch war sie sich nicht sicher, ob ihre Intervention gut oder schlecht war. Sie hatte erreicht, was sie wollte, doch sie wusste, dass Antonia stur und nachtragend sein konnte, besonders, wenn jemand ihre Pläne durchkreuzte. Claudia war froh, dass niemand bei ihrer Rückkehr auf sie achtete, sondern dass nach der Ankunft von Sebastian wieder Ruhe eingekehrt war und alle Gerhard zuhörten, wie er von Sessa erzählte. Sie brauchte erst einmal Zeit, um das zu verarbeiten, was sie im Wohnwagen gesehen hatte, bevor sie darüber mit Holger sprechen wollte.

# 32

## FEBRUAR 1946

Der Weg ist beschwerlicher als in meiner Vorstellung. Es dauert nicht lang, bis ich den See umrundet habe, aber der Baum, den Sessa mir beschrieben hat, ist nicht zu finden. Immer wieder gehe ich hin und her, dann schließlich zum See zurück und noch einmal vorwärts. Blau, sage ich mir. Etwas Blaues wird auf der Rinde leicht zu sehen sein. Das erweist sich als Trugschluss. Die Sonne senkt sich bereits hinter den Horizont, die Farben verblassen und werden zu Grautönen. Bald schon ist es fünf Uhr. Zu spät versuche ich, mich nicht auf den Baum zu konzentrieren, sondern auf Spuren, die Sessa hinterlassen haben könnte: Fußabdrücke, abgeknickte Äste, Verfestigungen der Bodenstruktur.

Als ich gerade aufgeben und die Suche am nächsten Tag fortsetzen will, entdecke ich auf der rechten Wegseite Äste, die lose neben einem Gebüsch liegen. Dann fällt mein Blick auf den Kreis in der Rinde, den ich nicht entdeckt habe, weil ich dachte, er befände sich auf Augenhöhe, doch Sessa hat die Markierung knapp oberhalb des Waldbodens eingeritzt. Ich schiebe die Äste auseinander, schlüpfe in das Gebüsch und verberge den Zugang hinter mir. Wildpfad war eine nette Umschreibung für das, was mich erwartet. Immer wieder bleibe ich mit der Kleidung an Ästen und Dornen hängen. Der Weg ist am Boden nicht frei, sondern voller Schlammlöcher, Geäst, Steine und Stacheln, ein Pflanzenwuchs wie in einem Urwald, so dicht, dass klar ist, dass sich die Natur dieses Gebiet längst zurückerobert hat. Von einer Waldhütte keine Spur, im Gegenteil, es ist völlig unvorstellbar, dass hier überhaupt je Menschen wohnen können. Neben mir knackt und raschelt es, einmal richtet sich in nur wenigen Metern Entfernung ein Bär auf, blickt mich an und verschwindet zwischen den Bäumen. Eine Zeit lang bleibe ich stehen, bis sich mein Herzschlag beruhigt hat und ich sicher sein kann, dass das Tier nicht mehr in der Nähe ist. Nun werden die Äste noch dichter. Umkehren möchte ich nicht mehr, so ziehe ich den Stoff meines Mantels über den Kopf und dränge mich durch den Bewuchs. Wenn ich hängen bleibe, löse ich mich mit einem Ruck, auch wenn der Mantelstoff reißt.

Rund eine halbe Stunde vom Baum mit der Markierung entfernt tut sich vor mir eine Lichtung auf. Die Hütte darauf ist so mit Moos bedeckt, dass sie kaum zu erkennen ist, so gut verschmilzt sie mit der Umgebung. Noch vor der Eingangstür liegen Zündhölzer und vier Kerzen. Eine davon entzünde ich. Die Tür knarrt beim Öffnen.

Sessa hat nicht zu viel versprochen. Zuerst fällt mein Blick auf die gestapelten Lebensmittel: eingekochtes Obst in Gläsern, zwei Laib Brot, Butter, eine Kanne Milch, Schinken. Die Einrichtung ist karg, es gibt Regale mit Töpfen und Geschirr, eine Schlafstelle wie eine große Holzkiste, bei der nur der Deckel fehlt, damit es ein Sarg sein könnte. Ein Stuhl steht vor dem Tisch. In der Ecke ist ein gusseiserner Ofen auf einer ebenso gusseisernen Bodenplatte aufgebaut. Ich öffne die Klappe und muss von der Asche husten, die wie ein Nebel das Hütteninnere füllt. Sofort schließe ich die Klappe wieder, drücke die Eingangstür auf, um Luft zu bekommen. Vorsichtig nehme ich die Petroleumlampe von der Hängevorrichtung an der Decke. Sie ist leer. So tropfe ich etwas Wachs auf den Tisch, um die Kerze zu fixieren. Nun ist es draußen vollständig dunkel, doch still ist es nicht, im Gegenteil. Um die Hütte herum beginnt eine Aktivität der Tiere, die mich irritiert. Es knackt und knistert, ich denke an Bären, Elche, Wölfe, Wildschweine. An all die früheren Beruhigungen von Mats glaube ich nicht mehr, hat er mir doch versichert, dass es in dieser Region keine Bären gibt und trotzdem bin ich einem davon an diesem Tag begegnet. Die Tür lässt sich von innen nicht verriegeln, so schiebe ich Tisch und Stuhl vor die Tür, was aber einen Bären, der in die Hütte kommen wollte, nicht aufhalten würde. Ich wünschte, den Schinken verpacken zu können, damit der Geruch nicht durch die Ritzen zwischen den Wandbrettern nach draußen dringt. Nach einigen Überlegungen entscheide ich mich dann für den Kochtopf mit dem Deckel und stelle anschließend fest, dass der Duft des Schinkens noch immer in der Hütte hängt – in einer solchen Intensität, als befände ich mich mitten in einer Speisekammer.

Ohne die Schuhe auszuziehen, kauere ich mich auf dem Stroh in der Kiste zusammen, nutze Mantel und zwei Decken zum Wärmen. Es ist so eisig und windig, dass ich nicht weiß, wie ich die Nacht überstehen soll. Die Bretter der Wände bieten wenig Schutz, weil sie zu dünn sind und nicht lückenlos aneinander anschließen. Am Hafen gibt es so viele Möglichkeiten, sich aufzuwärmen, hier bin ich der Kälte mehr ausgeliefert. Ich frage mich, wie lange der Einsiedler, von dem Sessa gesprochen hat, hier wohl gelebt – besser gesagt überlebt – hat. Auf der Lichtung herrscht ein anderes Klima als direkt am Meer, hier ist die Natur rauer und ungestümer. Ich beobachte die flackernden Schatten der Kerze an den Wänden, um mich abzulenken, doch der Schlaf will einfach nicht kommen. Zu irritierend sind die Geräusche draußen, zu bedrohlich der Gedanke an wilde Tiere.

So stehe ich wieder auf, kehre die Holzreste und die Asche aus dem Ofen, mache dabei so viel Lärm wie nur eben möglich, um Wildtiere zu vertreiben, falls sie sich nähern wollen. Und wirklich ist auch kein Lebewesen zu sehen, als ich vor die Hütte trete. Doch hören kann ich sie weiterhin. Die Dunkelheit lässt den Eindruck entstehen, als rückte der Wald immer weiter auf mich zu. Es ist ein Knistern und Knacksen, ganz in der Nähe sind Rufe von Nachtvögeln zu hören, Eulen oder Käuze. Mal sind die Laute sanfter, mal wie ein Schreien. Ein Schmatzen mischt sich mit einem Kreischen. Das Bellen kommt nicht von Hunden, sondern es ist das Wild, das so seltsam klingt. Bei meiner Umrundung der Hütte schießt mit lautem Flügelschlagen ein Kauz auf, ein dunkler Schatten, der sich riesig vor dem sternenhellen Nordhimmel abzeichnet, der an diesem Tag ein grünlich waberndes Leuchten zeigt.

Eilig klaube ich Moos und ein paar Äste zusammen, die viel zu feucht sind, und versuche, den Ofen anzufeuern. Mit Ästen stochere ich von innen und vom Dach der Hütte aus im Ofenrohr. Etwas Festes fällt krachend zu Boden. Wieder in der Hütte sehe ich, dass es ein Vogelnest ist. Danach gelingt es mir, ein Feuer zu entfachen, als ich zusätzlich zu dem Holz eine Handvoll Stroh aus dem Bett hinzufüge. Das Knistern und Knacken des Holzes ist so laut, dass es die Umgebungsgeräusche übertönt und mir Sicherheit gibt. Weil der Raum so klein ist, breitet sich sofort eine wohlige Wärme aus. Ich sage mir, dass ich die Tür noch sichern sollte, vielleicht mit der Bettkiste, doch die Müdigkeit ist mit einem Mal so überwältigend, dass ich darauf verzichte, mich auf das Stroh fallen lasse, in die zwei Decken hülle wie ein Neugeborenes in Tücher und innerhalb weniger Sekunden einschlafe.

# 33

»Was ist denn hier für eine Grabesstimmung?«, fragte Antonia anstelle einer Begrüßung. »Was ist denn jetzt mit der Bescherung? Ich bin extra gekommen.«

Julian hinter ihr blickte zu Boden, als wäre ihm seine Anwesenheit unangenehm.

»Du störst. Opa erzählt gerade!« Niklas warf ihr einen wütenden Blick zu.

»Ich bin eigentlich fertig.« Gerhard goss sich ein Glas Wasser ein. Dann wandte er sich an Sebastian. »Abgesehen davon: Wo ist denn der Baum, den du versprochen hast? Und wo die Kugeln?«

»Die Kugeln sind in einem der Kartons.« Er zeigte auf die Kartons, die sich im Flur stapelten. »Und der Baum lehnt noch draußen an der Wand neben der Tür. Ich gehe ihn holen.« Sebastian richtete sich auf. Holger und Niklas folgten ihm.

Weil sie kein Gestell für den Baum hatten, mussten sie ihn mit Bootsnägeln auf Holzklötzen festnageln, die wiederum mit Steinen beschwert wurden. Es dauerte über eine Stunde, bis die Konstruktion stabil stand. Kugeln hatten sie mehr als genug, aber es fehlten Kerzen und Kerzenhalter. Julian holte Teelichter aus dem Wohnwagen, die er mit Wachs auf den Ästen befestigte.

Diesmal war die Bescherung auch für Claudia eine besondere Überraschung, weil Holger die Geschenke für die Kinder besorgt hatte, ohne vorher zu verraten, was er gekauft hatte. Für Antonia gab es ein neues Handy, für Niklas ein Profi-Computerprogramm zur Comicerstellung.

Von Antonia und Niklas bekamen die Eltern einen Gutschein für eine hausarbeitsfreie Woche. Alle anfallenden Arbeiten würden in der Zeit die Kinder erledigen. Claudia schmunzelte. Wieder ein Gutschein. Sie dachte an all die anderen Gutscheine, die sie seit Kindergartenzeiten von den beiden bekommen hatte und die zu Hause in ihrer Nachttischschublade lagerten: Gutscheine fürs Rasenmähen, fürs Einkäufeeinräumen, für ganze Hausputze und Gutscheine für Tage ohne Widerworte. Nie hatte sie auch nur einen davon eingelöst, weil im Zweifelsfall immer etwas dazwischengekommen war. Mal konnte Antonia die Einkäufe nicht einräumen, weil sie meinte, für die Schule lernen zu müssen, mal konnte Niklas den Rasen nicht mähen, weil er zu feucht war. So ging es von Mal zu Mal.

»Und das ist für dich. Mein Wichtelgeschenk«, sagte Antonia zu Simone.

Claudia lugte über Simones Schulter und las: »Gutschein zum Umdesignen von drei Kleidungsstücken deiner Wahl. Für jedes der drei Kleidungsstücke erstelle ich je drei Designs, also stehen insgesamt neun zur Auswahl.«

»Was für eine gute Idee. Danke!« Simone umarmte Antonia.

Claudia und Antonia sahen sich an. An Antonias Blick sah Claudia, dass ihre Tochter mit dieser Reaktion genauso wenig gerechnet hatte wie sie selbst. Das würde dann der erste Gutschein ihres Lebens werden, den Antonia würde einlösen müssen.

»Wann fangen wir denn mit der Umarbeitung an?«, fragte Simone.

Antonia blickte unsicher in die Runde. »Morgen?« Sie drehte eine ihrer langen Haarsträhnen zwischen den Fingern zu einer Schnecke. »Es ist nur so … Ich habe nicht die passenden Stoffe dabei.«

»Hier im Schrank gibt es doch genug. Kleider von Oma. Und was ist mit den Tischdecken? Die mit den Spitzen?«, fragte Niklas.

Antonia funkelte ihren Bruder wütend an.

»Eine gute Idee«, meinte Simone.

»Okay«, sagte Antonia lang gezogen. Sie schien noch nicht überzeugt, dass ihr angekündigtes Projekt gelingen könnte. »Ich gehe dann mal hoch und gucke mich um. Gibt es irgendwas, was ich nicht nehmen kann, Opa?«

Gerhard zuckte mit den Schultern. »Aus dem Schrank in meinem Schlafzimmer kannst du alles haben. Nur die Sachen in meinem Koffer nicht.«

Antonia nickte und ging die Treppe hinauf.

Schon ein paar Minuten später kehrte sie mit einem Karton in der Hand zurück. Dann holte sie ihre Packung mit Filzstiften heraus und einen ihrer Skizzenblöcke.

»Was willst du denn umgearbeitet haben?«, fragte Antonia. »Eigentlich war dieser Gutschein Julians Idee und nicht meine.«

»Ich will ja auch mal real sehen, wie die Entwürfe entstehen. Und nicht nur immer die geposteten Fotos im Internet bewundern.« Julian küsste Antonia, die sofort versöhnlicher wirkte.

»Drei Jeans«, entschied Simone.

Antonia nickte. Sie begann zu zeichnen. Ihre Augenbrauen zuckten vor Konzentration.

»In deinem Versteck im Wald …«, Niklas setzte sich auf die Armlehne von Gerhards Ohrensessel, »… hast du da keine Angst gehabt?«

Gerhard rieb sich die Stirn. »Am ersten Tag natürlich, klar. Später nicht mehr. Dann wusste ich, wie ich die Geräusche um mich herum nachts einschätzen muss. Es war die Abgeschiedenheit, die Einsamkeit, die mich zermürbt hat. Dass niemand da war zum Reden ...«

# 34

## MAI 1946

»Ich bringe dir doch alles. Jede Nacht bin ich bei dir. Warum gehst du so ein Risiko ein? Warum läufst du immer zum Hafen? Bin ich dir nicht genug?« Sessa rinnen Tränen über die Wangen. Ihre Stimme überschlägt sich.

»Leg dich zu mir.«

»Du willst mich nicht verstehen!«

Ich schließe die Augen, konzentriere mich auf das Flackern der Kerze, um nicht auch zu schreien. So oft haben wir schon über diesen Punkt gestritten und jedes Mal wieder kommen wir dorthin zurück wie zwei Verfluchte, die einen Stein den Berg hinaufrollen, der ihnen immer kurz vor dem Gipfel entgleitet.

»Doch, ich verstehe dich gut. Du willst nicht, dass ich die Hütte verlasse, dass ich zum Hafen gehe, um zu arbeiten, weil du findest, es wäre ein zu hohes Risiko. Jemand könnte mir folgen. Jemand könnte uns beide beobachten«, fasse ich zusammen. »Du bist diejenige, die mir nicht zuhört!«

»Du brauchst nicht zu arbeiten. Ich bringe dir alles.«

»Wenn ich niemanden zum Reden habe, wenn ich die Tage nur mit Holzhacken, Wasserholen, Essen und Lesen verbringe, werde ich verrückt. Ich fange schon an, unentwegt Selbstgespräche zu führen.«

»Ich bin doch da. Zum Reden! Was meinst du, wie schwer es für mich ist, mich Nacht für Nacht davonzuschleichen, ohne erwischt zu werden? Dann die Müdigkeit. Deswegen bin ich in der Schule schon einmal eingeschlafen.«

»Das verlange ich gar nicht von dir. Ruh dich aus, komm nur, wenn du wirklich Lust hast. Am Wochenende oder wenn du nichts Wichtiges zu tun hast. Ich kann allein für mich sorgen mit dem Geld, das ich am Hafen verdiene.« Inzwischen ist es für mich auch kein Problem mehr, eine Anstellung zu finden, weil ich Schwedisch und Deutsch spreche und ich nicht länger der dünne, schüchterne Junge bin. Ich sehe aus wie ein Mann und kann arbeiten wie ein Mann. »Abgesehen davon liegt der Streit mit Ebbe schon einige Monate zurück, er denkt doch inzwischen bestimmt an etwas anderes als an mich.«

»Du kennst ihn nicht. Er wird es dir und mir nie verzeihen.«

Ich ziehe sie zu mir, umarme sie, wiege sie wie ein Kind. Ihr Atem wird ruhiger und ihr Schluchzen weniger. Auch ich beruhige mich, weil ich sehe, dass das, was wir uns vorwerfen, ein Teil unserer Freundschaft und ein Teil des jeweils anderen ist. Die laute Wut und die Angst von Sessa ertrage ich nur deshalb so schwer, weil ich eine ähnliche Wut in mir habe, nur hat ihre Wut einen anderen Grund. Ich bin wütend, verbiete mir aber, es offen zu zeigen. Insgeheim bin ich wütend, weil ich mich weder mit dem Einsiedlertum anfreunden kann, noch fähig bin, es zu beenden, weiterzuziehen und bei einem Handwerker eine Lehre zu beginnen. Und ich unterdrücke auch die Angst, die mich bei der Frage packt, wie es mit mir und Sessa weitergehen soll. Es ist, als würde ich Sessa Tag für Tag ein Stück mehr verlieren, und kann doch nichts dagegen tun. Wenn wir uns berühren, kann sich keiner von uns beiden entspannen. Wenn wir reden, streiten wir. Und doch können wir nicht voneinander lassen.

Und Sessa, so sehr sie sich über meinen Ausbruch aus der Enge der Hütte aufregt, möchte ebenso gern ausbrechen aus ihrem Elternhaus, weggehen von diesem Ort, irgendwohin, wo sie frei sein kann, kein Versteckspiel mehr aufführen muss. Aber darüber spricht sie auch nicht, genauso wenig wie ich über meine Wut.

»Hast du das gehört?«, flüstert Sessa. Sie hält mir den Mund zu, starrt durch das Fenster in die nächtliche Dunkelheit, wo sowieso nichts zu erkennen ist.

Ich küsse ihre Hand, knabbere sanft daran. »Das wird ein Tier sein.«

»Da waren Stimmen.«

Nun bin auch ich alarmiert, halte die Luft an und drehe den Kopf. Meine Aufmerksamkeit ist wieder so hoch wie am ersten Tag bei meiner Ankunft. Dann höre ich es. Es stimmt. Dort ist jemand und nicht nur eine Person. Es sind mehrere.

»Du bleibst hier«, sage ich und zeige auf das Strohlager. Sie schlüpft in die Kiste und ich verberge sie unter der Decke. Gebückt, damit man mich im Schein der Kerze von außen nicht sieht, gehe ich zum Holzstapel neben dem Ofen, nehme das größte Holzscheit, das ich finden kann.

Draußen liegen größere Äste, dort ist auch ein Spaten, der sich perfekt als Waffe eignet, aber ich rechne nicht damit, dranzukommen. Fest umklammere ich das Scheit, öffne die Tür millimeterweise und schleiche ins Freie.

Feuchtigkeit kriecht vom Boden empor. Ich rieche das Moos, die frischen Blätter, die Erde süß und wuchtig, ein Geruch, der mich all die Nächte in den Schlaf begleitet hat. Daneben nehme ich einen Hauch von Schweiß wahr. Immer klarer wird mir, dass der Eindringling oder die Eindringlinge ganz nah sind, mich wahrscheinlich genauso wahrgenommen haben wie ich sie. Über mir flappen die Schwingen von mehreren Nachtvögeln. Diesmal blicke ich nicht aufwärts, um sie zu bestimmen, weil jede Unaufmerksamkeit eine Gefahr bedeutet. Dann ist kein Laut mehr zu hören, als würden auch die Tiere ahnen, dass irgendetwas nicht stimmt. Kein Knacksen, kein Kratzen, kein Stöhnen, kein gar nichts ist da außer der Stille, die eine Spannung ausstrahlt, als würde sie jeden Moment explodieren.

Immer wieder zucke ich zusammen. War da etwas? Die dünne Mondsichel taucht hinter den Wolken auf, aber der Schatten der Hütte lässt zu viele Bereiche im Dunkeln liegen.

Um die Nervosität loszuwerden, weil alles andere besser ist, als in der Anspannung zu verharren, schleudere ich das Holz vor mir hin und her in Erwartung des Angriffs.

Was dann geschieht, nehme ich wie durch einen Nebel wahr. Ich kenne es vom Krieg, wenn das Denken, alles Zögern, der Schmerz und die Umgebung ausgeblendet werden und es nur noch eins gibt: du oder ich. Es sind mehrere Personen, die auftauchen, doch in der Dunkelheit ist es unmöglich zu erkennen, wie viele es sind. Das Holz in meiner Hand trifft auf einen Widerstand. Ein Schrei. Ein Poltern, mit dem jemand zu Boden fällt.

»Lauf!«, rufe ich Sessa zu. »Lauf!«

Ob sie es tut, kann ich nicht feststellen, weil ich Haken abwehre und gleichzeitig angreife, weil ich all meine Kraft darauf verwenden muss, so wenig wie möglich einzustecken und so viel auszuteilen, wie es nur geht.

Dann trifft mich ein Schlag, der mich straucheln lässt. Von dem, was anschließend geschieht, bekomme ich nichts mehr mit.

Als ich erwache, steht die Sonne hoch am Himmel. Meine Glieder sind starr vor Kälte. Mühsam nehme ich die Umgebung wahr. Um mich ist Gestrüpp. Ich liege in einem Graben. Es riecht nach Fäulnis und Modder. Feuchtigkeit rinnt mein Gesicht entlang, sie ist klebrig und warm. Mit den Fingerkuppen taste ich danach, stecke die Finger in den Mund und schmecke Blut. Ein Arm ist am Ellbogen seltsam verrenkt und lässt sich nicht bewegen. Dass ich keinen Schmerz spüre, ist ein Wunder. Alles dreht sich. Trotzdem gelingt es mir, mich aufzurichten und zur Hütte zu taumeln. Die Einrichtung ist verwüstet. Der Ofen ist aus der Verankerung gerissen, das Stroh im Innern verteilt, Bettkiste, Stuhl und Tisch sind in Einzelteile zerbrochen.

Nun ist es gleichgültig, dass Mats wollte, dass ich weggehe, es spielt auch keine Rolle, ob er wütend wird oder nicht: Ich muss zum Haus an den See, nach Sessa sehen, Mats bitten, als Vermittler Frieden zu stiften. Eine solche Gewalt kann Mats nicht gutheißen. Er muss Ebbe in die Schranken verweisen und eingreifen.

Am Ende des Wildpfades, kurz vor dem breiteren Weg, erstarre ich. Zuerst rede ich mir ein, es sei ein verletztes Tier, das dort liegt, und schaue weg. Doch der Augenblick, den ich hingesehen habe, hat gereicht, dass das Bild nach und nach in mein Bewusstsein sickert und sich zu einem Ganzen zusammensetzt.

Es ist Sessa.

Sie ist nackt.

Ihre Haut ist blau und rot von Blut.

Ihre Augen sind starr und stumpf.

Sie ist tot.

Äste ragen aus ihrem Geschlecht.

Ich sinke über ihr zusammen, streichle sie, rede mit ihr. Es gibt noch so viel, das ich ihr sagen möchte. Wie um Himmels willen kann ein Mensch einem anderen so etwas antun? Ich ordne ihre Haare, begebe mich auf die Suche nach ihren Kleidungsstücken, als ein immer lauter werdendes Bellen von Hunden mich innehalten lässt.

Dann höre ich Männerstimmen, das Krachen von Geäst. Wie ein Riesenpulk bewegen sie sich durch den Wald. Neben mir beginnt es zu rascheln, zu fiepen, zu knistern. Es sind Vögel,

Mäuse und andere Kleintiere, die nun fliehen, weg von denen, die sich nähern.

Ich will rufen, aber ich schaffe es nicht einmal, den Mund zu öffnen. Auch meine Beine widersetzen sich meinem Befehl. Ich kann die Hände nicht von Sessas unverletzter Schulter nehmen. Alles in mir wehrt sich dagegen, als würde ich meine Geliebte durch die Unterbrechung der Berührung vollständig verlieren, obwohl ich weiß, dass ich sie längst verloren habe, dass der Tod unumkehrbar ist. Und doch ist das Spüren ihrer kalten Haut das Einzige, was mir noch von ihr bleibt.

»Da ist er!«

»Packt ihn!«

Mats stürzt sich auf mich und prügelt auf mich ein. Schon der erste Schlag ist so fest, dass das Fleisch oberhalb meines rechten Auges aufplatzt und mir Blut ins Auge rinnt. Andere Männer halten ihn zurück, während drei Hunde an meinen Beinen zerren, sich in den Schuhen verbeißen.

»Wir übergeben ihn der Polizei!«

»Ich bringe ihn um«, schreit Mats und unsere Blicke begegnen sich. Ich sehe blinde Wut, Enttäuschung und das, was ich zum ersten Mal bei meinen Kameraden im Gefecht kennengelernt habe: den Willen zu töten, nicht als Akt des Selbstschutzes, sondern aus einem inneren Bedürfnis heraus, als eine Entladung von Zorn, Hass und Aggression, von allem, was sich lange aufgestaut hat.

Mir gelingt es, einen Ast zu greifen, der neben mir liegt. Mit Wucht schleudere ich ihn herum, treffe Männer, verletze die Hunde. Meine Gegenwehr bewirkt, dass sie kurz von mir ablassen. Der Moment reicht aus, um mich loszureißen, aufzustehen und loszurennen.

Meine Flucht hat keine Richtung und kein Ziel. Wie ein gehetztes Stück Wild, angetrieben von bloßem Überlebensinstinkt, hetze ich im Zickzack zumeist auf

Wildspuren, manchmal quer durchs Gestrüpp, wate durch einen Bach, schwimme durch einen See. Selbst die hereinbrechende Dunkelheit lässt mich nicht innehalten. Erst beim Morgengrauen sind weder Menschen noch Hunde mehr zu hören. Aus dem Rennen ist längst ein Gehen und dann ein Taumeln geworden. Meine Lunge brennt. Mein Herz stolpert, die Beine zittern, ich bin nass bis auf die Haut vom Schwimmen und vom eigenen Schweiß. Meine Hände kleben am Gesicht fest, wenn ich darüberwische. Schweiß und Schmutz haben eine dicke Schicht gebildet. Ich bin so erschöpft, dass ich es nicht schaffe, länger einen bestimmten Punkt mit den Augen zu fixieren. Wenn ich etwas Konkretes ansehe, verschwimmt das Bild wie bei einem Betrunkenen. Die Wiese, auf der ich knie, ist feucht, der Boden weich wie ein Bett, so sehr hat er sich mit Regen vollgesogen. Ich lasse mich ins Gras sinken, den Blick in den Himmel gerichtet. Meine Gedanken fließen langsamer. Ist das der Tod? Fühlt sich so das Sterben an? Ist es nur ein Loslassen, wenn man viel zu lang gekämpft hat?

# 35

## SMÅLAND, TAG 4, HEILIGABEND/
## TAG 5, 1. WEIHNACHTSFEIERTAG

Antonia nähte noch weiter, als sich schon alle für die Nacht vorbereiteten. Drei Entwürfe hatte sich Simone ausgesucht, drei Kleidungsstücke schien Antonia noch in dieser Nacht fertigstellen zu wollen.

»Bei dem Geratter kann ich überhaupt nicht schlafen«, sagte Niklas. Demonstrativ hielt er sich die Ohren zu.

»Das stört dich doch zu Hause auch nicht.« Antonia stöhnte.

»Zu Hause habe ich ja mein eigenes Zimmer!«

»Im Wohnwagen gibt es Stromanschlüsse.« Julian küsste Antonia in den Nacken. Buffy, die seit ihrer Ankunft wie ein riesiges Stofftier unter dem Couchtisch gelegen hatte, spitzte die Ohren und hob den Kopf. »Komm, lass uns rübergehen und nimm die Nähmaschine mit. Ich helfe dir beim Tragen.«

»Dann ist wenigstens Ruhe!« Niklas wandte sich ab.

Unzählige Male hatte Antonia bei Freundinnen übernachtet, bei Klassenpartys, wenn keine Eltern dabei waren, Mädchen und Jungs gemischt. Nun hatte Claudia ein mulmiges Gefühl. Es war ein Brennen an den Wangen, ein Prickeln an den Händen.

Zwischen Antonia und Julian war ein Vibrieren zu spüren, das zwischen ihnen hin- und herfloss, auch wenn sie sich nicht ansahen, nicht miteinander sprachen. Doch da war auch etwas, das Claudia nicht in Worte fassen konnte. Liebe? Das war möglicherweise zu viel gesagt. Verliebtheit? Ihre Kleine? Das war einer der Momente, in denen ihr bewusst wurde, wie die Zeit verging. Noch ein halbes Jahr, dann würde Antonia das Abitur in der Tasche haben und zum Studium von zu Hause ausziehen. Ein halbes Jahr. Sie massierte sich die Stirn.

»Vertrau ihnen«, flüsterte Holger ihr ins Ohr. »Du machst dir zu viele Gedanken.«

Mit Holger zusammen ging sie ins Bad. Schon beim Zähneputzen musste sie sich zwingen, die Augen offen zu halten. Sie wusste nicht, ob es die viele Zeit war, die sie mit der Familie verbrachte, die sie so müde machte, die frische Luft oder der Wegfall des alltäglichen Stresses. Üblicherweise schlief sie erst nach Mitternacht ein und war um kurz nach sechs wieder auf den Beinen. Hier verlagerte sich ihre Schlafenszeit immer weiter nach vorn. Es war gerade einmal zehn Uhr.

Mit Niklas in einem Raum konnten Holger und sie sich nicht wirklich nahekommen, doch an diesem Tag genoss sie es besonders, sich einfach nur neben ihn zu legen, seinen Bauch an ihrem Rücken zu spüren. Langsam glitt seine Hand zu ihrem Bauch. Noch war dort nichts zu sehen, es gab nicht einmal eine Wölbung. Trotzdem spürte sie, dass Holger ganz bei ihr und ihrem Kind war, und kurz verschwanden alle ihre Zweifel und Ängste. Ihr Atem beruhigte sich, die Kiefermuskeln, die sie in den letzten Tagen so oft angespannt hatte, wurden weich. Nur ein paar Minuten später nickte sie ein.

Am nächsten Morgen wachte sie vom Kichern auf, mit dem Antonia und Julian den Raum betraten. Noch immer spürte sie die Wärme von Holger an ihrem Rücken, nahm seinen Geruch um sie herum wahr. Er schlief weiter. Das war etwas, was sie nie verstanden hatte. Wie schaffte er es, von Säuglingsgeschrei, Weckerklingeln, Müllwagen und sonstigem Trubel unberührt zu bleiben?

Sie rüttelte ihn wach, weil er sich aufsetzen musste, damit sie an ihm vorbeikam und aufstehen konnte. Zusätzlich musste die Couch zum Frühstück zusammengeklappt werden, da sie am Tag als Sitzbank ihren Dienst tat.

»Wo ist denn Buffy?«, fragte Claudia. Sie war erleichtert, dass der Hund nirgends zu sehen war. Auch wenn er nicht aggressiv war und meistens friedlich mitten im Raum lag und schlief, blieb er ihr unheimlich mit seiner dunklen Mähne.

»Draußen vor der Tür im Schnee. Sie bewacht das Haus«, sagte Julian.

Antonia breitete die drei von ihr umgearbeiteten Hosen auf dem Teppichboden aus. Eine Jeans hatte Applikationen aus Spitze bekommen, die zweite Hose war mit einem Cutter oder einer Schere teilweise zerfetzt und wieder repariert worden. Unzählige Flicken bildeten ein ganz eigenes Muster. Die dritte Jeans war mit glitzernden Strasssteinen verziert und so körperbetont umgearbeitet, dass Claudia sich ihre Schwester darin kaum mehr vorstellen konnte.

»Hast du überhaupt geschlafen?«, fragte Claudia.

Antonia schüttelte den Kopf. »Es gibt Wichtigeres als Schlaf.«

»Wow!« Simone blieb im Türrahmen stehen und betrachtete staunend die drei Hosen. Sie zeigte auf die schwarze Jeans mit den Strasssteinen. »Das ist aber gewagt.«

»Du musst dazu eine weite Tunika tragen. Und hohe Schuhe. Wenn du dann ausgehst, drehen sich alle nach dir um.«

Simone umarmte Antonia. Sie nahm die Hose mit den Spitzenverzierungen und verschwand im Bad.

»Tadaaa«, rief sie und betrat wenig später wieder den Raum. Sie drehte sich. »Und, was sagt ihr?« Zu ihrem üblichen schwarzen Rollkragenpullover trug sie die spitzenverzierte Jeans. Zusätzlich hatte sie die Haare gelöst, eine von Antonias bunten Halsketten umgelegt und Lippenstift benutzt.

»Wow!« Claudia ging zu ihrer Schwester und betrachtete sie von allen Seiten. Die Veränderungen waren nicht groß, aber mit einem Mal war die Strenge verschwunden, die Simone sonst immer ausstrahlte. Obwohl sie weiterhin in ihr geliebtes Schwarz gekleidet war, wirkte sie vollkommen verändert. Um Jahre jünger. Verwegen.

Claudia sah abwechselnd zu ihrer Schwester und zu Antonia.

»Willst du mir nicht auch ein paar Kleidungsstücke umarbeiten?«, fragte sie zum Scherz.

»Was kriege ich dafür?« Antonia lachte. Es war unübersehbar, wie stolz sie war, dass ihre Näharbeiten so bewundert wurden und Alexandra, Sebastian und Gerhard sie zusätzlich mit Lob überschütteten.

»Jetzt fehlt nur noch mein Wichtelgeschenk.« Alexandra sah sich um.

Niklas grinste breit. »Tja, vielleicht ist es längst da. Oder auch nicht. Das können wir erst wissen, wenn du auf die andere Seite des Sees gehst und deine Mails abrufst.«

Alexandra sah ihn fragend an.

»Du wirst schon sehen«, sagte Niklas.

»Du hast mir eine Mail geschrieben?«

»Ich nicht. Aber ich weiß, dass du in den nächsten drei Tagen eine Mail bekommen wirst. Mehr verrate ich nicht. Noch nicht.«

Unruhig lief Sebastian auf und ab.

»Setz dich zu uns.« Alexandra nahm seine Hand, doch er zog seinen Arm zurück.

»Hat irgendjemand meinen Laptop gesehen?« Sebastian hob die Zeitschriften und Bücher vom Tisch an, dann ging er in die Küche.

Claudia sah sich nach dem Laptop um, als ihr Blick auf Niklas ruhen blieb. Niklas wandte das Gesicht ab, doch er konnte nicht verbergen, dass er so stark errötete, dass sogar seine Ohren sich hochrot färbten.

»Niklas.« Claudia war es unangenehm, aber sie konnte nicht so tun, als hätte sie nichts bemerkt. »Hast du uns vielleicht etwas zu sagen?«

»Okay, ich habe den Laptop genommen.«

»Du hast was?«, rief es aus der Küche. »Bist du völlig durchgedreht? Das ist mein Laptop, auf dem wichtige berufliche Daten gesichert sind! Du kannst mit dem Gerät doch sowieso nichts anfangen. Es ist passwortgesichert.«

»Na ja.« Niklas zog die Augenbrauen hoch. »Wenn du ›Alexandra‹ als Passwort wählst …«

»Ich fasse es nicht. Wo ist mein Laptop denn jetzt? Was hast du damit gemacht? Wie kommst du überhaupt dazu? Was bildest du …«

»Hier.« Niklas zog den Laptop unter seiner Bettdecke hervor. Dabei kamen noch Holgers und Claudias Handys zum Vorschein. »Könnt ihr wiederhaben. Ist nichts passiert. Ich habe sie nur für die Überraschung gebraucht. Für das Wichteln. Es tut mir leid. Ich wusste nicht, dass ihr euch so aufregt.«

Claudia bekam Mitleid mit Niklas, der sich nun eine Predigt von Sebastian und Holger zugleich anhören musste. Sebastian fuhr das Gerät hoch und klickte sich nervös von Programm zu Programm.

»Es ist doch nichts passiert, oder?«, mischte sich Claudia ein. »Und außerdem hat Niklas gesagt, dass es ihm leidtut.«

Holger nickte und schwieg. Sebastian schimpfte noch eine Weile weiter, bis auch er sich langsam beruhigte.

Dann registrierte Claudia zwei neue SMS-Nachrichten, die von ihrem Provider kamen.

»Kannst du dir hierauf einen Reim machen?«, fragte sie und reichte das Gerät an Holger weiter.

Holger betrachtete das Display, schnappte nach Luft und klopfte sich gegen die Stirn. »Nichts passiert. Schön wär's! Niklas hat Zusatz-Datenpakete für insgesamt 120 Euro gekauft!«

»Echt? So viel?« Niklas' Gesichtshaut verlor jede Farbe. »Ich habe gedacht, es wären zwölf Euro. Irgendwie habe ich das verpeilt.«

»Lesen müsste man können«, prustete Antonia los.

»Du bekommst es von meinem Ersparten zurück. Ich gebe es dir direkt zu Hause.« Niklas sah zu Boden. Es war ihm sichtlich unangenehm.

Claudia setzte sich neben ihn. »Was um Himmels willen hast du denn gemacht?«

»Okay, eigentlich sollte es ja eine Überraschung werden. Ich wollte es erst morgen oder übermorgen sagen. Dieser Roman von Tante Alexandra. Sie war ja so frustriert, weil die Verlage immer abgesagt oder sich gar nicht gemeldet haben. Da dachte ich mir: Ich lade ihn im Internet hoch. Der Stick mit der Datei ist ja in ihrem Portemonnaie.«

»Du hast was getan?« Alexandra schnappte nach Luft.

»Der Hannes aus meiner Klasse … seine Schwester studiert ja Kunst, die hat ein Cover gemacht. Das sollte mein Wichtelgeschenk sein.«

»Das Manuskript ist doch gar nicht fertig!« Alexandra stöhnte.

Antonia rollte mit den Augen. »Nicht fertig? Bei jeder, wirklich jeder Familienfeier liest du daraus vor. Ich kann den Text schon bald auswendig. Du hast es bestimmt hundert Mal umgeschrieben, bevor du es an die Verlage geschickt hast. Alle deine Kolleginnen mussten es testlesen und es ist nicht fertig?

Abgesehen davon: Niklas zahlt den Datenverbrauch von seinem Geld zurück, er hat sich eine Megamühe gegeben mit der Überraschung. Du kannst das Buch ja wieder rauslöschen. Es ist nichts, aber auch gar nichts passiert. Ich kapiere nicht, warum ihr jetzt allesamt auf ihm …«

Das Telefonklingeln war ein so ungewohntes Geräusch, dass es sie innehielten ließ.

»Ich gehe ran«, rief Niklas und rannte in den Flur.

»Do you speak English?«, fragte er. »A dog. What colour?«

Schnell war Claudia klar, dass es um Fritz ging. Sie setzte sich neben Gerhard, der auch wie elektrisiert war, und hielt seine Hand.

Doch als Niklas zurückkehrte, waren seine Mundwinkel gesenkt und er schüttelte den Kopf. »Das ist nicht Fritz. Der Hund, der gefunden wurde, hat schwarze Pfoten.«

Antonia setzte sich auf die andere Seite von Gerhard und umarmte ihn. »Wir finden ihn. Ganz bestimmt, Opa. Die Zettel hängen ja noch nicht so lang.«

Gerhard starrte nach draußen und schien dabei nichts wahrzunehmen. »Es muss an diesem Ort liegen«, flüsterte er. »Er schenkt dir etwas, von dem du vorher nicht einmal geahnt hast, wie sehr du es dir wünschst. Und dann nimmt er es dir wieder. So war es mit Sessa. So ist es auch mit Fritz.«

»Opa, sag so etwas nicht! Das darfst du nicht mal denken!«

Doch er starrte weiter nach draußen auf den See. Claudia wünschte sich, es würde sich ein Tor zum Himmel auftun, mitten auf dem See – wie in dem Märchen, das Gerhard so oft erzählt hatte. Es würde irgendein Wunder passieren und Fritz einfach zurückkehren und an der Tür kratzen.

»Damals«, überlegte Claudia, »muss es nach all dem Schrecken doch auch eine Versöhnung gegeben haben, oder? Du hast diesen Ort schließlich nicht für immer verlassen. Und es muss etwas geschehen sein, weswegen Mats und du Freunde geworden seid. Wir als Kinder haben ihn als jemanden kennengelernt, der wie ein Vater für dich war. Wir waren noch klein, trotzdem hätten wir bei unseren Besuchen gemerkt, wenn Groll oder Schmerz euer Zusammensein bestimmt hätten. Sessa ist gestorben, der Tod ist endgültig, aber ...«

»Die Zeit heilt alle Wunden, sagt man«, begann Gerhard. »So ist es natürlich nicht. Es war mehr als Leid, das Mats und mich verbunden hat ...«

# 36

## AUGUST 1952 / RÜCKKEHR

Nein, es ist kein Sterben, was mich auf der Wiese irgendwo in Schweden erwartet, es ist nur ein tiefer Schlaf, aus dem das Erwachen viel schmerzhafter ist, als der Tod es je hätte sein können. Ich stehle Männerkleidung, die vor einem Bauernhof zum Trocknen hängt, von einer Wäscheleine. Der Weg, den ich auf meiner Flucht vor den Angreifern aus der Hütte in weniger als einem Tag und einer Nacht hinter mich gebracht habe, kostet mich auf dem Rückweg vier Tage. Nur Stunden nach meiner Ankunft am Hafen heuere ich auf einem Lastschiff an, das sich auf dem Weg nach Südamerika befindet.

Doch wie es so ist im Leben: Wir können fliehen und weglaufen, wir können beschließen neu anzufangen, aber unser Herz und unsere Gedanken kehren immer wieder zu dem Ort oder dem Geschehen zurück, von dem wir so viel Abstand wie möglich gewinnen wollen. Tausende von Kilometern Entfernung zwischen mir und Småland ändern nichts daran, dass es der Ort ist, zu dem ich in meinen Träumen katapultiert werde, sobald ich die Augen schließe. Meine Rückkehr nach Deutschland und selbst die Heirat mit Annemarie verändern meine Situation nicht.

Eines Tages erzählte ich Annemarie, ich sei in Hamburg und später in Kopenhagen, um neue Aufträge für meine Tischlerei zu akquirieren, doch das ist nur die halbe Wahrheit. Es muss sich etwas in meinem Leben ändern. Anderen mag es gelingen, das Vergangene abzustreifen wie einen alten Mantel. Ich kann es nicht. Wenn ich auf der Straße ein Pärchen entdecke, schnürt sich mir der Hals zusammen beim Blick auf die Selbstverständlichkeit und die Unbeschwertheit, mit der sie sich umarmen, küssen, miteinander reden. Sie zeigen mir die Schwere, die auf mir lastet, die ich oft so mühsam zu überspielen versuche. Ich muss irgendetwas tun, um nachts nicht im Haus umherzuwandern wie ein Geist auf der Flucht vor den eigenen Träumen.

Mein Weg führt mich wie damals nach Pataholm und weiter ins Landesinnere. Zwei Tage kann ich fortbleiben, ohne dass es auffällt. So gönne ich es mir, die Strecke zu Fuß und nicht mit dem Wagen zurückzulegen, obwohl ich es mir inzwischen leisten könnte. Der Sommer ist bereits so weit fortgeschritten, dass die Blaubeersträucher am Waldrand Beeren tragen – so viele, dass niemand sie alle sammeln könnte. Die Früchte sind so reif, dass schon beim Pflücken blauvioletter Saft meine Finger entlangrinnt. Nie hat mir Sessa davon erzählt, aber ich bin mir sicher, dass auch sie auf dem Weg zur Schule oder zu Freunden die fingerdicken Beeren gepflückt und gegessen hat. Ich sammle so viele Blaubeeren ein, wie in meinen Hut passen, um sie als Geschenk mitzubringen.

Wieder ist es der Brunnen, der mir zuerst ins Auge fällt. Jeden Moment warte ich darauf, die Stimmen von Kalla und Yva zu hören, von Sessa, Mats und Inger. Doch sobald ich mich weiter nähere, stocke ich. Der Hut mit den Beeren rutscht mir aus der Hand. Wie Murmeln rollen die Blaubeeren über den Weg. Es hängt kein Eimer an der Winde. Ein Fenster im ersten Stockwerk ist eingeschlagen. Auf dem Boden liegen abgebrochene Äste unter den Bäumen. Die Tür ist nur angelehnt. Ich umrunde das Gebäude. Das unvollendete Zweithaus ist abgerissen, ein Rest der Stämme liegt zerhackt zu Feuerholz auf einem Haufen. Heruntergefallene Dachziegel versperren den Weg zur Eingangstür. Ich kicke sie beiseite und trete ein. Ein Geruchsgemisch aus Alkohol, Schimmel und Aas schlägt mir entgegen, so intensiv, dass ich meine Jacke als Atemschutz vor die Nase halte. Auf der Spüle türmt sich Geschirr. Wo sich früher nur das Spülbecken befand, gibt es nun einen Wasserhahn, so sauber und glänzend, als gehörte er dort gar nicht hin. Auch die Lampe an der Decke ist neu. Ich drücke auf den Wandschalter und erschrecke, als das Licht das vorher Halbdunkle in Helligkeit taucht.

»Ist da wer?«, erklingt eine heisere Stimme.

Ich halte inne, lausche, bis es noch einmal ruft: »Hallo?«

»Ja«, sage ich, »ich bin es.« Dann fällt mir ein, wie lächerlich meine Worte sind. Wer sollte schon wissen, wer dieses »Ich« ist?

Langsam trete ich in den Flur. Ein Mann in zerrissener, fleckiger Kleidung wankt mir aus dem Obergeschoss entgegen. Er taumelt auf der Treppe und kann seinen Sturz nur durch einen Griff zum Geländer aufhalten. Es liegt nicht an der Dunkelheit im Gebäude, dass ich ihn nicht erkenne, sondern weil er sich in den vergangenen sechs Jahren verändert hat, als wäre er um ein Jahrhundert gealtert. Aus Mats ist ein Greis geworden.

»Ich war das nicht, damals«, flüstere ich. »Ich habe Sessa so geliebt. Nie hätte ich ihr etwas antun können.«

»Ich weiß. Es war Ebbe, ich habe ihn getötet.«

Ich brauche eine Weile, um zu begreifen, was er mir damit sagt. Mehr, als andere Menschen je erleben, fasst Mats in einem Satz zusammen. »Und du bist nicht verhaftet worden?«

»Es war Notwehr. So hat es das Gericht festgestellt.«

Ich stütze ihn, trage ihn mehr vor die Tür, als dass er selbst läuft. Er hat getrunken. Er hat sein Leben weggeworfen. Und doch merke ich sofort, dass sein Verstand nicht im Geringsten beeinträchtigt ist. Nebeneinander setzen wir uns vor dem Haus auf die Treppenstufen und starren beide in die Ferne. Blau leuchten die Beeren, die ich verloren habe auf dem Weg, glänzen mit all ihrem Saft in der Sonne, lassen mich an Sterne denken. Blau, eine Farbe, die Sessa anfangs nicht für ihre Erdbilder zur Verfügung hatte. Ich wünschte, ich könnte die Beeren wieder einsammeln, trocknen und zerreiben, um der Sessa von damals so viel blaues Pulver zu überreichen, dass sie den gesamten Winter über blaue Bilder malen könnte.

»Ich dachte, die Tage würden leichter werden, wenn ich Sessas Tod räche, wenn Ebbe tot ist. Aber das ist eine Illusion. Es wird nie einfacher, weil wir den Schmerz in uns tragen, unabhängig davon, was wir tun oder wer bei uns ist. Es ist gleichgültig, ob wir nur für uns leben oder mit Frau und Kindern, ob sie da sind oder weg. Niemand kann etwas daran ändern: Irgendwann bleibt nur noch Fremdsein und Verlassenheit. Dem Tod müssen wir allein ins Auge blicken.«

»Ich bin da. Jetzt bin ich da«, sage ich, nehme Mats in den Arm und wiege ihn wie ein Kind. Ich möchte ihm so gern einen Teil von seiner Last abnehmen, ihm Sessa wiedergeben. Ich wünschte, ich wäre niemals in sein Leben getreten, könnte alles rückgängig machen. Wenn ich noch einmal wählen dürfte, wäre ich im Krieg geblieben, hätte weitergekämpft, wäre auch gestorben. Selbst ein Leben in einem Gefangenenlager erscheint mir im Rückblick eine gute Alternative zu dem zu sein, was durch mich verursacht worden ist. Wäre ich nur nie aufgetaucht …

Mein Beruf, meine neu aufgebaute Existenz in Deutschland rückt so weit in die Ferne, dass ich nicht mehr weiß, ob ich je zurückkehren werde. Ich kann Mats doch nicht alleinlassen.

»Wo sind die anderen?«, frage ich. »Kalla, Yva und Inger?«

»Inger ist mit den Mädchen in die Stadt gezogen. Sie hat neu geheiratet im letzten Jahr. Ich muss bleiben. Es ist das Haus meiner Eltern, meiner Großeltern.«

»Ich werde auch nicht mehr gehen.« Obwohl Mats versucht, sich aus meiner Umarmung zu winden, halte ich ihn weiter fest. Ja, ich bin verheiratet. Ja, ich habe ein bürgerliches Leben in Deutschland, aber ich ertrage den Gedanken nicht, Mats zu verlassen. Ich habe schon Sessa verloren. Sicher lässt sich das Geschehene nicht wiedergutmachen, indem ich bei Mats bleibe, trotzdem kann ich nicht so tun, als ginge es mich nichts an.

»Ich bin Tischler geworden. Schreiner«, erzähle ich. »Habe die Meisterprüfung mit Bestnote bestanden, weil du mich gelehrt hast, was es bedeutet, mit Holz zu arbeiten, dass es nicht nur ein Material ist, sondern lebt, sich verändert und atmet.«

Mats nickt müde.

»Ich räume die Küche auf«, sage ich. »Und du gehst zum See, eine Runde schwimmen, dann suchen wir dir saubere Kleidung im Schrank.«

»Ich habe seit Monaten nicht mehr gewaschen.«

Ich ziehe meinen Rucksack ab und hole eine Hose, ein Hemd und einen Pullover heraus. »Es wird dir zu groß sein, aber mit Gürtel wird es funktionieren.«

Anstatt zum See zu gehen, folgt mir Mats in die Küche. Die Kleidung lege ich über einen Küchenstuhl, begebe mich dann auf die Suche nach einem Handtuch. Weil ich kein sauberes finde, gebe ich Mats einen Deckenbezug, um sich hinterher abzutrocknen.

»Und jetzt los«, sage ich, reiche ihm Deckenbezug und frische Kleidung und schiebe ihn durch die Tür nach draußen. Die Sonne steht hoch am Himmel. Auch wenn das Wasser kalt sein wird, ist die Luft angenehm warm.

Ich beginne aufzuräumen.

Bei seiner Rückkehr wirkt Mats wie ein anderer Mensch. Seine Augen sind weniger stumpf, sein Gang ist aufrecht. Mit dem Säubern der Küche bin ich längst nicht fertig, aber in der Zeit, in der er weg war, habe ich Kartoffeln entdeckt, sie geschält und gekocht und dazu Würfel aus Wurst geschnitten und angebraten. Jeder von uns nimmt sich einen Teller, füllt ihn mit dem Essen. Gemeinsam verlassen wir anschließend das Haus und setzen uns mitsamt unseren Tellern an den Brunnen, an die Stelle, an der Sessa und ich so viele Nächte verbracht haben, während drinnen alle anderen schliefen.

Mats isst ein paar Bissen, dann fährt er mit den Fingern durch ein Häufchen aus grünlich gefärbtem Sand. Daneben ist ein gelbes Häufchen zu sehen, platt gedrückt von all dem Regen der vergangenen Jahre, dennoch deutlich vorhanden. Ich weiß, dass er dasselbe denkt wie ich, aber ich möchte es nicht aussprechen, um ihm nicht noch mehr Kummer zu bereiten: Mit dem Sand hat Sessa gezeichnet. Sie wird nie wiederkommen.

»Sie ist hier. Überall. Ihr Sand. Wenn ich den Schrank im Mädchenzimmer öffne, ist dort ihr Geruch. Wenn ich die Augen schließe, höre ich ihre Stimme, ihr Singen. Dann sehe ich mich um. Und sie ist weg. Das zusammen ertrage ich nicht, die Ferne und Nähe zugleich. Mit Inger und den beiden Mädchen ist es umgekehrt. Sie haben ihr Leben in der Stadt. Sie feiern, plaudern, arbeiten, treffen Freunde. Manchmal kommen sie her und wir gehen gemeinsam zum See. Aber selbst wenn wir direkt nebeneinandersitzen, so nah, dass ich ihren Atem höre, die Wärme ihrer Körper spüre, sind sie ganz weit weg, in ihrer alltäglichen Welt, zu der ich keinen Zugang mehr habe.«

Ich schweige, obwohl ich so gern relativieren würde, was er sagt, dass es nicht so schlimm sei, dass es doch ein Glück sei, er hätte wegen Ebbes Tod verurteilt werden können, dass das Leben weitergeht, all solche Dinge. Aber all das wäre gelogen.

Wir bleiben auch nach dem Mittagessen am Brunnen sitzen, bis es dunkel wird. Und zum ersten Mal kommt mir der Gedanke, dass es nur zwei Schlafzimmer in diesem Haus gibt. Meine alte Kammer ist vollgestellt mit Sessas Gegenständen, ihrem Bett und aussortiertem Zubehör aus der Werkstatt. Dazu kistenweise Kleinkram, den Inger und die beiden Mädchen bei ihrem Auszug nicht mitgenommen haben. Ich möchte mich nicht neben Mats in Ingers Bett legen. Und die Vorstellung, die Nacht allein im Mädchenzimmer zu verbringen, raubt mir den Atem. Ich traue mich nicht, meine Überlegungen in Worte zu fassen, läuft Mats doch jedes Mal, wenn er schlafen geht, an dem Mädchenzimmer vorbei, lebt er tagtäglich mit der Erinnerung an sie, hier an diesem Ort, an dem jeder Gegenstand von ihr kündet.

»Die Nacht …«, beginne ich und stocke, weil ich nicht weiß, wie ich mich ausdrücken soll.

»Wir bringen eine Matratze in die Werkstatt«, sagt Mats.

Ich nicke. »Danke.«

Dass es nicht leicht werden würde in den nächsten Tagen, das wusste ich. Körperlich ist es etwas ganz anderes, ein Haus aufzuräumen und auszumisten, als seine Arbeitszeit an der Werkbank zu verbringen. Schon am ersten Abend unseres Aufräumens spüre ich die Anstrengung in Beinen und Schultern. Doch schwerer wiegt die Erinnerung, die während des Tuns auftaucht. Es ist, als erzählten all die Gegenstände, die ich in die Hand nehme, von Sessa. Mehrmals am Tag breche ich in Tränen aus, dann ist Mats derjenige, der mich tröstet, obwohl ich eigentlich da sein wollte, um ihm seinen Schmerz zu erleichtern.

Annemarie hat sich nicht beklagt, als ich ihr telegrafiert habe, dass ich länger bleibe. Ich bin so beschäftigt, dass ich auch nicht darüber nachdenke, ob ich sie mit der Entscheidung enttäusche oder kränke. Am Mittag des dritten Aufräumtages sind wir fertig. Die Küche strahlt sauber und riecht nach Seife. Frisch gewaschene Wäsche flattert auf den Leinen, die wir zwischen den Bäumen vor dem Haus gespannt haben. Die Fenster sind wieder klar, sodass es im Innern gleich heller wirkt. Das Mädchenzimmer haben wir vollständig ausgeräumt, nur der Schrank steht, aber er ist leer. Im Elternschlafzimmer gibt es nun nur noch ein Bett für Mats. Ob ich je nach Deutschland zurückkehren werde, bezweifle ich immer mehr, jedenfalls möchte ich nicht ohne Mats aufbrechen. Zuerst will ich mich darum kümmern, dass der Haufen aussortierter Gegenstände und Möbel, der sich an der Hausseite auftürmt, abgeholt wird. Vielleicht gelingt es mir auch, Mats zu überzeugen, sich neu einzukleiden.

Doch Mats hat seine eigenen Pläne.

»Nun ist es Zeit für dich zu gehen«, teilt er mir am nächsten Morgen beim Frühstück mit. Es gibt wie früher Kaffee, Blaubeersaft, Brot mit Wurst.

Durch das halb geöffnete Fenster dringt der Gesang der Vögel.

»Ich kann noch bleiben. Wenn du möchtest, hole ich Annemarie her, dann gibt es überhaupt keine Notwendigkeit mehr für mich aufzubrechen.«

»Ich bin es nicht gewöhnt, tagtäglich Gesellschaft zu haben. All das Reden strengt mich an. Ich kann für mich allein sorgen.«

»Aber Weihnachten …«, überlege ich laut, als ich merke, dass er nicht mit sich diskutieren lässt, »Weihnachten komme ich wieder. Zusammen mit Annemarie. Wir kochen zu dritt, wir feiern. Um die Geschenke und das Essen kümmere ich mich. Und du besorgst einen Baum, den wir gemeinsam schmücken.«

Mit einem Handschlag besiegeln wir unsere Verabredung. Weihnachten. Hier. Mit Baum, Festessen und Geschenken. Dann werden Mats und Annemarie sich kennenlernen.

Erst Jahrzehnte später wird mir klar, dass Mats und ich mit dem Handschlag im August 1952 mehr besiegelt haben als nur die Verabredung zum nächsten Weihnachtsfest, mit der ich Mats zugleich das Versprechen abnahm, in den kommenden Monaten gut auf sich achtzugeben und vorwärtszublicken. Es war eine Vereinbarung für alle künftigen Weihnachtsfeiertage meines Lebens, keine Verpflichtung, sondern ein Ausdruck meines inneren Verlangens. Gleichzeitig hat der Handschlag unsere Lippen versiegelt. Sessas und Ebbes Tod haben wir danach nie mehr erwähnt, nicht im Beisein anderer und selbst dann nicht, wenn niemand da war, der uns zuhören konnte. Wir mussten uns so entscheiden, um vorwärtsblicken zu können.

Auch habe ich erst später begriffen, dass dieser Handschlag für Mats der Wendepunkt war, an dem ich die Stelle seines Nachfolgers übernommen habe. Seine Frau und die beiden anderen Töchter waren für ihn verloren. Sessa war tot. Nun war ich derjenige, der die Verantwortung für Mats, für das Haus und die Werkstatt übernahm.

Für Annemarie und später für die Kinder war Mats bei all den Besuchen in Schweden ein väterlicher Freund, ein Zuhörer und Ratgeber. Sein Haus war unsere Oase, in der wir fernab des Alltags Kraft schöpfen konnten. In Annemaries Augen war er ein etwas schrulliger Einsiedler, den das Leben um ihn herum wenig kümmerte. Doch was Mats und mich wirklich verband, wie es dazu kam, dass er zum Einsiedler wurde, das hat niemand von euch jemals geahnt.

# 37

## SMÅLAND, TAG 6,
## 2. WEIHNACHTSFEIERTAG

Claudia musste sich auf ihren Koffer setzen, um ihn zuzube-
kommen. Sie hatte sich entschieden, ihre alten Kleidungsstücke,
die Gerhard für sie aufbewahrt hatte, wieder mit nach Hause
zu nehmen. Besonders die Tunika würde ihr in den nächsten
Monaten gute Dienste leisten. In das blaue Abendkleid dagegen würde sie schon bald nicht mehr hineinpassen. Doch
der Gedanke störte sie nicht, im Gegenteil. Es war jedes Mal
unglaublich, wie viel etwas Abstand vom Alltag verändern
konnte. Es brauchte gar keine übernatürlichen Erscheinungen,
wie in dem Märchen vom See beschrieben, es reichte, einfach
an diesem Ort zu sein. Alle Grübeleien im Hinblick auf das
dritte Kind waren einer tiefen Zuversicht gewichen. Sie lag
nachts nicht mehr wach. Holger und sie hatten aufgehört zu
streiten. Auch wenn sich äußerlich wenig geändert hatte, es
noch immer keinen perfekten Plan und keine Sicherheit gab,
was die Zukunft bringen würde, ruhte sie wieder in sich. Es
waren nicht nur die Tage mit der Familie und die Gewissheit,
dass sie im Zweifelsfall Menschen hatte, auf die sie sich verlassen konnte. Es waren auch die Wanderungen um den See, das

Eintauchen in all das Weiß, das alle Gedanken zur Ruhe kommen ließ, die Kälte und der Wind im Gesicht, das Knirschen von Schnee unter den Füßen, das Gefühl, endlos weitergehen zu können. Sie gewöhnte sich jedes Mal schnell daran, dass einmal nicht dauernd Küchenmaschinen piepten, es an der Tür oder am Handy klingelte und irgendjemand etwas von ihr wollte. Die Zeit floss an diesem Ort langsamer und schneller zugleich. Während des Tages schien sie oft stillzustehen, doch schließlich waren die gemeinsamen Tage so schnell um, als wären sie alle erst ein paar Stunden zuvor angekommen.

Ein mehrstimmiges Bellen und lautes Stimmengewirr vor dem Haus, die durch das gekippte Fenster hereindrangen, ließen Claudia innehalten. Sie stand auf, blickte hinaus, konnte aber nichts erkennen. So ging sie treppab, zog ihre Stiefel an und musste sich an ihren Schwestern vorbeidrängen, um auch etwas zu sehen. Alle hatten einen Kreis gebildet und Claudia erkannte zuerst nicht, was sich in der Mitte abspielte. Dann entdeckte sie in dem Trubel Gerhard, der auf dem Boden kniete. Buffy sprang wie eine Wilde bellend über ihn und rannte um ihn herum. Es war ein Gewusel aus Fell und Lärm. Zwischen dem grauen Fell von Buffy und Gerhards grauen Haaren schimmerte etwas Gelbblondes, dann sah sie die schwarzen Knopfaugen, die sie direkt anblickten. Fritz!

»Wo bist du denn nur gewesen?«, fragte Gerhard. »Du Herumtreiber! Du Schlawiner.«

»Opa, der Hund kann kein Deutsch!« Niklas runzelte die Stirn.

»Niklas!« Holger stieß seinen Sohn an.

Claudia bückte sich, um Gerhard aufzuhelfen, dessen Hose vom Knien im Schnee durchnässt war.

»Komm hoch. Bringen wir Fritz rein. Nicht dass du dich noch …« Sie hielt inne, irritiert von der zarten Bewegung, die sie in sich gespürt hatte. Es hatte nicht einmal die Stärke eines

Magengrummelns, es war auch deutlich tiefer im Körper ange-
siedelt, aber gerade deswegen unverkennbar. Es war wie das
Streifen eines Schmetterlingsflügels, wie die Berührung einer
Feder, verbunden mit einem Gefühl von prickelnder Wärme.
Ihr Kind. Es war eigentlich noch zu früh, etwas zu spüren, hatte
sie bei Antonia und Niklas doch erst am Anfang des sechsten
Monats mit Sicherheit Kindsbewegungen registrieren können.
Und doch war es wieder da, genau dort, wo es in ihr wuchs,
fast wie Morsezeichen. Sie blickte zum See, sah, wie sich die
Sonnenstrahlen den Weg zwischen den Wolken hindurchbra-
chen, wie sie sich zu materialisieren schienen. Das war ihr per-
sönliches Wunder, bei dem sich zwar der See noch immer nicht
teilte, der Himmel nicht öffnete und die Naturgesetze nicht
ihre Gültigkeit verloren. Es reichte, dass es ein ganz gewöhn-
licher zweiter Weihnachtstag war, den sie gemeinsam mit einem
Frühstück und anschließendem Kofferpacken begonnen hatten. Das Wunder kam nicht mit überirdischen Wesen, sondern
es war einfach da: Sie hatte keine Angst mehr vor dem, was
kommen würde. Sie hatte ihr Kind gespürt. Fritz war wieder
da. Alle Streitereien, Auseinandersetzungen und das alltägliche
Geplänkel schienen nun nichtig.

# Ein Jahr später

Claudia zog den Bauch ein und hielt ihre Haare hoch, damit Holger den Reißverschluss des blauen Abendkleides zuziehen konnte. Sie betrachtete sich im Spiegel. Das letzte Mal hatte sie das Kleid vor einem Monat anprobiert, da hatte es nur knapp gepasst. Nun saß es perfekt. Sie atmete tief ein und aus und merkte, wie sich auch ihre Schultern entspannten. Ihren Vorsatz, auf Süßigkeiten, Pizza und andere Leckereien zu verzichten, hatte sie nicht umsetzen müssen, weil ihre Tage so ausgefüllt waren, dass sie sowieso kaum zum Essen kam. Das Baby verlangte ihr durch das stundenlange Herumtragen ein ganz eigenes Sportprogramm ab.

»Bist du noch enttäuscht, dass wir dieses Jahr nicht nach Schweden gefahren sind?«, fragte Holger.

Claudia drehte sich um und küsste ihn.

»Nein.« Sicher, anfänglich hatten sie wieder ein Weihnachten im Haus am See geplant, eine Feier mit Blick auf die verschneite Landschaft und ein Abendessen in der Wohnküche. Aber so, wie sich die Dinge nun entwickelt hatten, war die weite Reise keine Option. Die kleine Marie, die nach ihrer verstorbenen Großmutter benannt worden war, reagierte mit ihren sieben Monaten noch mit Nervosität und Schlaflosigkeit auf alle Veränderungen. Außerdem war es kaum möglich, in Schweden eine Doppelhochzeit zu organisieren, war es doch schon in der Nähe schwer genug, kurz vor Weihnachten eine solch große Feier zu planen. Es war Holgers Idee gewesen, sich der Hochzeit von Alexandra und Sebastian anzuschließen, und ihren eigenen Bund, den sie vor achtzehn Jahren rational geschlossen hatten, noch einmal zu erneuern und zu bestätigen. Damals hatte ihnen die Zeremonie vor dem Standesamt gereicht, anschließend ein gemeinsamer Besuch in ihrer Lieblingsgaststätte um die Ecke mit einer Handvoll geladener Freunde. Kein großes Bohei, keine übermäßige Euphorie. Diesmal würde die Gästeliste deutlich länger werden. Auch wenn Alexandras weißes Kleid mit Schleppe ein Vermögen gekostet hatte, bereute Claudia es nicht, sich für das blaue Kleid entschieden zu haben, das ihr Gerhard beim Wichtelspiel zurückgeschenkt hatte. Claudia als eine Braut in Weiß? Sie fand, dass es bei allem Aufbruch und Neubeginn nur eine Verkleidung bliebe. In dem blauen Kleid fühlte sie sich wohl. Das war sie. Blau wie der See neben dem Haus in Schweden, klar wie der wolkenlose Himmel dort. Blau wie die Sehnsucht und die Träume.

Im Untergeschoss begannen Buffy und Fritz im Duett zu bellen, kurz darauf klingelte es an der Haustür.

»Ich mache auf«, rief Niklas.

»Der Fahrer mit der Limousine.« Antonia lugte durch die Tür herein. »Wow, du siehst megamäßig aus! Ich gehe mal zu Marie, wecke sie und wechsle die Windel. Nimmst du sie dann, Papa?«

»Und ich bin noch nicht einmal umgezogen!« Holger öffnete hektisch den Kleiderschrank. »Eigentlich wollte ich schon vor einer Stunde duschen.« Er zog das Sweatshirt mit dem Milchreisfleck an der Brust aus und zerrte das neu gekaufte weiße Hemd aus der Plastikverpackung. Elternzeit, das hatte sich Holger anfangs wie eine einjährige Auszeit vorgestellt, wie einen Dauerurlaub, mit gemütlichem Ausschlafen, Vormittagen mit Marie in Straßencafés, mit Ausflügen, langen Wanderungen, Trekkingtouren mit Kind in der Rückentrage – so hatte er es seinen Kollegen und auch innerhalb der Familie verkündet. Stattdessen war er nun froh, wenn er am Abend das Notwendigste erledigt hatte, und schlief oft schon mit dem Gong der Tagesschau ein. Claudia nahm es ihm nicht übel, im Gegenteil, war es ihr doch selbst nach den Geburten von Antonia und Niklas ähnlich ergangen. Für sie waren die Tage im Verlag noch immer ein Riesenluxus und sie genoss es, ohne schlechtes Gewissen zwischen ihren Rollen als Mutter und Verlegerin wechseln zu können.

Mit einem Donnern ging die Schlafzimmertür auf und krachte gegen die dahinterliegende Wand.

»Sebastian hat angerufen.« Niklas war außer Atem. »Er fragt, ob Alexandra bei uns ist. Ist sie nicht. Zu Hause ist sie auch nicht. Und jetzt?«

Aus dem Nachbarraum war ein Protestgrummeln von Marie zu hören. Sie mochte es nicht, von jemand anderem als Holger gewickelt zu werden, forderte das Pusten auf den Bauch ein, die Scherze, die Vater und Tochter als Ritual geschaffen hatten. Mit einer Handbewegung hielt Claudia Holger davon ab, nach nebenan zu stürmen.

»Antonia schafft das. Zieh du dich um.« Sie nahm ihr Handy und wählte Alexandras Nummer. Wie schon befürchtet, hob ihre Schwester nicht ab.

»Gib mir mal dein Handy«, sagte Niklas. »Du hast sie als Freundin geaddet?«

»Ich habe was?« Claudia sah ihn fragend an.

»Ach Mama!« Er nahm ihr das Gerät aus der Hand, startete eine App, von der sie nicht einmal wusste, dass die Anwendung existierte. Ein Stadtplan baute sich auf dem Display auf.

Niklas schüttelte den Kopf. »Was macht sie denn in der Stadthalle in diesem Kaff hier?« Er hielt Claudia das Smartphone entgegen.

Claudia stöhnte. Sie war die Einzige, die wusste, warum sich Alexandra in der Stadthalle der nahe gelegenen Kleinstadt aufhielt. Sie selbst hatte nach der Neuauflage von Alexandras Buch das Angebot für die Lesung auf ihrem Schreibtisch gehabt und absagen wollen, eben wegen der Hochzeit. Doch Alexandra hatte sich die Veranstaltung nicht entgehen lassen wollen, weil auch ein sehr bekannter Autor an dem Tag las, weil zusätzlich überregionale Presse anwesend war und berichten wollte. Es war eines der vielen Eigentlichs, die sie innerhalb des letzten Jahres über den Haufen geworfen hatten:

Eigentlich wollte Claudia nicht mehr schwanger werden.

Eigentlich wollte Gerhard nie ein Haustier haben.

Eigentlich wollte Antonia zum Studieren in die USA gehen, hatte sie doch sogar ein Stipendium bekommen. Nun lebte sie bei Julian in Heidelberg.

Eigentlich wollte Alexandra ihr Buch direkt nach der Rückkehr nach Hause wieder aus dem Netz nehmen. Nun sondierten sie gerade die Buchangebote für den Nachfolgeroman.

Eigentlich brachte Claudia in ihrem eigenen Verlag nur Sachbücher heraus, doch nachdem Alexandras hochgeladenes Buch ein solcher Erfolg geworden war, hatte Claudia auch Belletristik in ihr Programm aufgenommen.

Eigentlich war für Holger sein Beruf als Architekt immer mit das Wichtigste gewesen, nun kümmerte er sich um die kleine Marie.

Claudia ging mit dem Handy ins Obergeschoss, in Antonias ehemaliges Kinderzimmer. Hier war sie ungestört. Sie brauchte es nur zweimal klingeln lassen, dann wurde in der Stadthalle abgehoben. Sie ließ Alexandra an den Apparat holen.

»Weißt du, wie spät es ist?«, fragte Claudia. »Schon kurz nach vier. Um fünf beginnt die Messe.«

»Kein Problem, ich habe das Kleid im Kofferraum, ziehe mich hier um. Beim Frisör war ich vorher schon. Die Haare sitzen noch.«

»Du hast Nerven! Was, wenn du in einen Stau kommst?« Claudia musste sich zwingen, nicht zu laut zu werden, denn es reichte, wenn Sebastian am nächsten Tag aus der Zeitung von der Lesung erfuhr. Seine Skepsis gegenüber dem Erfolg des Buches würde sich auch mit einem Weltbestseller nicht legen, war er doch durch seinen Beruf in der Bank in erster Linie auf Berechenbarkeit bedacht.

»Ich werde da sein«, sagte Alexandra.

»Dein Wort in Gottes Ohr!« Claudia verabschiedete sich und legte auf. Sie schaffte es, überzeugend zu verkünden, dass Alexandra bereits an der Kirche warte, kümmerte sich kurz um Marie, damit Holger sich in Ruhe herrichten konnte. Es dauerte nicht einmal eine Viertelstunde, dann saßen alle bis auf Alexandra in der Stretchlimousine, die Simone organisiert hatte.

Dank Niklas' Hilfe wusste sie nun, wie sie Alexandra orten konnte. Eigentlich wären sie deutlich eher in der Kirche gewesen als Alexandra, weil die Strecke, die die Limousine zu fahren hatte, viel kürzer war. Aber sie führte durch die Innenstadt. So registrierte Claudia zehn Minuten vor ihrer eigenen Ankunft, dass Alexandra sich bereits an der Kirche befand.

Eine Doppelhochzeit und ein doppeltes Jawort. In vier Tagen wäre Heiligabend. Alle waren gesund. Alle aus der Familie waren versammelt, genau wie im vergangenen Jahr.

Eigentlich ein perfekter Tag.

Wenn das Eigentlich nicht gewesen wäre.

Den Trauspruch hatten sie zu viert herausgesucht. Holger sollte ihn vorlesen, der Pastor anschließend dazu eine Predigt halten. Und Holger las: »Alle eure Dinge lasst mit der Familie geschehen.«

Gerhard lachte laut auf und Fritz, eingeschmuggelt in seiner Tasche, begann zu bellen und musste aus der Kirche gebracht werden, damit die Zeremonie weitergehen konnte.

»All eure Dinge lasst in der Liebe geschehen«, las Holger im zweiten Anlauf, ohne sich von dem Patzer zu sehr irritieren zu lassen.

Claudia nahm seine Hand. Versprecher hin oder her – war es nicht genauso gut, wie es nun war?

Zeitfracht Medien GmbH
Ferdinand-Jühlke-Straße 7
99095 Erfurt, Deutschland
produktsicherheit@kolibri360.de

Druck:
CPI Druckdienstleistungen GmbH
im Auftrag der
Zeitfracht Medien GmbH
Ein Unternehmen der Zeitfracht - Gruppe
Ferdinand-Jühlke-Str. 7
99095 Erfurt